THE BRIEF HISTORY OF THE DEAD

死者简史

KEVIN BROCKMEIER

凯文·布罗克迈耶—著　艾黎—译

上海译文出版社

图书在版编目(CIP)数据

死者简史/(美)布罗克迈耶(Brockmeier，K.)著；
艾黎译.—上海：上海译文出版社，2015.3
书名原文：The Brief History of the Dead
ISBN 978-7-5327-6804-2

Ⅰ.①死… Ⅱ.①布… ②艾… Ⅲ.①长篇小说—美
国—现代 Ⅳ.①I712.45

中国版本图书馆 CIP 数据核字(2014)第 271793 号

图字：09-2008-321 号

死者简史	Kevin Brockmeier	出版统筹 赵武平
	凯文·布罗克迈耶 著	责任编辑 陈 姝 梅思童
The Brief History of the Dead	艾黎 译	装帧设计 尚燕平

上海世纪出版股份有限公司
译文出版社出版
网址：www.yiwen.com.cn
上海世纪出版股份有限公司发行中心发行
200001 上海福建中路 193 号 www.ewen.co
上海信老印刷厂印刷

开本 890×1240 1/32 印张 7.75 插页 2 字数 134,000
2015 年 3 月第 1 版 2015 年 3 月第 1 次印刷

ISBN 978-7-5327-6804-2/I·4115
定价：35.00 元

谨献给我的父亲

不少非洲族群将人分成三类：尚活在世上的、萨沙和扎曼尼。刚刚离世而在世的时间和仍在世上的人有重合的是萨沙，即死而未亡之人。他们并没有完全死去，因为他们仍活在生者的记忆中。生者会在心里念起他们，在艺术作品中绘制他们的肖像，在掌故趣闻中令他们栩栩如生。当最后一位认识祖先的人死去，那位祖先就不再是萨沙而是扎曼尼，即亡人。作为笼统的祖先，扎曼尼并非被忘却而是被供奉。很多祖先……能被记起名字。但是他们不是死而未亡之人。这其中有差别。

——詹姆斯·罗文《老师告诉我的谎言》

目　录

一

死而未亡之城

盲人抵达这座城市的时候，他声称自己穿越了一片活沙的沙漠。先是他死了，他说，然后——啪！——一片沙漠。他把自己的故事告诉给任何一个肯听的人，脑袋一伸一缩地追随着他们的脚步声。红色的沙砾从他的大胡子上洒落下来。他说沙漠空旷而孤寂，像蛇似的向他嘶嘶作响。他日复一日地行走着，直到沙丘在脚下断裂，从四周向他涌上来拍打着他的脸。接着，万物停顿，开始像颗心脏似的跳动起来，声音和他以前听到过的一样清晰。他说，只有到了那一刻，沙子如千千万万枚利箭击打着他的肌肤，他才真正意识到自己死了。

吉姆·辛格是碑区三明治店的老板，他说自己感觉到手指刺痛，接着就停止呼吸了。“是我的心脏，”他坚称，一边重重地拍了拍自己的胸，“在我自己的床上要了我的命。”他闭上了眼睛，当他再次睁开时，他坐在一辆火车上，游乐园里小孩子坐着绕圈的那类小火车。铁轨带着他穿过一片长满金棕色树木的密林，不过，那些树其实是长颈鹿，它们的长脖子像树枝一样伸向天空。起了一阵风，剥落了它们背上的斑点。斑点在他四周飘落下来，跟在火车后面打转，然后坠落。过了好些时候他才明白，原来听到的跳动声并不是轮子沿着轨道发出的滚动声。

那个喜欢站在公园里的白杨树下的女孩说，她死在一片色彩犹如风干的樱桃的海洋中。好一阵子水托着她，她说，她仰躺着，转着毫无意义的圈，哼着自己记得的流行歌曲的副歌部分。不过随后响起一阵雷声，云层裂开，轴承滚珠开始砸落在她的四周，有数万个。她尽力吞咽了一些，她边说边摩挲着白杨树开裂的树干。不知道都是为什么。她像一只帆布包似的装满了轴承滚珠，慢慢地穿过一层又一层的海洋往下沉。鱼群掠过她的身旁，它们蓝色的、黄色的鳞片是水里唯一明亮的东西。在她的四周她听到了那个声音，那个人人都听到的声音，是一颗巨大的心脏有规律的搏动声。

人们讲述的穿渡的故事纷繁多样，正如亿万人各自的生命历程。和别的故事——他们讲的那些去世的故事——相比，这些故事要独特得多。毕竟一个人死的方式也就那么几种：要么是你的心脏要了你的命，要么是你的脑袋要了你的命，要么是某种新的疾病。但是穿渡生死，没有谁走的是同一条路。列弗·佩利说，他看到自己的原子像弹珠一样迸裂，滚动着穿过宇宙，又在空无中自行聚合起来。李汉斌说，他在一只蚜虫的体内醒过来，在一只桃子的果肉里度过了一生。格拉谢拉·卡瓦佐斯只会说，她开始下雪，五个字。要是有谁追着问细节，她便羞答答地笑笑。

没有两种说法是一样的。不过，总是有鼓点般的跳动声。

有些人坚持说这声音从未消失，要是你集中注意力，没有掉转耳朵不去听，你可以听到城里所有一切的背后都隐约响着那种声音——刹车喇叭，饭店门上的门铃，人行道上各式各样的鞋子发出的踢踢踏踏声。人们成群结队来到公园里或是房顶上只是为了聆听那种声音。他们背对背，安静地坐着。怦——咚。怦——咚。怦——咚。像是想把一只小鸟留在视线里，而那只小鸟正飞向天空，渐渐地模糊，在空中淡成了一个黑点。

卢卡·西姆斯到这座城市的第一个星期就发现了一台旧油印机，决定用它来办份报纸。每天早上，他站在临河路咖啡店外，分发自己印制的小报。《西姆斯新闻与思索小报》——或按大家的叫法，《西姆斯小报》——某期专门讨论了这声音的事。卢卡采访的人中，不到百分之二十的人认为他们穿渡了之后仍然能够听到它，不过几乎所有人都同意没有什么比心跳声更接近这声音了。也许就是心跳声呢。接下来的问题是，这声音是从哪儿来的？不可能是他们自己的心跳，因为他们的心已经不再跳动了。穆罕默德·卡西姆老人深信这不是他真实的心跳声，而是他记忆中的心跳声。他那么久以来，一直听而不闻，因此还在他的耳际回响着。在河边卖手镯的妇女认为这是世界中心的心跳声。世界中心是那个明亮沸腾的地方，她一路坠落着穿越后才到达了那座城市。文章结语道："本记者同意大多数人的观点。我一直认为我们听到的跳动声是那些尚活在世上的人的脉搏。活着的人心里珍藏着我们，犹如蚌内怀珠。我们存活着只是因为他们惦念着我们。"比喻并不恰当——卢卡明白这一点——因为珍珠存在的时间要比大蚌长得多。但是报界的头条规则是得赶时间。他早已放弃了精益求精。

每一天，城里都多了些人，不过，这座城市总能容得下他们。你正沿着一条熟悉多年的街道走，突然，你看到了又一幢楼房，又一个街区。卡森·麦考林是开一辆豪华黑色出租车在街上兜游的司机。他每个礼拜都得重新画一张地图。一天二十次，或是三十次，或是五十次，他会接到刚到城里的客人，得把客人送到自己从未听说过的地方。客人来自非洲、亚洲、欧洲和美洲。他们来自人流滚滚的大城市，来自海洋中央的小岛。这就是生者在世做的最后一件事：死去。有位老迈的街头音乐家一到这座城市就开始在红砖区演奏，他的手风琴拉出缓慢忧伤的叹息。有位珠宝匠是个年轻人，他在梅普尔街和克里斯多弗街的街角开了家店铺，出售镶在银质挂件上的宝石。杰西卡·奥夫特的珠宝店在同一个街角，已经开了三十多年，但她对那年轻同行似乎并不怨恨，而且还每天早上给他送来一杯新煮的黑咖啡，一边在前屋和他一起喝，一边说些闲话。让她惊奇的是他有多年轻——近来那么多的死者有多年轻。很大一部分人还只是孩子，吵吵嚷嚷地聚在一起玩滑板或是飞快地跑过她的窗前去游乐场。有个脸颊上有草莓色印记的男孩喜欢骑在木马上摇啊摇。男孩假装它们是真的马，是那些农场里他梳理过、喂食过的马，它们在轰炸中被炸死了。另外一个男孩喜欢在滑梯上一次一次地快速滑下来，一边想着还活在世上的父母和两个哥哥，一边用力把脚踩进沙砾。他看着父母和哥哥从同一场疾病中恢复过来，而他却慢慢地被吞噬了。他不喜欢谈论这件事。

这是在战争期间，但没有谁能记得清是哪一场战争。

偶尔，某个刚刚完成穿渡的死者会错将这座城市当作天堂。这个误解从来不会持续太久。什么样的天堂会有垃圾车在清晨发出巨大的声响，人行道上粘着口香糖，河边飘着腐鱼的气息呢？同理，什么样的地狱会有面包房、四照花，还有令你后颈上的毫毛抖擞起来的湛蓝湛蓝的好天气呢？是的，这座城市既不是天堂，也不是地狱，当然它也不是人世。这样，说它是别的什么，就显得合情合理了。越来越多的人开始接受这种说法：这座城市是生命自身的延伸。有点像是正宅外搭建的偏屋，他们留在那儿，只是因为他们存在于活人的记忆中。当最后一位真正认识他们的人去世时，他们就过渡到下一程，不管那一程是什么。城里大多居民过了六七十年离开了，的确是这样。尽管这一现象不能证实“这座城市是生命自身的延伸”的说法，但肯定是助长了这种说法。也有传闻，城里有待的时间长得多的男男女女，好几个世纪了甚至更久。但哪个时候、哪个地方都有这样的传闻，谁知道该不该相信呢？

每个居民小区都有聚会点，人们凑到这儿来交换另一世界的新闻。碑区一带是在柱廊；库区一带是“一唯”酒馆；在暖房区中心的是紧邻着花房的安德烈·卡拉托佐夫的俄国茶室。卡拉托佐夫把俄式铜茶壶里泡好的茶倒进小小的瓷杯里，然后装在磨光的木制浅盘里端上。他的妻女比他早死了几个礼拜，死于从屋子的花园里挖出来的地雷。他从厨房的窗口目睹了这场事故。他妻子的铲子敲到了一块凹凸不平的金属，埋在地下有一个世纪了，锈烂不堪，直到炸开来时，他才意识到那东西是什么。两个礼拜后，他把剃刀搁到喉咙上的时候，是怀着希望的，能在天堂和家人团聚了。当然，瞧，他的妻子和女儿正微笑着在茶室门口接下客人脱下的外套。卡拉托佐夫一边看着她们，一边将柠檬切块，在一个茶碟上摆好。他是这屋子里最快乐的人了；他是任何一间屋子里最快乐的人了。这座城市未必是天堂，但对他来说，算得上是天堂了。从早到晚，他听着顾客讨论战争的最新消息。美国和中东又处于敌对状态，与中国、西班牙、澳大利亚和荷兰也处于敌对状态。巴西正在开发另一种突变病毒，一种能够抵制最新抗毒素的病毒。也可能是意大利。也可能是印度尼西亚。流言满天飞，没法儿知道到底是怎么回事。

时不时有刚死了一两天的人碰巧走入某个信息交流中心——酒馆或是茶室，河边集市或是柱廊，成群的人会围着他，挤挤攘攘地想探询些信息。提的问题总是老一套："你先前是住哪儿的？""你知道中美洲的形势吗？""他们说的那些关于冰盖的事是不是真的啊？""我想知道我表兄的情况。他住在亚利桑那。他叫路易斯·齐格勒……""非洲海岸那一带的局势怎么样了？你知道吗？你知道吗？""请告诉我们一些事吧。随便什么都可以啊。"

基兰·帕特尔大半个世纪以来都在孟买的酒店区向游客兜售珠子。她说，去她那地方的游客越来越少了，不过这没什么要紧，因为她那地方可供游览的去处越来越少了。她年轻时候兜售的象牙珠子开始稀少，然后罕见起来，最终无法得到了。剩下的几头大象关在别国的动物园的笼子里。死前的那几年，她卖的"正宗象牙珠子"其实是韩国工厂里成千上万一批一批生产出来的乳白色的塑料。这也没什么要紧，因为在她小摊前驻足的游客永远都察觉不出真假的差异。

十六岁的杰弗里·法伦来自威斯康星州的帕克福尔斯。他说战争还没从海岸往内陆蔓延，但是细菌已经蔓延开来了，他自己就是活生生的例子。“不再‘活生生’了，或许，但依然是实例。”他自己纠正道。以前坏人是巴基斯坦人，后来是阿根廷人和土耳其人，再后来他就搞不清楚了。“要我告诉你什么?”他耸耸肩问道。“大多时候我只是想念我的女朋友。”她叫特蕾西·蒂普顿。她喜欢轻啮他的耳垂，前牙上尖尖的槽口令他整个身子像吉他的琴弦，绷紧了震动起来。杰弗里从来没在意过自己的耳垂，直到有一天，她的双唇含住了他的耳垂。现在他死了，脑子里什么都不想，只有特蕾西和他的耳垂。谁能猜得到呢?

那个连着几个小时在银座购物大厦里坐电梯上上下下的男人不肯说出名字。人们问他，临死前的那一段时间他记得什么，他只会拼命地点头，拍着手，说：“轰——”一边用指尖做着手势模仿纸屑洒落下来。

城中心有着高大的钢筋混凝土建筑物，亮闪闪的玻璃幕墙映着天上云朵间的每一个空隙。这样的建筑绵亘几百个街区，然后换作石块和砖木结构的房子。不过，变化是逐渐的，街上又那么热闹，你会走上几个小时才发现周围的建筑都变了样。人行道上，电影院、健身房、五金店、卡拉OK厅、篮球场和卖煎豆球的小店一家连着一家。还有图书馆和烟草店。还有内衣店和干洗店。此外城里还有几百座各宗教的礼拜堂——其实每个区都有上百座：佛塔、清真寺、小教堂和犹太教堂。这些礼拜堂夹在菜场和录像租赁店间，十字架、穹顶和宣礼塔高高耸立着。确有一些死者放弃了原先的宗教。他们愤愤不平，原来死后的生活，所谓的“仙界乐土”，并非是他们终生虔诚膜拜所许诺的成果。但是，有失去信仰的，也就有对信仰坚定不移的，也就有新皈依的。最简单的事实是没有人知道当他们在这座城市的日子结束时，接下来会发生什么。单单因为你死后没有见到你的神，是不能就此认定你永远也不会见到你的神的。

这就是何塞·塔马约的观点。他自愿一礼拜一次替圣心教堂看门。每个星期天，他守在西门，一直等到最后一次礼拜结束了，人群散尽回到了城市，他开始清扫砖地，擦洗长椅和圣坛，给领圣餐的栏杆旁的跪垫吸尘。做完这些事后，他小心翼翼地走下教堂前的十七级台阶，盲人正站在那儿说着穿越沙漠的故事。他穿过马路，回到寓所。有一次足球赛他伤了膝盖，从此他一伸腿就能感觉到膝盖上一阵疼痛。穿渡之后，伤痛并没有消失，他不喜欢走得太远。因此他就选择为圣心教堂服务——这是他能找到的最近的教堂。其实，他从小是在胡安图拉唯一的非天主教的教会作为卫理公会派教徒养大的。他不时想到那次和主日学校班里的男孩子一起偷了教堂储物室里的半打汽水。他们听到老师走过来，关上了门，细细的一缕光从门侧斜透进来，照亮了一辆推车的把手。推车里装满了折叠椅，有四五十把，紧密地交叉相叠，长长的一排。何塞记得，他紧盯着这辆推车，听着老师的脚步声，汽水的气泡在舌头上跳动着，蹦到上颚，旋即灭了。

这样的记忆时常让死者惊讶极了。他们可能几个礼拜几个月都不会想到他们成长的屋子和街道，所曾经历的荣辱得失，一点点吞噬了他们生命的谋生活计、日常起居和兴趣爱好，然而每天却有最微小最无关紧要的片断上百次地跃入脑海，就像一条鱼的尾巴拍击着湖面。在地铁站讨钱的老妇记得在切萨皮克湾的码头上吃蟹肉饼和辣根。剧院区的点灯人记得从超市摆成金字塔形的豆子罐头的正中取出一罐，而其他的罐头却没有倒下来，他感到一丝骄傲，而后又为自己的骄傲感到一丝好笑。安德烈亚斯·安德烈奥普洛斯成人之后四十年都在给电脑编程。他记得跳起来从树上摘下一片叶子，打开时尚杂志闻一闻香水赠样，将自己的名字写在一杯啤酒凝结的水汽上。这些杂乱的、几乎是不值得告诉别人的记忆在脑海里萦绕着，挥之不去。这些记忆似乎比应当有的分量沉重得多，好像他的生命的真谛就在于这些记忆了。他有时候想着把它们串成一本自传，所有这些小玩意似的记忆取代了工作和家庭的细节，其他事一概不包括。他会在无线笔记簿的纸上手写。他不会再去碰一下电脑了。

城里有些地方人群拥挤极了，动一动，就会碰到别人的手臂、臀部或是肚子。随着死者人数的增加，这样拥挤的地方变得越来越常见了。并不是城里的居民没有足够的空间，而是这些居民想要聚在一起时，他们就去特定的几个地方。人口越多，这些地方也就越拥挤。喜欢私人空间的人们知道要回避这些人。要是他们想去碑区的大广场或是霓虹灯区的喷泉看看，他们得等到人口减少的时候，那通常是战争、瘟疫或是饥馑时期。

河边的公园是城里繁忙地段中最繁忙的一处。公园里有一整排的白色亭子，一长条绿茵茵的草坪。卖风筝的小贩、卖饮料的小摊挤满了人行道，鞍形的岩石将河流割成许多平滑的圆形小水湾。有一天，一个男人跌跌撞撞地从一个亭子走了出来，他留着一把厚厚的灰胡子，有一顶帐篷似的浓密的头发。他开始撞上旁边人的肩膀。他显然不辨东西南北，每个看到过他的人都明白他才刚刚穿渡过来。他说自己是个专业的病毒学家。五天来他在爬一棵硕大无比的枫树，衣服被树液粘在了皮肤上。他似乎认为公园里的每个人都曾经和他一起爬过树。有人问他是怎么死的，他吸了口气，停顿了一会，才回答："真的哟，我死了。我得不时给自己提个醒。他们最终干了那事，这帮狗娘养的！他们想出了法子让整个世界毁掉了。"他从胡子上扯下一坨树液。"嗨，有谁注意到树里面发出某种怦咚怦咚的声音？"

没过多久，城里开始空了起来。

《西姆斯新闻与思索小报》的办公室只有一间，是在这座城市最古老的建筑里。建筑由巧克力色的砖头和大块大块的银色花岗岩砌成。长条的淡黄色苔藓从上面的楼层挂下来，一直垂到前门上方的檐上。每天早上，卢卡·西姆斯站着转动油印机的时候，阳光滤过窗外的苔藓透进来，房间里洋溢着暖洋洋的奶油色的光亮。有时候，他朝外看这座城市，就会想象视线穿过了一片濒临死亡的森林。

到七点钟，他就能印好几千份小报，并带着报纸来到临河路咖啡店。在那儿，他将报纸分送给过往行人。每一个取了报纸的人会读完后把报纸传给别的人，那个人读完后再把报纸传给别的人，而那个人读完后又把报纸传给别的人，他喜欢这样想。然而他知道事实并非如此，因为回家的路上总能看到少说也有几份报纸丢在垃圾堆里，报纸在阳光下慢慢地舒展开来。不过，当他往咖啡店里看，里面有二三十只脑袋正埋在最新一期的《西姆斯小报》里，那也是寻常事。近来，他写这座城市的故事少了，更多的是活人世界的故事，那些采访新近死去的人而得知的故事，他们中的大多数死于他们所称的“流行病”。这些人很会眨眼睛，他注意到了这一现象。他们半眯起眼睛揉着。他想这会不会和要了他们性命的病毒有关。

每天，卢卡在咖啡店的窗后看到同样的脸。东京几百人感染病毒。约翰内斯堡、哥本哈根和珀斯出现新疫情中心。埃利森·布朗是厨房里烘焙甜点的。他总是等到卢卡离开后才看一眼新闻标题。他的妻子是个诗人，喜欢脸上挂着一副焦躁的神情在附近走动，而他一边读着她这一天写的所有文字。没有什么比感觉到被人注视更令他不安的了。潜伏期不到五个小时。中午感染，午夜致死。夏洛特·西尔万一边呷着咖啡，一边扫视着报纸，寻找提及巴黎的地方。尽管已经离开巴黎五十年了，她仍旧把那儿看作自己的家乡。有一次，她看到一篇文章的头一段印了“塞纳”一词，手指不由自主地抓紧了报纸的边儿，但这不过是“塞厄纳”的误印。她再也见不到她的家了。病毒通过空气、水源传播。亚洲和东欧已死两百万人。柳松田未慧非常爱好字谜游戏。每天早上，她喜欢把《西姆斯小报》读上两遍，一遍是看内容，再一遍是寻找隐藏的文字模式——回文、易位词还有嵌了她自己名字的词语。“二十四小时流行病毒”跨越大西洋。

那些挨家挨户敲门的人开始注意到有什么不同寻常。讲经布道的牧师、巡回推销员、请愿者、人口普查的调查员，他们都说了同一个情况：死者的人数正在减少。空了的楼宇，空了的房间，不过几个星期之前，楼里来来往往的人还川流不息。街道也不那么拥挤了。并不是不再有人死去。其实，死的人比以前任何时候都多。他们成千上万地到来，每一小时的每一分钟。整幢房子，整座学校，整个街区的人来到了这儿。但每有一个穿渡过来的人，就有两三个人像是消失了。拉塞尔·亨里把雪松枝和塑料绳捆在一起做成扫帚卖。他说这座城市像是底部有洞的平底锅："不管你注入多少水，水径自就流出了。"拉塞尔在碑区有个小摊，他在那儿做扫帚卖给过往人群。这些天过往的人才不过几百个。如果他们仅有的生命是由活人的记忆赋予的，如拉塞尔相信的那样，那么，当剩下的活人都拥到这座城市里来，将会发生什么呢？他又想，当另一居所——那个更大的世界——被清空的时候，将会发生什么呢？

毫无疑问，城市正在变化中。疫病死去的人们很快来了又走了。有时候就发生在几个小时内，就像仲春的雪在夜间覆盖了大地，太阳一出来就融化无踪了。有个人某天早上到了松林区，找到了一家空荡荡的沿街店面，用彩色肥皂在窗上画了标记（舍曼钟表修理店，快捷便利，即将开张），然后锁上门走开了，再也没有回来过。还有个男人对与他共度良宵的女人说，他去厨房拿杯水，几分钟后她叫他，没有回应。她满屋子地找他，她梳妆台旁边的窗是开着的，他像是爬到了阳台上去，但哪儿都找不到他。一个阳光灿烂有风的下午，太平洋一个小岛上的所有居民都出现在这座城市，聚集在一个停车场的顶层，等到了这天的尽头，他们都不见了。

不过，是那些在城里时间最久的人最能感受到变化。没有人知道，也从来都不曾知道，他们在城里的时间有多久或是到什么时候结束。他们在此期间通常有个规律，有些事是在预料之中的：穿渡之后，你找到一个家、一份工，还有一帮朋友，过上六七十年。尽管你不能生儿育女，因为谁的年龄都不会增长，你总是能组织个家庭。

比如说，马里亚玛·埃克文西在白土区一幢小房子的底楼安了家，差不多有三十年了。她是个瘦高的女人，一直保留着少女时代的气质，对自己的成长既惊讶又糊涂。她穿的蜡染棉裙是儿童画里太阳的色彩。她的邻居隔了几个街区就能看到她走过来。马里亚玛在城里诸多的孤儿院中的其中一家照看孤儿。她认为自己是个不错的老师，但管孩子的纪律却不行。她不时得让另一个大人看管一下她的孩子们，因为她要去追赶一个跑掉的。她给小一点的孩子念书，那些关于长途旅行，或是会变形的动物的故事。她带大一点的孩子去公园的博物馆，帮他们做家庭作业。不少孩子调皮极了，说的话真令她脸红，但是她发现自己没有才能处理这些问题。即使她假装对孩子们生气，但他们聪明得很，看得出她依旧喜欢他们，这正是她的尴尬之处。特别是有个叫菲利普·沃克男孩，一有机会就飞奔着去商业区，他像是觉得听到她一路吭哧吭哧追着他跑有趣得很。要不是他一屁股坐到门阶或是长椅上，笑得喘不过气来，她永远也追不上他。有一天，马里亚玛追着他，拐过一个街角，进了一条胡同却没有从另一端出来。半小时后，菲利普回到了孤儿院。他说不上她去了哪儿。

维莱·托尔瓦宁每天晚上在第八街和青藤街街角的酒吧打台球。酒吧里的朋友也是他活着时候的朋友。以前他们去奥卢喝酒时，经常哼几句小调：第八街和青藤街街角的酒吧，等我死了再来见你吧。一个接一个，他们过世了，一路找到了第八街和青藤街街角，小心翼翼满腹狐疑地穿门走入酒吧，一眼看到台球桌旁的另一个朋友。他们逐渐团聚了。维莱是他们一伙中最后一个死去的，在酒吧找到朋友简直和他年轻时候看到他们时一样的甜蜜。他抓住他们的手臂，他们拍拍他的背。他一定要给他们买酒。“永不……”他对他们说，尽管无法说完，他们都明白他的意思。他咧开嘴想挡住涌起的泪，有人向他扔了个花生壳，他也扔了一个回去。不一会儿地板上满是碎壳。脚踩在哪儿都咯嚓咯嚓地响。离开人世后好几个月以来，维莱没有一个晚上不去台球桌的，因此有天晚上他没出现，他的朋友们出去找他了。他们直接就去街那头他从五金店接手过来的房间。他们砰砰地敲门，又用几张扑克牌锋利的边缘撬开了锁，维莱的鞋子在里面，手表也在，外套也在，但是他不在了。

病毒学家伊桑·哈斯从来不在酒吧喝酒，而是从一个小金属酒壶里喝。酒壶挂在他的皮带上，像童子军水壶。他死前三十年，都在关注他这一领域的发展。阅读报刊杂志，聆听学术会议上的闲谈和传闻。有时在他看来世上的每个政府、每个利益集团、每个团体组织都在想方设法寻找同样的东西，一种完美的病毒，一种能凭借任何想得到的媒介传播的病毒，它会像一滴雨落在水潭里一圈圈地荡开来那样在人群中传播。现在他很清楚有人成功地制造了这种病毒，但病毒到底是如何被引入的，他想不明白。来自新近的死者的报告太少，而且向来不够精确。有一天，他将自己关在高街艺术博物馆的厕所里，止不住地哭泣，抽噎间说了些空气水源食物供给的事，招来了一个保安。“平静下来吧，伙计。外面有够你用的空气和水。你开开门，行吧？”保安用了他最低缓、最安抚人的声音。但伊桑只是大声吼道：“所有的人！所有的物！”然后拧开了水龙头，一个接着一个。别的话，他什么都不肯说。几分钟后，当保安破门而入，他已经不见了。

就像是一扇大门打开了，或是一堵墙倒下了，这座城市最终开始释放死者。他们一群一群地从城市边缘离开。很快地，公园、酒吧和购物中心都变得空荡荡了。

有一天，附近最后一家饭店关门后没多久，盲人站在教堂的台阶上等着有谁肯听他的故事。整天都没有人经过，他开始猜测是不是最后的终结已经来临了，可能就在他睡着的时候，也可能是那天清晨他觉得闻到了焦煳的蜂蜜那半分钟时间。他听到几辆汽车的喇叭声从城市不同角落传来，隔了二十分钟后，他听到地铁的刹车紧紧扣住铁轨的吱吱声。此后，再没有别的声音了。除了风在楼房间呼呼地穿梭着、逗留着，最后归于沉寂。他努力地倾听着，想听到一点说话声或是脚步声，但一点点的人声都听不到。

他把手握成喇叭状。“有人吗？”他大声叫道，“有人吗？”但没人回应。

他感到一阵异样的害怕。他把手放在胸口上，担心听到的心跳声正是他自己的。

二
临时营房

风已经刮了二十三天，先是东风后是南风，在通风口发出拖长了的垂死的呻吟。偶尔，夹着冰粒的狂风强行穿过临时营房的挡风保温层闯了进来，几百颗的清亮的灰色晶体在房间里呈扇状散开来，洒在桌子上、地板上。劳拉无论在做什么，都会停下来，看着它们融化。冰粒融化的时间长得让她灰心。暖气片显然是越来越不行了，直至完全瘫痪。接下去，灯将熄灭；再接下去，要是她还能活着，食物储备会成问题。真是一场彻头彻尾倒足了霉的灾难。

差不多一个月前，通讯接收设备上的天线折断后，麻烦就开始了。她与帕克特、乔伊斯一起竭尽全力重新搭建了设备。天线是一根细细的铝杆，装在一个巨大的圆盘式卫星接收器里，四周堆积着一层厚厚的冰雪。连续一两天，暖风吹得气温升到了冰点之上。这反常的风也慢慢在融化接收器下的冰架。一大块的冰雪从接收器圆盘里滑落了下来，连带着天线。

就是那样。那就是发生的一切。整件事愚蠢得让人不可置信。

为什么接收器用的不是会生热的金属材料？如果没做到这一点，为什么没有人把它架在不会堆积冰雪的位置上？再退一步说，为什么他们三人没有给配备上修理所需的工具？有时候劳拉觉得整个考察计划像是由猴子随意拼凑起来的。可是并不是那样。这是完全由可口可乐公司策划并资助的，可以当作是一次广告宣传活动，也可以当作是一次科研考察活动。这取决于你是在何处看到这个计划的：是内部的文件还是发布的新闻。

该计划是把一队人送到南极，探索把南极冰块用于软饮料生产的方法。冰盖早就在融化了，大量地流入海洋，公司要乘还能利用的时候，好好利用这些水源。这是他们的说法。广告部甚至设计了一条新口号："可口可乐——源自地球上最纯净的水"，要是流行起来，他们计划在一两年里改成："可口可乐——就是纯净！"

考察预计时间是六个月。规划组委会指定了极地专家迈克尔·帕克特、软饮料专家罗伯特·乔伊斯，还有她，劳拉，野生动物专家。对于到底该叫她"野生动物"专家还是"动物"专家，他们有些争论。南极之"野"是不是和其他地方，比如说，二十世纪的亚马孙河域之"野"是同个含义？不过，有人提出组委会应当考虑"野"的最初含义，指的是被忽略的或是未被开垦的区域，这下争论就平息了。于是，劳拉的照片出现在各家报纸上了，是那张令人尴尬的照片——她正把内衣塞进一只军用帆布包里，照片的文字注明，"劳拉·伯德，野生动物专家，整装备长冬"。她的初恋情人是位新闻学教授，她很清楚报纸编辑们如何以微妙的方式嘲讽他们认为荒谬的新闻故事。甚至现在想到这张照片，她都能感觉到双颊起了红晕，尽管寒冷正像一双手似的慢慢拢上来裹住了临时营房。

照片。野生动物。猴子。

以前是不是有个电视广告，猴子一家过圣诞节，一起分享一瓶可口可乐？她很肯定记得她还是个小女孩时，看到过类似的广告。

不管怎样，卫星接收器里的天线折断后没多久——确切地说，两天后——无线电里发出最后几声噼噼啪啪的白噪音和几个断断续续的音节，然后就毫无声响了。为什么她情不自禁地反复回放这些细节？无线电收发机一坏，网络和电话也就不能用了。他们三个——她，帕克特和乔伊斯——没法联系公司寻求帮助。帕克特坚持他们在临时营房里找找能用得上的零件，把无线电接收机或是无线电收发机修好。要找的不过是两个房间：一间供起居用，另一间供睡觉用。不过，搜寻还是花了他们半天的时间。他们找到了几百袋干肉饼和牛肉干，一罐一万颗装的维他命C片剂，一卷用橡皮筋捆扎的电热毯，两盏煤油灯，六听冻干咖啡，一只便携式汽化煤油炉，一对备用的可折叠帐篷，甚至还有一只装有基本工具的箱子，但没有找到一件工具能帮助他们修理无线电接收机或断了的天线。

装备清单非常清楚。劳拉知道他们不会再找到别的什么了。

事实是，通信系统中哪怕只有一件设备是工作的，他们就能索要修理其他设备所需的材料。但是，每一件设备都坏了，他们彻底束手无策了。

可口可乐的那帮人对于广告营销、市场研究和产品定位都精通得很，但看来对极地考察懂得不够。

差不多有一个星期了，三个人等着公司和他们重新联系上。帕克特继续挖出冰芯，乔伊斯继续测试水质是否符合公司的纯净规格，劳拉继续在这一带搜寻野生动物的任何一丝踪迹。她忍不住想他们在做的事都是浪费时间。对于南极，公司早就从许许多多的可行性研究中了解到了他们想了解的一切。毕竟，如果考察是一次严肃的科学行动，而不是鼓动人们对可口可乐公司新产品的兴趣，公司的当权者难道不会派送多于三个的人员？难道他们不会实行更加严格的训练计划？是啊，考察是个宣传的噱头——仅此而已——他们都知道。然而，他们三个人还是继续工作。等待援助到来的时间，工作是他们能想到的消磨时间的最佳方式。这毕竟不是沙克尔顿[①]和斯科特[②]的年代。他们那个年代，你若是消失在冰原荒地里，会过了好几年才有人注意到你失踪了。考察协议规定，他们每隔二十四小时到太平洋标准时间下午三点向公司递交一份进度报告。在无线电接收机坏了之前，他们没有漏掉过哪一天。当然，在这么南的地方，凌晨三点和下午三点可能无法区分，太阳在天际也许一飘就是几个月。可能他们有时把凌晨三点错当下午三点。可是，晚于期限几个小时和晚于期限四天、五天、六天、七天有着天壤之别。到现在公司肯定已经意识到出事了。

---

① Earnest Henry Shackleton(1874—1922)，英国探险家，三次到南极探险，到达南磁极区。

② Robert Falcon Scott(1868—1912)，英国探险家，两次率队到南极探险。

很快，会有人迎风破雪来营救他们。劳拉睁着眼睛都能想象出来。一只雪橇划过冰层，一队驾乘的人爬了出来，他们所需的物资会被放在前门。或是一架直升机在头顶上方慢慢降下来，卸下一只新的收发机，又平旋上升着回到空中，像一只蜻蜓般迎风飞翔。

她也可以就坐在那儿与帕克特和乔伊斯玩牌。他们盯着沿临时营房内墙搭的加固拱门。不时地，其中一个人会将手掌按在门上，感觉一下透过金属渗进来的寒气。他们有的是时间。他们三个开始听到有人呼唤他们的声音、狗的吠叫声、机器的挖掘声——裹卷在风里的声音就像植物蜷缩在一颗种子里。但是，他们最终意识到这些只是他们的想象。没有人前来找寻他们了。他们被遗忘了。

劳拉是他们三人中最后一个明白的。当她明白这一现实时，她感到头晕目眩，眼前一片亮点——几千颗的亮点犹如遥远的星星一般炸开来。劳拉想自己马上要晕过去了。她咕哝着说了些运气耗尽之类的话。帕克特一听坚决地说，你可不能当真说运气耗尽，因为你永远也不能知道事情何时会变得更糟——也可能是变好。运气可不是一项有限的资源，要测量运气多少是毫无意义的。对此乔伊斯回应道，世上多得是运气耗尽的人的故事。瞧瞧普罗米修斯，他被锁在山崖上，那只鹰永世叼啄着他的肝。的的确确是有人耗尽运气的。对此帕克特提出，也许运气不是那种可以说是拥有与否的东西：也许运气如水流淌在世间，有好也有坏，有时候我们发现自己在这股水流，有时候在另一股，但是水本身从来不是我们的一部分，我们只是努力浮在水中。对此乔伊斯说："要是你从来没有感到过在体内的运气——真正地在你身体之内，帕克特——那么就此事你没有可信度。"

当时这番对话让劳拉生气极了。这类无聊争论，男人能一辩就辩上几个小时，只是为了自娱自乐。她已经威胁过不止一次了，要是他们还不闭嘴，她就在雪地里走到死。不过现在，只要能听到他们的声音，她愿意付出一切。任何人的声音都行。

帕克特和乔伊斯走了差不多有三个星期了。当他们明白公司不会派来任何救援时，就驾着一只装备好的雪橇出发去罗斯海西缘一带。那儿有个研究帝企鹅迁徙习惯的考察站。帕克特和乔伊斯的计划是联系可口可乐公司，解释发生的事，然后，如果可能，借一台无线电接收机和一台备用的无线电收发机，再回到临时营房。雪橇使用的是最新的燃料电池，一次充电能运行六十天。即使冰变软了，起了冰垄，行路变得困难，他们到考察站也不应超过一个星期。他们走了几天就应该回来了。他们再也不会回来了，劳拉开始接受这个想法。她一个人待在临时营房里，恐惧极了。

屋外，风在线缆间发出啸声。调子变了一下，振动慢了下来，渐渐她的耳力听不到了。这让她想起了小时候去的夏令营里的钟鸣。营地两端有两口钟，她在码头旁发现了一个和她的身子差不多大的地方，在那儿声音会互相消弭。她站在那儿，仿佛在一个胀满了寂静的气囊里，聆听着蟋蟀的叫声和轻轻拍打的水声。她在临时营房的四堵墙内走过来走过去，试图找到那样一个地方。可能是在电脑操作台上方的角落，也可能是在床下的窄小的空间里。她随即就放弃了，坐在靠门的椅子上，给自己倒了一杯葡萄酒。是二十七年的梅鹿辄，他们唯一的一瓶酒。醇美极了。

北极熊。可口可乐的广告。是北极熊，不是猴子。

四天后，她在乔伊斯的床脚柜里找到一只数码音乐唱机。锁像一声枪响似的猛然弹开的时候，她正在房间的另一头洗脸。她忍不住往里看。乔伊斯带走了日记本、梳洗用品，还有多数的衣物，不过留下了一叠仔仔细细叠好的长内衣裤，还有一只袖珍贝塔斯曼唱机，存着精选的几百首曲子。劳拉将按钮设定在随机播放。接下去的三个星期，屋子里回响着音乐，贝多芬和连接弹簧乐队，亨德尔和勋伯格，还有查理·帕克。直到那一天，她不顾风险离开了临时营房，夜色冷冽，没有风但下着雪。

她开始有规律地读书、锻炼和烧饭，间隔的大段时间她静静地坐在椅子里，让音乐像件披风似的把自己包裹起来。每天午饭后一个小时，她在日记本上添上一两页，分析一下公司的可乐生产方法对南极洲当地的植物和野生动物的影响。这是她唯一的一项正式职责。这一带几乎完全没有当地的植物和野生动物，这让她的任务变得更加艰巨，也更加荒谬。所有的海狮和企鹅都集中在冰架的边缘上，那儿有缺口和裂缝方便它们接近海洋。南极洲所有的植物都生长在海洋里，那儿有各种各样的海藻和海草。偶尔她会拨弄一下无线电，希望能收到一个信号来引导她回到公司。有一次，持续了不到一分钟，她听到一段类似海豚的声音，喀嗒喀嗒，叽叽吱吱，还有呼呼的啸声，但是很快无线电又没声音了，她再也不能调出一个声音来。她经常一个人玩纸牌，不过一旦意识到自己洗牌洗了很长时间却一张都还没出，就停下来不玩了。有时候她在床和门之间来回踱步，数着步子。四，五，六，七。她试图每天晚上睡八个小时，但是暖气片越来越不管用了，她经常过了三四点钟就醒来了，小腿上的肌肉因为寒冷揪在一起，疼痛不已。她定下规矩每天早上看一下温度计。临时营房里的温度每天晚上下降差不多有两度。很快，温度就会降到冰点以下了，仅仅为了取饮水罐里的水，她就得敲破一层冰盖。她已经可以看到自己的呼吸在空气中划出小小的转瞬即逝的痕迹。不知再有多冷，她要被冻伤了？

有一天晚上，吃过晚饭后没多久，她开始觉得极其悲伤，她非常肯定那时脑子里没有一丝念头。她觉得悲伤是一种关节里的疼痛，像是身体突然崩塌了。这是怎么回事？她想。那种感觉突如其来。起先她只是站在坏了的收发机旁，听着肖斯塔科维奇的曲子，恍惚地扬着手指挥着一支乐队，接着她就坐在床边，身子无法控制地颤抖着哭泣。她哭啊哭啊，直到胃在体内缩成了一只拳头，然后她蜷起身子，把头埋在两腿间，喘着气直到呼吸又均匀起来。从那以后，每天晚上，同一时刻，同样的情形又会发生：止不住地哭泣，接着脏腑被揪得紧紧的，让她忘记了所发生的一切。

她渴望着交谈和笑声，渴望着和他人的身体接触。她试着回忆和别人说话的时光——那些握着她的膝盖，靠近她，在她耳边低语的人，那些在教室里和成员会议上朝她大吼大叫的人。记不清时，她就退而求其次想象他们。她想念帕克特和乔伊斯，想念他们可笑的争论，甚至还有他们的呼吸声。她越来越怀疑他们在临时营房到罗斯海考察站的途中迷路了，或是他们到了考察站，但是决定不再冒险踏上回程了。她也想念妈妈、爸爸和朋友，还有她以前住的公寓楼里的邻居。有时候她想他们想得厉害，脑子里全是他们的声音。

“快点儿，宝贝，该上床睡觉了。”她听到爸爸这么说，然后是十五年之后，她的大学室友对她说：“这个周末我和凯尔在一起，你可以独享整个房间了。”接着是十年之后，她听着老板敲着她的办公室的门对她说：“我只跟你说一个词，你告诉我你的想法：南极洲。”在这件事的一年之前，她的男朋友告诉她：“就是这管唇膏。从现在起，你要用这个颜色。天呐，这简直让我想把你的整个嘴唇咬掉。”再接着，她和帕克特、乔伊斯来南极前的一个星期听到的话：“啊，你连一块钱都不舍得给？这位小姐穿着新的黑皮鞋，系着配套的时髦皮带呢。这位小姐太忙了，除了她自个儿，还管得了谁呢。”这是那个在可口可乐大厦外讨钱的人说的。

她听着他们的声音，直到这些声音被风声淹没了。她从美好回忆的开阔的空间里回过神来，回到了低矮的灰色的临时营房的拱顶，回到了没完没了的呆坐和踱步的日子。

她想着法子，拖长每日例行之事，把这些事拆分成各式各样的小事，然后不管它们变得何等的细微无聊，也都做到底。不能让自己发疯，她下定决心。早上，锻炼的时间不再是短短的十五分钟，而是整整一个小时，她穿着外套戴着手套原地跑步。她看的书迫使她集中注意力看每一个词。她烧的饭也越来越费时费力：炖肉炖菜用光了所有储备的蔬菜，得花上半个下午慢慢地炖。一旦有机会被打断，她都抓住不放。不管在做什么她都会停下来，去拉平毯子上的一条褶皱或是扫掉地板上的一点点雪痕，但是一切都无济于事。事实是，多少次她从椅子上站起来，试图唤起一种紧急的感觉，但她其实哪儿都去不成了。她在这儿，她就困在这儿了，她明白这一点。

有一天早上，她在修理炉子，差点儿砍断了左手。事情是这样的：她听到燃油炉上面有枚螺丝在嘎嘎作响。找不到拧紧螺丝的支点，她爬到了炉子上面，从另一个角度再试试。她可以从后面的缝隙往下看。一块嵌入墙体的金属从墙上松脱了。风摇动着屋子，这块东西也晃来晃去，擦到了炉子。声音就来自那儿；根本不是螺丝。她觉得要是任凭声音继续下去，她会发疯的。于是她试图用手指将金属扳回去。不管用，她再试着用便携小刀把它锯掉。也不管用，于是她决定用在工具箱里找到的短柄斧子把它砍松了。她用左手支着炉子稳住身体，右手举起了斧子，正要往后挥砍下去时，斧子滑脱了。

手已经冻得失去了知觉，直到斧子斜穿过她的脑袋砸在炉子上，她才意识到手里是空的。斧子发出钟鸣般的滚动声，然后咣当当地掉到了地上。

她往下看，炉子上有一条银色的裂缝。裂缝向下朝里卷，像是冻土的芯样。裂缝就在她的指尖——她可能一直指着这条裂缝。那一刻，她意识到自己有多么孤单。要是斧子落下时靠左一两英寸，她就会流血而死。过了几星期——她也想好可能会是几年之后——才会有人发现她。从现在开始，她得更小心一点。

她开始记起生命中的一些小事——开会、交谈，还有其他各种片断。历历在目，清晰得让她惊奇。有一次，那时正在读大学，她一整天在芝加哥动物园看一只长颈鹿幼仔——那是全世界能看到的最后一只长颈鹿幼仔了——用它黑色的长舌扭着摇着一截铁链。第一份工作的第一天，站在干洗店的柜台后，有位顾客递给她一条裤裆有一圈污渍的裤子，问："你们能不能除掉聚酯纤维裤子上的咳嗽糖浆？"还有一次，妈妈带她去老同学的生日聚会，过后责备她不该用"祝你生日快乐"的调子，一遍又一遍地唱"我们何时回家"，那时劳拉才四岁。

据说临死的人会经历奔涌而至的回忆，她疑惑着自己是不是正经历着同样的情况——只是她的回忆来得慢多了。

劳拉·伯德，野生动物专家，整装备冬。

然后，又是一阵哭泣。哭泣总是突如其来，她不明白为什么自己无法预料。或许，这就像女人分娩时的痉挛撕扯，万般的疼痛袭来，把头脑清洗一净。这或许和涌起的回忆相关，回忆像是把她牢牢地留在了昔日的生活。随着现时变得越来越模糊不清了，未来消退得只剩下隐隐约约的痕迹，昔日的生活就赶上来成了主宰。也许哭泣是她另一个人生的一部分，那个在眼前展开来的生活是自己真正的生活；也许她也只不过是那儿的一个访客。

一天，那是温度计坏了之前没多久，她注意到屋子里发出的嗡嗡声停息了。她已经非常习惯这声音了，是临时营房将微粒振动转化成热量的声音。这是从墙体内部的深处发出来的，调子非常的齐整有规律，她几乎都不把它当作是声音了。要不是有一小阵子风力减弱，空气里几乎是完全的静止，她还不会意识到这声音已经消失了。她脱下手套，用手指碰了碰其中一块暖气片。她能感觉到寒冷啮入肌肤。她抬起围着暖气片的框架，松开锁住的暖气片，她看到里面的螺旋管已经淡成一种苍白的毫无亮泽的灰色。她看了看其他几个暖气片，发现都是同样情况：很多暗淡了的暖气螺旋管，就像雨后被冲到人行道上的死蚯蚓。她一直知道这种情形会出现，这下真的出现了。暖气片最终停止供暖了。

储物柜里还有两顶帐篷(其他的帐篷帕克特和乔伊斯带走了)，她在起居室中央搭起了其中一顶帐篷，她可以睡在里边。帐篷的保暖性能好得让人吃惊，有内置的有限取暖系统，是一种新型的“软性取暖管”。很快，她一天中大多时间就待在里面了。光线滤过帐篷布，让空气带上了一种柔和的粉红色。随着屋子内空气压力的变化，帐顶微微地陷下去又鼓起来。她有一种荒谬的感觉——不如说是一个梦——自己是住在一只水母里。凌晨时分，半梦半醒间，她会躺在睡袋里聆听带着水汽的风声四下奔突，想象着自己一颠一颠地慢慢在海底游走，几百万只硅藻在身边浮游着。做梦要比尖叫容易，尖叫要比担忧容易，担忧要比哭泣容易。她知道要是自己不努力控制，她就只能哭泣了。

每天早上，她离开帐篷去做早餐，锻炼身体，不时去一下洗手间，然后到了晚上就去烧晚饭。临时营房里只留下一点过去六个月储存的热量，炉子又让屋子暖了一点，但每次爬出帐篷，她都得穿上外套戴上手套。她不知道要是最终彻底没电了，自己该怎么办。几天之前电灯曾经闪了闪熄灭了，在持续的一明一灭后又亮了起来。她数着光亮和黑暗间隔时的每一秒钟，胸口一阵恶心。不过好歹目前还有电。

电流。风吹。雪飘。

躺在帐篷里半睡半醒间，她发现自己经常冒出联想的词语来。早在读小学时她就开始玩这个游戏了，她想用一把刀子划过休息和放学之间那些空洞的分分秒秒。

雪飘。雪球。球戏。球状轴承。轴心国。国人。社交高人。

社交高人。劳拉在可口可乐公司工作不到一个月，公司制定了称作“社交高人”的活动。在最近一次大规模的水源安全问题引起的恐慌中，脱口秀和报纸上全是恐怖分子正预谋在全国的饮用水中下毒的故事。公司雇用了差不多一万名漂亮的男女在纽约、洛杉矶还有另外几个城市的饭店里用餐。他们一看到有谁点了一杯水，就上去说：“您会不会觉得喝可乐更放心一点？”这次行动的第三个星期，国内可乐销售量上升了百分之四十，到了第五个星期，又增加百分之二十。这次活动是乔伊斯的主意。活动的成功让他升了级，最后把他送到了南极洲，劳拉猜想也把他送到了某处冰隙的底部。帕克特被选中是因为他对极地地形的了解（尽管他其实不过是个业余爱好者）。劳拉被选中是因为她那个部门里的十二三位环境影响专家中，只有她的职位够高，有资格参与这次考察，但同时又不够高，没办法推辞不去。这样的事情往往就是这样决定的。

电力开始不稳的四天之后，电突然断了，很明显，她知道这下是完全没电了。屋子里迷漫着一股无烟火药的气味——尽管不可能是无烟火药，贝塔斯曼唱机正放着一首伊塔·詹姆斯的歌曲，中途停了下来。要是她懂点发电机怎么运作的，可能会修理一下。但除了还记得一点点大一时学的零散的理论，她对电工几乎一无所知。她打开放在帐篷袋子里的手电筒。四周的空气仍旧有一点微微的粉红色，但是现在光线是反射，而不是从外面滤进来的，要比以前亮了一倍。帐篷里的每一样东西都很光亮，轮廓分明。帐篷入口处的壁龛上有一盒谷物能量棒。她剥开吃了一根。她诧异于每颗谷物的独异，像微型拼图块一样黏合在一起。她明白从此以后，自己要吃这类食物了：大块的干肉饼，脱水饼干，牛肉干，还有谷物能量棒——能够挨过大灾变的食物。她可以架起便携式汽化煤油炉，当然也可以试着生火，但即使那样，她预计食物储备不到一个月就会吃光。考察几个星期前就应当结束了，他们的备用物资向来都不怎么宽裕。

这就是她的处境：没有暖气，没有电，很快也将没有食物了。

她明白自己该做什么——事实上，是一下子就明白了，她意识到这一定是因为自己几个星期来一直都在考虑这个问题。

她唯一的出路是装备好第二只雪橇，放弃临时营房，追随帕克特和乔伊斯。要是到得了罗斯海的西缘，她就能找到食物、栖身之地，还有伙伴；要是到不了，她也不会比目前的情况更糟。她并不想离开，冒险穿越冰原，经受那寒冷和空旷，这念头把她吓坏了。但是，她别无选择。

接下去的半天，她把所需的物资收集起来：成箱的压缩脱水食物，一罐复合维生素片剂，几听咖啡，十二卷卫生纸，一套换洗衣物，帐篷、睡袋和保暖衬里，急救箱，一瓶防晒霜，一卷登山绳索，几盒防水火柴，一只便携式汽化煤油炉，还有几罐取暖用油，一捆蜡烛，备用帐篷，一只小型的磁罗盘（雪橇装有GPS导航系统，不过，她不想出现万一），手电筒和一盒备用电池，工具箱，一只煮锅，再一只煮锅可以用来化冰成水，几片胶合板，一把冰斧，一把冰镐，一把雪橇用铲子，袖珍小刀，最后是一副安全带和一对滑雪板和滑雪杖，以防万一雪橇出现故障，她就得拉着所有物资穿过冰原。她花了一个多小时找一枚雪橇的备用燃料电池，但找不到。这意味着要么是公司没有给他们配备，要么是帕克特和乔伊斯带走了。无论是哪种情况，她都只好将就了。

她一直专心致志地挑选整理装备。等到她打开房门，但见一片苍白的天空，一地静悄悄的雪，她才注意到风已经停了。她走出门，两只手缩在胳肢窝里。空气纹丝不动，无论往哪边看，都看不到一片云。但稀稀疏疏面粉似的雪正不知从哪儿飘落下来。

这是一个落日天，天空中一连几个小时绵延着一片一片的粉红金黄。她现在把这样的日子认作是落日天了。疏疏朗朗的几颗星星刚刚开始亮了起来。她开始数星星，但盯的时间越长，看到的星星也越多，很快就放弃了。

她蹲下去，检查冰的状况。数千条的平行的冰垄，又叫“雪面波纹”，从临时营房的门口一直延伸到天际线，是南风梳理积雪而成的。不过，冰不是太松软，也不是太干硬，她想，这样的冰况旅行正好。

她开始凿去覆盖着雪橇的大块的冰，把冰镐的尖头抵在冰上，用手掌敲下去。这像是凿碎雕像四周的石块，成千上万块的碎片在她脚边纷纷落下，她一边想着自己将要面临的漫漫长路，一路的辛劳，还有走完这一路所需的运气。

三

偶遇

办公室里极热。可怕的炙热把油印机上的油墨味烘了出来，空气里满是这种气味。卢卡坐在桌边很长时间，扇去脸边的难闻气味。然后他打开窗户，把藤蔓拨开，等着凉风吹进来。外面的安静几乎令人超然出世。没有汽车在红灯前逗留，没有孩童带着气球跑过。楼下连一个人影都没有。空气里带着花岗岩和河草的味道。他深深地吸了几口气，回到蜡版上。

他正在编写最新一期的《西姆斯小报》。头条新闻是独自在城里，副标题用了稍微小一点的字体，编辑的疑问：还有人在吗？他正写到这儿。

他在临河路咖啡店门外站了大半个早上，捧着一整沓上一期的报纸。从七点到十一点半，他一直站在那儿，独自一人，把头条新闻念给自己听：人们继续大规模地离开。他在厚玻璃窗旁等了四个半小时，以前总有不少人坐在摇摇晃晃的木凳子上，身体挪来挪去。太阳慢慢地进入视线，他们也随之把咖啡往左移。四个半小时，他望着窗台上的小鸟，还有街上吹过的零散的垃圾。

四个半小时，他一个人影都没见到，甚至他认定的老顾客也没来，比如说，那个戴白色贝雷帽的妇女，或是那个穿着皱巴巴的西装的瘦男人，或是总在卢卡一收拾东西准备离开时，就伸出脑袋来的那个甜点师傅。

他在城里这些年了，还是第一次发生这样的情形。他不知道是谁或是什么把所有人都带走了。但这不是困扰他的问题。困扰他的问题是，为什么他还没有被带走？他让自己又等了几分钟，看看有没有经过的游荡者。他最终放弃了，走回家去。回家路上，他把整一期的报纸都扔到了垃圾筐里，然后想了想，把它们捞了出来，然后又想了想，又把它们都扔了，最终留下了一份做纪念。他把这份报纸钉在桌后的墙上。这份报纸是对什么的纪念呢？或许，是丧失希望的那个日子吧。

为什么他还在编报呢？他不知道。他觉得是习惯——有件事让他的双手忙碌，脑子不空。尽管他已经能够感觉到整个事态是朝哪个方向在发展：下落，下落，下落，到唯我主义最深最令人困窘的形式。

他并不希望那样的情形发生。他一直是报纸唯一的撰稿人，现在他也是报纸的唯一读者。一不小心，很快，他就会报道自己的大便情况。

《西姆斯新闻与思索小报》：适宜见诸报端的西姆斯之点点滴滴。

或许，改得更好一点：西姆斯独家报道西姆斯之点点滴滴。

一阵微风吹进了办公室，轻轻地拂着脸，空气流动了起来。他听到原先耷拉在窗上的藤蔓擦着砖墙沙沙地响。他伏在桌子上，心绪不宁地修改着新闻导语："今早十一点半左右，本报编辑推断他是本城最后一个人。而且可能是除鸟雀之外的最后一个生物。""而且"之前，他是不是应该用逗号？还是一个破折号？还是括号？当他三十刚出头的时候，在死前的五六年里，他在哥伦比亚大学教一门新闻学入门的课程。他发现有不少学生——那可是城里最好的一部分学生——写不好新闻的开头一句，惊诧极了。他们不单单是埋没导语就算了，而是先焚烧导语，继而将导语肢解得七零八碎，然后才将它埋没得踪影全无。这是他在课堂上最喜欢讲的笑话之一，只是从来没有引起一声笑声。不奇怪。他的课勉强支持了三个学期——准确地说，三个学期，两百个学生，一次恋爱事件——然后他决定继续全职写稿。他不能说报导新闻这项工作流淌在他的血液里，但这的确给了他其他工作都给不了的感觉：那种无数小小的事实带给他的兴奋。当他在追踪某个事件时，觉得自己是古生物学家发现了一副骨架，对着这世界敲敲打打，直到剥离出一块小而坚硬的物体，他可以编号分类，可以捧在手里带走：比如一块头骨，或是一块胸骨。这就是他坚持不懈编报的真实原因：他不知道除此之外他还能做什么。

没错，他是个傻瓜，他明白得很。他放弃了谈话交往的乐趣，任何只要肯迈出家门的人都能享受的乐趣。取而代之的，是无数个小时独自待在办公室里，编好第二天的报纸。他理所当然地认为死者的群体——之前是活人的群体——一直会存在，就等在门外，所以他不必理会他们，选择了从边缘观察聆听，而不是亲身参与。他应当把笔记本放下来，去一家酒吧，找几个喝酒的伙伴。他应当爱上谁，或者至少试一试。

该做的事那么多，他都还没来得及做。这下可太晚了。

他决定在“而且”前面加上逗号，接着写下面一句。很快，他已经沉浸在他讲述的故事中了。

他一定工作了有半个小时光景吧，才有什么响动终于吸引了他的注意力。他抬起头来。

一瞬间，他确定自己听到了轻轻拍打的声音。他把纸挪到一边，倾听着。

这声音又来了，同样的轻轻拍打的声音，像一根树枝拂着街标。声音像是从街的另一端传过来。他走到窗边，朝外看，看到正有一角衣襟消失在转角。天呐，天呐，天呐。他反复念叨着，先是在心里默念，然后就嚷出了口。这惊叹词才说了半截，他都没有意识到脑子里的声音，直到他听到自己正这么嚷着。

他跳起来离开了办公室，飞奔下楼。楼房前的街道空无一人，不过他知道那件外套去的方向。他紧跟上它。他感到一阵兴奋翻滚似潮涌。那种兴奋，在他十几岁的时候有时感受过——无论在做什么，他都得停下来，跑去屋后的田野，铆足了劲把一只垒球或是网球扔出去，然后奋力拨开长草，把球找到。拐过人行道转角的时候，他的手狠狠拍了一下停车计时器。在街区尽头，他看到那件衣服正消失在一幢楼房亮晃晃的银色窗户后，擦得锃亮的鞋跟随着衣襟一闪一闪的。他越发加快了脚步。

“等一下！”他大声叫道，“等一等！”

他正走到街的一半处，那个穿着外套的身影又出现了，正从楼房的一角迈出两步。他站在那儿，如街标一样沉着，风在他的身侧慢慢叉开飘过。他的手臂伸向砖墙，就像潜水者保持缆绳在伸手可触的位置，那样子告诉卢卡那个人是盲人，尽管他没有戴墨镜也没有拄着拐杖。卢卡在办公室听到的啪嗒啪嗒声一定是他的鞋子敲击人行道的声音。

距离越来越短了，卢卡的步子也慢了下来。“嗨，”从楼梯上这一路跑过来，他还在喘着粗气。“嗨，我是——”他喘了一口气，“我是卢卡——”又喘了一口气，“卢卡·西姆斯。”

盲人把头歪到一边。“你可是真人？”说“真人”二字时，盲人特别强调了一下。

能跟人说上话，卢卡觉得满足极了。他听到自己发出一种声音：一阵短促的从内心迸发出来的笑声。“你呢？”他说。

盲人面部底下有什么绷紧了。“已经有很长时间我不能肯定地说我是个真人了。”

“来，”卢卡说，“握着我的手。”盲人小心翼翼地伸出手来握住了卢卡的手。他递过来的手干燥长满了老茧，特别是指尖部位。卢卡捏了捏，那只手抽搐了一下。“你摸得着，”卢卡说，“我就是那样的真实。我能保证的就是这些。”

盲人点了点头，像是说*差不多*，然后把手抽了回去。

“我以为已经没有人留下了。”卢卡承认道。现在看来，这种想法非常可笑，就像一个噩梦，太阳一升起来，噩梦就不吓人了。

过了一会儿，盲人问：“发生什么了？你能告诉我吗？”

“我能给你的只是一种推测，”他的口气转换到新闻报道模式，“看来世界，应当说是另一个世界，正在关闭。从我收集的信息看，那边有一种病毒，令大多数人丧生。也可能是所有人，我不能确定。他们一去世，我们也得离开。看来就是那样的运作方式。提醒你一下，这些只是一种推测。这没法解释为什么我们俩还在这儿。”

“我穿过了一片沙漠来到这儿。”盲人说。

那天晚上，他轻盈地坐在卢卡的沙发垫子上，就像一只纸鸢保持姿势等候着风吹起来。他还在讲述那个穿渡的故事。他喝完了最后一滴红酒，吃完了最后一根卢卡烧的意大利细面，他一点一点地撕着纸巾，拿一只手掌接着。“我起先以为那只是风的呼啸声。花了很长时间我才听出是心跳声。”同一个细节，盲人肯定已经重复过六七遍了，卢卡又应和了一声。他不愿让盲人走，甚至都不愿让他独自待上几秒钟，担心一旦自己去冲洗一下碗盆或是把剩菜放放好，盲人就会消失。“所有那些沙子，不停息地流动着。”盲人说。他的双手拢起来，纸巾的碎片纷纷飘落到了地上。

太阳下山很久了，他们还说个没完。然后，卢卡提议盲人睡在他的沙发上。天色已晚，喝的酒还令盲人醉醺醺的，于是盲人就接受了卢卡留宿的提议。

卢卡躺着醒了半夜，听着盲人呼吸。

第二天早上盲人还在那儿，坐在沙发上，抚摩着卢卡从河里捡来的一块翼状的浮木。他已经把卢卡给的毯子叠成完美的正方形，放在枕头正中。听到卢卡走进房间，他说：“我想不止我们两个。”

“还有其他人？”

“城里还有其他人。”

“为什么这么说？”

很长时间，盲人没吭声。“直觉。”

卢卡说不出为什么，不过他倾向于赞同盲人。自从注意到窗外的啪嗒啪嗒声，一有不同的声响，卢卡就马上去调查：橡果从树上掉下来，他的冰箱在制造又一串的冰块。他会让声音在脑子转悠，直到他能够辨认出来才满意。然后他会起身走向窗边或是厨房，只为了确认一下。好像每一种声音，如果不是风、鸟雀或是河水，就能确定是人类的声音。他想象着城里各个地方的人，几百个，正在想方设法穿透他们各自的孤独之墙，但又不确定，墙外是否有人。几百扇窗后的几百张脸。几百件的外套飘过几百个的街角。卢卡下定决心，不把每个人都挖出来，他就不会停止寻找。

整整一天，卢卡和盲人一起寻找着他们能找到的任何人。他们出发时，卢卡让盲人挽住手肘，但盲人拒绝了。“走过的路像我一样多的人不需要别人的帮助。”他说。无论经过哪座楼房，盲人的手一边擦着墙体，一边听着硬底鞋敲击人行道的回声。他就这样摸索着往前走。

两人以卢卡住的公寓楼为起点圆心，然后一圈连着一圈地向外围走。“我们应当待在一个地方，”盲人提出，“其他人也在外面搜寻呢。”他说得有道理——他们不在的时候，很可能有人碰巧路过公寓楼——但是卢卡太坐立不安了，无法静等。他宁愿去城里碰碰运气。

他们一条街一条街地走着，每隔十步二十步，盲人就大声叫唤："喂！"然后是卢卡大声叫唤："有人吗？"

"喂！有人吗？喂！有人吗？"

他们经过了公交车站的长椅，空荡荡的店面，还有几百辆无人驾乘的汽车。有些车就停在路中央。人行道上躺着打开的平装本小说，华人饭店的外卖袋，偶尔甚至还有公文包或是背包。一次他们在一处下水管道里发现一块滑板正迎着风来回滑动。但是他们一个人都没见到。卢卡想到这是好几年里的头一个早上他没有编完《西姆斯小报》。尽管事实是，他目前找到的唯一的读者是个盲人，因此也算不上什么读者，但一瞬间他还是觉得像是孩童忘了做家庭作业。他了解自己这一点，他一向都知道：总有个老师站在他背后的什么地方，越过肩头看他。

白天慢慢地过去了，卢卡和盲人走的圈也离他们的出发点越来越远，一头到了河边，另一头到了暖房区的边缘。柔和的蓝天白云开始染上了黛青黑紫，他们开始走回卢卡的公寓楼。盲人会再宿一个晚上，两人对此心照不宣。或是再两个晚上。或是再三个晚上。盲人会一直住到他们找到了另外一个人或是被别人找到。

卢卡对盲人通常在哪儿安家一无所知。盲人不像那类有宠物或是很多东西要照看的人。即便他每天晚上换一个地方睡，哪儿碰巧有沙发或是床或是地毯就睡在哪儿，卢卡也不会觉得奇怪。

第二天一早，卢卡闻到什么东西在烧煮的香味。他走进厨房。

盲人在冰箱里找到了一罐奶蛋糊，正把奶蛋饼在夹板铁模的两片铁板间压出格子形状。卢卡看见奶蛋糊溢出了铁板的边缘，嗞嗞作响着变得焦黑。

“你知道你说梦话。”盲人说。

卢卡觉得自己走进厨房的时候，没有发出一丝声响。“真的？我说了什么？”

“‘他们还在那儿。’‘我做过最好的事。’这一类的话。”

卢卡想了一分钟。“我一点都不知道那是什么意思。”他说。

他吃了一盘子的奶蛋饼。饼做得出乎意料的好，边缘是一圈无懈可击的酥脆的焦黄，中心却是松软的。然后两人就出发到城里去了。他们搜寻的和前一天是同一片区域。不过，为了确定他们没有错过一个人，这次走的是直线，而不是圆圈。有一次，城里突然风雨大作，他们只好在一家酒铺的檐篷下避雨。雨只持续几分钟，他们又出发了。

直到那天下午的晚些时候，他们找到了另一个留存的人。

她叫敏妮·林斯。他们看到她正在一家减价衣饰店的窗后试手套。卢卡在窗上敲了敲，她吓了一跳，捂紧了胸口。接着她跑了出来，惊叫着，“天哪！天哪！”她似乎想拥抱他们俩。但她只是让手指在他们外套的袖口上停留了一会儿。她说，她住的楼里剩下的其他人——一个俄国老妇和她在城里时间更长的儿子——从通风管的底部滑走的时候，她死了还不到一星期。从那时起，她还没见到过一个人。过去几天，她就在周围来回地走，看着鸟雀在屋顶间飞来飞去，转一转门把手看看门是不是没有锁上。她进入过许多家商店，许多户公寓，翻看过一堆堆的衣物、一沓沓的古地图，还有装满珠宝的陈列用的匣子。她从某个人上漆的木箱子里掏出一大堆旧书，前两个晚上的大多数时间她都在看旧书堆中的一本书。

“哪一本？”卢卡问。

“《大师和玛格丽特》。”

“米·布尔加科夫[1]。那本书我喜欢极了。”

“我也喜欢。”她说。卢卡看着她把拇指和食指放在唇角上。她像是要把微笑往下拉成个苦笑。精神紧张造成的小习惯，卢卡猜想。

倚在墙上的盲人脱下了一只鞋子，敲打着鞋跟，直到有粒小石子滚了出来。然后他把脚又塞了回去。“冷下来了。”盲人突然说。是啊，夕阳西下。树的上端仍旧沐浴在阳光中，但树干和撑着下端枝条的支架被楼房浓重的阴影遮没了。因此，当卢卡的视线开始模糊时，他只看到最上端的树枝，它们像是浮游在半空中的摆饰。

敏妮碰了碰卢卡的手臂。她问：“你没事吧？”

“怎么？”

“你看起来像是要晕倒了。”

“真的？我想我只是走累了。又累又饿。从早上到现在，我们什么都还没吃呢。”

“呃。你们俩和我一起回到我的住处怎么样？”她说。“我不希望太——什么呢？太直接。太冒昧。但我不想让你们从我的

---

① Mikhail Bulgakov(1891—1940)，俄罗斯小说家、剧作家。《大师和玛格丽特》是其代表作。

视线中消失。我家拐个弯就到。”敏妮满怀希望地说，用手指了指。

于是卢卡和盲人就随着敏妮回到了她的公寓。一居室的公寓在一座学校改建的楼房的底楼，零零散散地备了几把折叠椅和一张咖啡桌。她煮了一壶咖啡。后来，他们都吃完后，杯碟浸在水槽里，她慢慢地把谈话转到了穿渡和另一世界。她想知道他们俩是怎么死的。

“车祸，”卢卡说，“我一向都知道我会死于车祸，最终也的确是那样。我正在高速公路上开车，撞上了隔离带上一块水泥墩子的前半部分，车子撞成了无数块碎片。像是我的躯体停了下来，而其他还在继续前进。几乎像是一个梦。那天雨都没下。只是我把持不了方向盘了。”

“你呢？”敏妮问盲人。

“年纪老了。”他顿了顿，像他所有的停顿一样，可能是出于深思熟虑也可能是出于心不在焉，卢卡分辨不了。盲人又接着说：“年纪老了又无人看护。”

外面的夜色越来越浓。不过一小时之前，公寓里的灯还显得很暗淡，现在亮得像耀眼的小太阳。

“你遇到什么了？”卢卡问敏妮。

“和其他所有人碰到的是同一回事，”她说，“眨眼病。”

她似乎不愿再多说什么，卢卡也不追问了。

大致的情况他已经都了解了。疾病从眼底发痒开始，然后迅速发展。人们从海岸和城市逃离。劫掠，破坏。绝望，残忍。最后几期的报纸，他做的采访肯定有上百个，故事总是大同小异。

交谈停了下来。三个人静静地坐着，听着水龙头的水滴入水槽。不时地，水滴落在一只金属锅子的边缘，发出铙钹似的轻轻一声，然后水滴又换了方向，重又滴入洗碗液中。

过了一会儿，敏妮说要去卧室。她想看完那本书。“再有二十页就看完了。不会花很长时间的。你们不会在意吧？”

“去看吧。”

“好极了。”半个小时后，敏妮回来了，已经穿上了睡衣。她把书插到嵌在起居室墙里的一只木制小书架上。她两手搭在臀部上，在那儿站了好一会儿。“我努力在回想我该做什么事。”她自言自语。过了几秒钟，“哦，算了。我想早晚会想起来的。”

他们又花了一个小时左右的时间，讨论第二天的计划。虽然敏妮对除了她家周围几个街区之外的城市一无所知，她也想与卢卡和盲人一起搜寻其他的留存者。三人决定：到了早上，要是他们三个都还在，没人消失，他们一起再往暖房区里面走走。卢卡感觉，要是有三个人，必定会有四个；要是有四个人，就必定会有五个。“不过，六个人七个人我就没把握了。”他说。他试图呵呵一笑，为他自己的小笑话，但是他太累了，笑声出口却成了个哈欠。

盲人早已在椅子上睡着了。卢卡咽下了第二个哈欠，敏妮握住了他的手臂。

“你看，我只有一张床，但是欢迎你睡在另一边。”

“你肯定？”

“嗯。那样我会睡得好一点。”

“好吧，行！”卢卡说。他最后用食指擦了擦牙齿，然后用在卫生间水槽边上看到的一块贝壳形肥皂洗了脸。他洗漱完毕后，敏妮已经关了卧室的灯，但他还能看清楚，走到了床的另一边。他在她身边站了一会儿，努力让自己适应睡在另一具躯体旁边的想法。世界像个旋转木马似的转啊转，又给了他一次机会。

“我想我要讲完故事。”敏妮说。

“布尔加科夫的那个故事？我以为你已经看完了。”

“不是，另一个故事。我的故事。”

他把毯子拉过来，身体缩到了毯子下。“说吧。”

“嗯，病毒袭来时，我不在家。这点很重要。”她字斟句酌说得很慢。这个故事像是一系列错综复杂的迷宫似的房间，她第一次涉足，正在摸索着前进。“我正在参加亚利桑那州图森市的一个销售大会。办公用品，我过去是向医院和政府部门销售办公用品的。旅馆里大概有来自全国各地的五百个参加大会的人。消息传出后，我们都跑向租来的车子。我一心想着要再看到我爸爸。奇怪吧？一点都解释不通。从很小时候开始，我就没和爸爸说过话，而且他也死了，但我脑子想的全是他。不是我妈妈，也不是我男朋友，却是我爸爸。旅馆已经在停车场四周设起了隔离区，他们一个都不让我们离开。我猜他们认为有人从外州把病毒携带进来。我不知道。我好不容易买到大堂自动贩卖机里仅剩的几罐可乐中的一罐，然后回到了房间。大多的电视网络已经停播了，不过有两家正在播放英国遭病毒袭击的镜头。太恐怖了！尸体躺在草地上或是靠在树上。你很幸运，不必看到那些场景，”她哆嗦了一下，“真的。有一个镜头是在伦敦，一段平坦的高速公路上，几百双鞋子散落着。只有鞋子。我猜人们肯定是在逃避什么的时候，把鞋子都扔掉了。谁知道实情究竟如何？我不断地重新打开电视，看看有没有什么新进展，但是再也没有了。这天结束时，电视里除了静电什么都没有，只剩下一家八卦频道在播放好莱坞婚礼的节目。当然，那只是重播。再也没有好莱坞婚礼了。我想是到了第二天早上，我感觉病了。我记得走到卫生间取了一杯水，但那之后的事，不记得什么了。”

说到这儿，敏妮停了一下。她声音里的回忆声调不见了。“我想这就是整个故事了。很抱歉。我只是非得说给谁听听。”

“我能问你一个问题吗？”卢卡说。

“问吧。”

“到你死去，你病了多久？”

“我真的不知道，”敏妮答道，“我的猜想是我没挨到晚上。”

她睡在她自己的那一边，弓着背，背对着卢卡。她的脚一直在毯子下慢慢地转着半圈，叠着的两只脚轻轻地搓着，就像海滩上的波浪一浪盖过一浪。卢卡觉得，这双脚摩搓的声音，他像是能一直一直地听下去。堕入梦乡之前，他听到她咕哝：“杯碟。”等到他再有意识，已经是早上了。

盲人又早已醒了。他正在厨房里帮敏妮往咖啡壶里倒咖啡，而敏妮正把烤面包机插头插入墙上的插座。他们三人吃了一顿简单的早餐——抹上草莓酱的英式松糕，然后他们就出发到城里去了。

街道比以前更加空荡荡了。太多的垃圾——汉堡的包装纸，用过的票根，泡沫塑料杯——被风吹到了河里或是被滞留在里弄小巷的深处。留下来的垃圾不是太重就是不利于空气流通，风吹不起来。一只上了发条的闹钟。一只橡皮门掣。一张碟片。它们像是一部覆盖整个城市的大型艺术作品展示的一部分。那个展示叫做：*我们一路遗留之物*。

一幢楼房边上的两根旗杆之间有条横幅飘动着，忽而鼓起忽而松弛，像在微风中扬起的风帆，但是人行道上，一切都静止不动。卢卡睁大眼睛，留意着任何人类活动的迹象。他和敏妮保持着一致的步调。盲人领先他们几步。他的手一路摸索着墙和窗，迈下街沿，走过空空的街巷的交叉口时，也从不步履蹒跚、跌跌撞撞。

卢卡打算天暗之前把他们带回自己的办公室。他担心自己忘了关窗。不管他们有没有找到别的人，他也不想任他的设备被雨打湿。尤其是油印机，即使在运转状况上佳的日子也不怎么好用：曲柄经常卡住不动，或是转筒松脱了，或是报纸印出来时满是墨渍。几加仑的雨水浇过之后，这机器会怎么运行呢，他不愿多想。

第十七街和玛格丽特街交叉的街口有一个围起来的小公园，他们在那儿待了几分钟，并排坐在其中一把铁铸长椅上，歇歇脚。敏妮脱下鞋子，开始揉搓脚跟，先是用大拇指然后用关节按摩着。“这就是一辈子连从家门到邮箱都要开车带来的后果！”她抱怨道，“得了一双小女孩似的嫩脚丫。”

一对篮球滚过来，在铁丝网围栏前停了下来。不时有一阵大风刮过，两个球滚开了，又滚到了一起，发出砰砰砰的奇怪的轰响声。敏妮把鞋子穿了回去，卢卡拍拍盲人的肩，三个人又回头朝暖房区走去。

盲人骤然让他们停下，伸出他的左臂。那时还是早上。“你们听到了吗？”他问。

卢卡什么都没听到。敏妮也没有。

“听起来像是声枪响，”盲人说，“在几英里之外。”

他抬起下巴，指了指。“那儿！那儿又有一声枪响！”

突然，没再多说一句，盲人开始走得飞快。卢卡和敏妮别无选择，只好跟着他。他似乎很清楚要去哪儿。在第三大道，他往右拐，避开了一辆倾斜着停在人行道上的车，然后在银座购物大厦往左拐。他没走入过一条死胡同，也没进过谁家的院子，甚至都没有停一下。卢卡想不明白他是怎么做到的。可能和风的形状——各种各样的声音是如何在他的耳朵里汇聚在一起或分散开来的——有关。或者也可能是他的平衡感，一定调整得和指南针一样精确。卢卡在心里记了一笔，到了目的地后，要问他一下。

盲人领着他们经过了一家图书馆和一家健身房——四个街区，八个街区，十个街区——飞快地带着他们朝河边和碑区走。下一声枪响的时候，声音清晰多了。“要是听不见这一声，那真叫见鬼了。”卢卡说。

“这是个信号，”盲人蹭到了一只木桶，不高兴地哼了一声，“有人想吸引我们的注意力。”

“我们为什么没想到这点呢？”卢卡问。

“我们想到了，”盲人说，“但我没想过你们俩哪个像是有枪的。”

他们又走了两个街区，才走出了林立的楼群。绕过一家停车场的水泥墙，往轮椅坡道上走了几步，他们看到了碑区的中心地带，眼前展开一片绿草盈盈的开阔的空地。纪念碑是一座抛光大理石筑就的方尖石碑，矗立在窄窄的底座上。以纪念碑为中心，行人小道呈辐射状。一个持枪的男人站在底座边，正朝天鸣枪。

足有两百来个人转悠在他身旁。他们提高了嗓音在说话。草地的另一边正有六七个人陆陆续续地走过来，被枪声召唤，聚到了一起。

敏妮倒吸了口气，往后退了一步，重重地撞在卢卡怀里。“对不起，”她张嘴说，“只是……只是那个，”她咽了下去，慢慢地摇了摇头，“只是我从来没想过我会再看到这么多人。”

“这是个大城市。”卢卡说。他的言下之意是，我也没想到。他想都没想，握起了她的手放在自己的胸口上。然后他们随着盲人走出人群的阴影，挤进了他们的中间。

四
冰上行

头两天的旅途顺利极了。劳拉坐在雪橇里，利用全球定位系统和雪橇内置的导航系统定下往考察站的路线，平稳地向西北方向行驶。她从未驾驶过一次雪橇，但操作控制装置出乎意料的简单。天气晴朗，空气玻璃似的透明，她每次停顿的时间都不超过几分钟。雪橇的底部滑板加了热以减少坚冰的磨损，除了极大的断层和裂隙，可以载着她畅行无阻。唯一一次不得不调整路线是碰到了一块戳出地面的巨石或坚冰，她不得不绕到另一边。南极的秋天是漫长的白昼，她一整天都马不停蹄地赶路。只有当太阳升到了冰层之上，刺得人眼花缭乱时，她才休息一下。接着又继续赶路，直到白天结束，夜色从天上压下来。

太阳下山，她停下来休息时，得把装备重新打开来。帐篷很容易搭，有一条拉绳一拉，帐篷就会从袋子里弹出来，像救生筏一样鼓起来，直到完全打开。她沿着帐篷边把桩子敲入地面。绳索都打结实了后，她把睡袋和炊具拎到里面，铺好床，准备过夜。这就是全部，整个过程十五分钟不到。到了早上，她准备离开时，只需再拉一下绳子，帐篷就自行折叠起来，发着嘶嘶的声音缩小成一只精巧的小圆柱体。入口处有个标签写着：警示：抽出空气时，务必保持帐篷门开启。每次看到这个警示，她就想到帐篷挤压着一个气泡，越来越紧，像气球似的炸开来，千万片粉红的碎布飘向冰天雪地。这类帐篷是公司有钱的掌权者为了哪一天去落基山脉或是阿巴拉契亚山远足买的，但他们从来没能离开过城市。最后，他们的孩子会在客厅中央沙发和壁炉之间的地方搭起帐篷，假装他们是早年的拓荒者。

但谁又能说他们不是拓荒者呢？

从她还是个小孩子的时候起，劳拉就觉得自己是个拓荒者，向生命中的荒地拓进。她记得十二岁生日那天，躺在自己的床底下，盯着果树林似的一排排的床垫弹簧，想着这一切都多么奇怪：她对一年之后——十三岁生日那天——会是怎样一无所知；一年之前——十一岁生日那天，她对今天会是怎样也一无所知。她当然猜不到她会发现自己躺在床底，盯着床垫的弹簧，想着时间是怎么拼凑在一起的。为什么过去发生的每一件事都是如此的清晰，而当她一转向未来，一切就变得模糊不清，最终消淡至无？是不是那样就意味着活着是从一条亮堂的走廊一步一步地走入一间黑暗的房间？她有时候觉得是那样。

帐篷让她在夜间保持温暖，或者说和她能够指望的温暖差不多程度。她发现软性取暖管的嗡嗡声不知为什么能让人心绪安定，就像车轮滑过湿漉漉的沥青路面时发出的嗞嗞声。那声音总是让她联想到无数个雨夜，她听着卧室窗外的车流经过。不过，取暖系统显然不是为在极地使用设计的。取暖管释放的热气从帐篷底部发散出去，融化了冰，冰水流到边缘，又冻成冰，形成一圈类似烤炉上的密封圈。早上醒来时，帐篷底下总有一摊浅水，她侧一侧身子，水就荡来荡去，让她觉得像是躺在水床上。

她把帐篷的桩子撬起来之前，试图敲下布上的冰，但从来没能把冰全部除掉。她一拉绳子，抽离帐篷里的空气时，剩下的冰片必然会碎裂，向空中飞溅，落在冰垄上后滑行二十码甚至更远。通常在太阳还没升得太高之前，她能装好雪橇，重新出发。她估算着，第一天走了六十英里，第二天八十英里。她猜想，过这段距离她花的时间要比帕克特和乔伊斯少。风雪早已覆盖了他们经过的痕迹，不过，她碰到的天气一直晴朗无风。往前行进的感觉真是好极了。在临时营房里时不时发作的哭泣似乎已经不再出现了。好几个星期以来，她都没觉得自己这么强健有力过。

很快，她就会下行到冰流，再穿过海岸上的通道，从大陆块进入罗斯冰架。之后不需要多久——可能就几天——她便能抵达考察站。能够再和其他人说话是多么开心的一件事啊。

但是，到了第三天，气温降了下来，天空乌云密布，大风刮起小山似的冰雪堆。她还没来得及明白过来，已经处在一场暴风雪中了。仍旧能够前进，但现在风自西北刮来，就在她的正前方，前行变得缓慢而艰难。坚硬的冰雪粒子敲打着雪橇的窗，密密匝匝，像是火中的树叶噼里啪啦地响。雪橇的前灯在暴风雪中钻出一条窄窄的通道，但是雪还是迷糊了视线，一切都染上了茫茫的白色。她不断地调整着焦点，试图透过冰天雪地看得更远，飞雪会迎住她的目光，一阵变形幻化，把她的视线挡回到挡风玻璃上。一小时还不到，她的眼睛开始觉得生疼发烫，但她知道自己不能掉转目光。乱舞的飞雪浓重极了，遮没了标志着裂隙开口处的十字形冰垄和凹陷。为了避开裂隙，她得小心地盯视着地面。

雪橇的滑板配有装在环形框架里的扁平金属短桨。她把这些短桨看作是水生哺乳动物的阔鳍。雪橇前行时，短桨拍打在前方，然后收回到雪橇的底部。短桨是一种安全装置，相当于一支悬臂，能带她跨过碰到的裂沟——至少是宽度不超过六英尺的裂缝。有几次，她感觉到雪橇猛地往前一落，然后抬起来调正了位置又往前行。她知道又跨过了一条裂沟。她觉得自己像是驾车行驶在一条正在崩陷的路上。支撑冰川的冰层已经融化了好几十年了，几个小时就会裂开一条地铁隧道那么深的裂口，然后很快又被封上。如果她滑了进去，要等到下世纪中叶的某个冰不再融化的时候，她才会被别人发现。不过，多年城市驾车的训练让她能辨别每一处的隆起和裂口，觉得那只不过又是一处不平的路面。如果在座位上往前冲，体内传过一阵特别的前倾的感觉，她很自然地推想自己撞到了一个坑洼。这是肌肉记忆的一种形式。

肌肉记忆。鸡肉记忆。活着，活着——哦！

接下来的几天，暴风雪持续不断。为了保持准确的方向，她只得依赖罗盘和全球定位系统上闪烁不定的一点信号。根据路上小丘和冰垄的数量，还有冰的质地普遍易碎，她就知道已经到了连接大陆块和海湾的冰流，但是不知道还要多久才能穿过通道抵达平整的地面。

大雪下得又密又快。有时候，路上的障碍仅隔了几英尺远，她才看到。她得慢慢地行驶避开这些障碍。一个小时能走一两英里，一天能走十到十五英里，这样她已经算运气不错了。她在冰雪堆中行进着，雪橇的滑行装置落下去，抬起来，又落下去，雪花繁星似的凝聚在挡风玻璃上。这天结束时，她躺在睡袋里闭上眼睛，身体内部像是在摇来晃去，看到成串成串的白光斜斜地穿过视线。甚至在梦中，她也觉得自己正驾着雪橇穿过冰雪和黑暗。

这辈子还没如此使过劲，她筋疲力尽了。以前，她砍过木头，也搅拌过水泥。甚至帮可口可乐之家联谊会在山边搭建了一排公寓供街邻居住。她清理树桩和灌木丛、打地基等等。但和驾着一辆两吨重的雪橇在暴风雪的中心行进所费的力气相比，那些都不值得一提了。无论什么时候停下来休息，即使才几分钟，一阵刺痛就会传遍小腿和前臂的肌肉，她得提醒自己要呼吸。刺痛并不是因为她所做的事的量，而是她让身体长时间地保持紧张状态。完全静止不动一小时或者更久之后，肌肉才开始放松，然后是一阵让人舒坦的麻木，这种麻木令她昏昏欲睡。

晚上她累得不想烧饭。她意欲把金属锅子和便携式汽化煤油炉留在雪橇的后舱，但为了早上可以热咖啡，还是把它们拎进了帐篷。有时气温降到零下四五十度，她得穿着外套戴着手套哆嗦着等上大半个小时，帐篷才会真正有点暖和起来。她一边等着，一边吃上两三片复合维生素片剂、一把脱水饼干，有时候还加上一块蛋白质能量棒，有时候再来上一块巧克力。她也会让几小片冰在舌头上融化。然后她把衣服脱掉，只剩长内衣裤，钻进睡袋，紧紧拉绳，听着帐篷的一侧鼓紧而后松垂又复鼓紧，一张一弛宛如风中的船帆。

暴风雪的第八天，她正行驶在一处下坡上，一块直立的尖石突然出现在雪中，堵在了挡风玻璃前。心跳到了胸口，她赶紧转向避开岩石，但为时已晚。

雪橇后部一角撞上了尖石，她听到什么东西咔嚓碎裂的声音。雪橇打了两个转，慢慢滑行着停了下来。她松开了方向盘，浑身是汗，胃部紧得像打了个结。雪橇的嗡嗡声渐渐消失了，滑板停在雪上不动了。她检查了一下自己有没有受伤。看来没什么大碍——没有流血，也没有断骨，但雪橇的情况如何，她没把握。她爬了出去，外面是被撞散的几块岩石和冰块。

她奋力朝雪橇的后部走去，戴着手套的手抓着雪橇顶上的围杆，雪在她身边打着转，犹如一块尸布将她卷裹得看不见了。她听说过这样的故事：暴风雪吹得人头脑混乱，离家门才几英尺远却失去了方向感；也有人跌跌撞撞深一脚浅一脚地走在暴风雪中，手臂往前伸着，像是鬼魂附身。她明白不能松开围杆。她找到了雪橇撞上尖石的那处地方。一条长长的裂缝穿过木板和金属层，露出了储物舱的内部。她的行李袋嵌在裂口，因此只留出一条细缝暴露着，周边是一圈裂成锯齿似的木头。她听得到风刮过裂口，呼呼地尖啸着。

她跪了下来，在滑板周围摸索着，想确认一下是否有什么东西掉落了。她什么都没摸到——鼓鼓的行李袋看来封住了储物舱的裂口。她冒险上坡朝尖石走了一小段路，但她看到的只是一根上粗下细的木条和一块手掌大小的黑色岩石。确信不会再找到别的什么后，她趔趔趄趄地回头下了坡。她把雪橇掉了头，继续沿着冰流的槽道前行。

要再过一个月，她才会发现自己把什么东西遗落在那个斜坡上了，而她也才会明白这次事故的所有后果。

那天晚上，在用一条胶合板封上了雪橇上的洞后，她发现自己回想起小时候的一件事故。在搭帐篷时，这件事故浮现了，像一颗脱离轨道的小行星，在她的记忆中旋转着凝缩着。到她关好门时，整件事所有的细枝末节都想起来了。这件事是无关紧要的一件事，真的一点点都不重要。不过，她记得的多数的事，任何人记得的多数的事，本身都不重要，是不是？但这一点从不会阻挡这些事从记忆深处浮现出来。

记忆中，那时她七岁，妈妈刚刚把她从学校接出来去看牙医。就在那天早上，妈妈说："提醒我一下，我们得在两点半之前送你去看牙医。——我们得在什么时候送你去看牙医？"劳拉回答："两点半钟。"然后妈妈说："不要加'钟'，宝贝。就说两点半。"这样她就记住了看牙医的约定时间。

她自己系上汽车座椅的安全带，等着妈妈和那个穿着橙黄色背心的女人说完话。那些穿着橙黄色背心的女人下午总是站在前门。劳拉和朋友就这些橙黄色背心编了个游戏：谁看到最多，谁就是赢者。她注意到，这些人在警报拉响的日子总是要比警报不响的日子更多。

直到近日她才长得够高，可以不站起来就能看到车窗外。妈妈爬上驾驶座，发动机发出启动时一向有的犹如咳嗽和碎纸那样的声响。这时，她注意到了一样奇怪的东西。街对面的房顶上的那个东西她从来没见过，看起来像一只旋转的银色南瓜被陷在了一只金属网格的筐子里。

“那是什么？”她问妈妈。

“什么是什么？”

“那个东西，”她说，一边用手指着，“那边屋顶上的银球。”

“哦。整片区域都有那东西。那是——”妈妈开始回答这个问题，然后意识到自己没有合适的词解释，劳拉眼看着妈妈脸上显出犹疑的表情。“唔，我不能确定那叫什么。是房屋循环系统的一部分。这是我可以告诉你的。”

那星期早些时候，劳拉看了一档讲人体循环系统的电视节目。她记得那个男人的模样。为了演示血液在身上流通，他的皮肤剥落，红的蓝的血管松散地编织在一起，绕着一只搏动着的大心脏。两者的联系她觉得有点牵强。“像血液那样的循环系统？”她正要问，一辆车急速拐过停车场的一角，后退着撞上了她们这辆车前保险杠的边缘。

这辆车蹭着她们驾驶座一侧的门，像是要倒车到停车位上，直退到和她们车窗对车窗、后视镜对着后视镜的并排位置，紧紧地挤着她们，才嘎嘎地响着停了下来。劳拉看到开车的人停了停，摇摇头，才俯下身拉上紧急刹车。

妈妈仅仅像是在评论天气似的轻轻地说：“嗯，真糟糕。”开车时，她脸上通常挂着一副陌生甚至是严厉的表情，但至少，那一刻，她的脸上完全空白。她是那一类人，只有脸上没有丝毫想法或感情时，才变得美丽无比，犹如纯净明艳的花朵在阳光下绽开花瓣。后来，劳拉长大成人搬走以后，那就是她记得的妈妈的模样，一个陷入无思无想状态的可爱妇人的模样。

“你没事吧？”妈妈问她。

劳拉说她没事。

妈妈摇下车窗，示意另一辆车上的女人也这么做。那女人的车窗落下，也带走了她们模糊的倒影。那女人说：“我今天倒霉得让人不相信。”

“我也是，”劳拉的妈妈说，“至少现在我够倒霉的了。”

“看来你不相信。”那女人说。

劳拉妈妈下巴上的一块肌肉动了起来，但旋即她的脸上又是一片空白。“听着，你应当往前开一点，让我打开车门。”

“我不行，”那女人说，“那是问题之一。”

“你什么意思，那是问题之一？”

“我的车子出了故障。不会前进。它只会往后退。还有我的孩子把书忘在家里了，文具店又关了门。”

“那或许你应当后退，让我开门。”劳拉的妈妈说。

“哦，好。”那女人松开刹车，慢慢往后退，一路刮擦着车子的侧面，逐渐退出了与她们的碰触。她熄了火，前额靠在方向盘中间隆起的厚垫上，十指交叉放在颈后。那一刻，劳拉听到她的呻吟——一声低沉的柔和的动物叫声，像是从她身体深处某个地方冒出来。

“母牛哞哞叫。”劳拉说。

“安静点，宝贝。”

妈妈打开门。门开到撞变形的部位，发出一声嘎吱吱扭转的声音，几乎是同时，汽车的警铃开始响了起来。门开了即使才一条小缝，警铃往往就会响起来，不过有时候它不响。这事劳拉觉得无法预测。

“等在这儿。”妈妈跟劳拉说。她关上门，大步走向另一辆车。车窗开着，劳拉听得到她在说什么。“你想给警察打电话吗？或者你希望我来打？”过了几秒钟，她又重复了一遍。“喂？你想给警察打电话吗？或者我来打？”

“你不能挪动一个有断骨的人。你应当等候救护车。”女人答道。

“你哪个部位断了？”

她摇摇头。“我是在说汽车。”

“噢，岂有此理——”劳拉的妈妈皱了皱眉头，朝空中举起手。劳拉以为她要打那女人耳光，但是她任那个姿势松了下来，最终只是用手掌轻轻地拍了一下车顶。那声音还是够响的，吓得那女人在座位上跳了一下。

“嘿，要是你的车子坏了，首先你不应当再开这辆车。”

“我离家时，它还好端端的。文具店没营业，然后我把书给埃里克送去，我回来时，车子就只会往后开了。”女人俯下身去从地板上捡起什么，她直起身时，耳上贴了只电话。她按了几个键。

“雪上加霜，”她过了一会儿说，“看来我的电话也没用了。”

“我来打电话吧，”劳拉的妈妈对她说，“你就等在这儿。别开走。好好……等着。”她回到车上，坐了下来，从手袋里掏出电话。劳拉听着她告诉警察局接线员整个事故的经过：谁撞了谁，她们在哪儿，涉及多少人。“没有，无人受伤，”她说，“不过另一位开车的人看来有点……古怪，可以这么说吧。”

劳拉看得到那女人坐在车里。她仍旧握着电话贴在脸颊上，手指关节像蜡烛一样的苍白。

“妈妈，”劳拉问，“她为什么把电话捏得那么紧？”

那女人开始哭了起来。

她们等着警察到来时，学校前门的车道上挤满了家长和照管孩子的帮工的车子，排队等着三点一刻的铃声。挡风玻璃、轮毂盖和保险杠都反射着阳光，空气中仿佛满是闪亮的尖刀。

过了一会儿，劳拉开始感觉到受了冲撞后肌肉的疼痛。她解开座椅保险带，把头搁在妈妈的腿上，双眼盯着车顶。

“唔，看来我们得重新定时间看牙医了，宝贝。”妈妈说。

“哦，没关系，”劳拉说，“我都忘了这事儿了。”

警报声近了，她不知道警报声是警车进了停车场，还是其他的警报声——那些炸弹落下前响起的警报声，或是那些橙黄色背心的警报声。

她又花了六天才穿过通道进入罗斯冰架。六天不歇不停的雪，在空中旋转飞舞，时而漫天撒开如罗网，时而直落垂下如绳束，时而斜着抽打如长鞭。六天来所遭遇的摇摇欲坠的坚冰与危石，耸立在暴风雪中，像是上了诱饵的陷阱。她一直担心会错过冰峡，在路上偏离了方向，最终到了山边无路可走。但是，有一天早上醒来，竟然是万籁俱寂。她迈出帐篷，眼前一大片无瑕的冰雪延伸到天际。她如释重负，睡着的时候，天气转好了。她转过头去，看到身后是一排悬崖和冰岬。她马上明白过来：想都没想到，前一天她穿过了冰峡。

在冉冉升起的光亮中，她很快装备好了雪橇，又一次出发了。如果这样的好天气能够持续——离海岸这么近，这可是个大大的假设——她或许能够在最终累垮之前到达考察站。但天气说变就变，她想要在天气又变脸之前能走多远就尽量走多远。

雪橇马上开始飞速疾驶，滑板过处，雪被激起了两条并行的弧线，落在冰层上，发出轻轻的啪啪声。中午临近时，雪地像是一层压平了的铝箔纸，反射着阳光。雪橇底下是冰层，冰层底下是海洋，她很奇怪居然感觉不到海水在底下流动，原来还以为自己会有感觉。看来冰架和大陆冰一样的结实一样的稳固。话说回来，大陆冰已经不再像几十年前大融化开始之前那样无法穿透。根据她学过的一点儿——才一丁点儿的——地理知识，她知道即使是大陆本身也不是看起来那么稳定。毕竟冰川之下是岩石，岩石之下是岩浆。无论你站在地球的哪个地方，你总是像个软木塞子在一片汪洋中上下浮动。也许她已经习惯了这种浮动的感觉。

每次爬出雪橇或是每天早上离开帐篷围裹起来的温暖，扑面而来的巨大的寒冷总让她喘不过气来。自她从临时营房出发有多久了？两星期？三星期？天气变得越来越冷。地平线上牵引着太阳的那条线变得越来越短。在黑暗笼罩冰层之前，要是天际有几团低垂的云块反射最后的几缕阳光，她能驾着雪橇跑上六七个小时，甚至八个小时，然后支起帐篷睡觉。全球导航系统又开始运作了，要是愿意，她可以根据屏幕上显示的土黄色标志整夜赶路，但是她太累了。而且不单单是累，她还担心，担心到了考察站却没看到它。

她不断地想起大学毕业后不久，有一次深夜在参加一场派对后开车回家，醒来时是在和男朋友合租的房子的前院草坪上。她在车子里睡了一宿。燃料电池已经耗尽，但前灯还亮着，一群孩子正俯视着她，一边敲着车窗。“要是我，我会离开这地方。”她开车门时，其中一个说道。那个男孩有一头蓬松卷曲的红头发。“那栋房子里的男人是个混蛋。”后来证明，他的确是个混蛋。接下来的几个星期，她一直琢磨着那到底是怎么回事。她记得自己挣扎着保持清醒，然后拐入她家所在的街道，顿时觉得放松了。之后，是一片空白。没有撞上一棵树或是一杆路灯，也没有撞上一辆宿营的拖车或是一架秋千或是一间客厅，她觉得太不可思议了。迷迷糊糊中抵达目的地是有可能的，但更有可能是错过了之后再撞上更要命的。纯粹是运气好，她停在了自家前院的草坪上。

她一路穿越冰架。有时候天空变灰，雪又下了起来，但从未持续得太久。不过，有几个早上她醒来发现雪橇在冰层上留下的轨迹被一层新鲜的雪遮盖了，也有几个早上闪亮的太阳令雪橇的轨迹发出剃刀似的刺眼光芒，她能看到它们延伸得很远很远，犹如蜡版上的刻痕。

有一次，持续吹了一夜柔和的风，她发现帐篷外面洒着数千枚弹珠大小的小雪球，堆积在冰垄有帐篷遮蔽的一边。小雪球是如此的脆弱，手轻轻一碰就碎成一堆水晶碎珠。她从来没见过这样的东西。她发现，甚至是脚步的震动也足以使它们散开来，因此她走得尽量不要离小雪球太近。

可别残害了它们，她是这么想的。过去的几个星期里，自从帕克特和乔伊斯离开了之后，她周围的一切似乎都带上了个性。

她装好雪橇时，风向稍稍变了变，把冰垄后的雪球都吹了出来。它们老鼠似的吱溜着滑过一片亮晶晶的地面。她发动雪橇，向西北方向行驶。

她知道自己一定逐渐地在靠近冰架的边缘。冰上的缝隙和断裂出现得越来越频繁。一看到有裂隙近前，她就放慢速度，小心翼翼地慢慢挪过去，直到另外一侧的短桨也跟上后，她才确信能够继续前进。有一两回，她感觉雪橇失去平衡，歪到了一边，她只能倒退，换一条路线，找到裂隙变窄的地方。

在一处冰隙的底部，她看到了一线黑色的水。过了几分钟，冰上出现了一个蛋形的开口，她停下雪橇，从边沿往下看。大概十英尺之下的深处有一汪水，嵌在冰缝的四壁里。她看得到水涨起来又落下去，涨落的时候都分别停留几秒钟，像是沉睡中巨人的胸大肌。这就是海洋，她非常肯定。冰架在这里开始分裂成浮冰群，一英里长的大块的浮冰被洋流拖拽着，撞来撞去。她就在这一带的边缘，到考察站的路程不会超过一两天了。

她又有了精神，重新出发了。拂晓时挂在天上的几朵云已经不见了，空气澄清如洗，透明得令她的距离感产生错觉。下午晚些时候，她看到远处有幢建筑，考察站常见的低低的屋顶和方方正正的墙，她的心开始狂奔。她加速向那幢房子驶去，但突然房子不见了。打开了挡风玻璃上的放大功能后还是看不见。她从雪橇上爬下来，往四周看了看。在左侧滑板后面的六七步远处，她找到了自己刚刚看到的东西。那是个果汁盒子。有着近似考察站低墙和方顶的果汁盒。熟悉的可口可乐红白波形条纹斜穿过正面，可口可乐果汁的广告词就印在下面："溶于果汁中的……可乐至味！"一定是谁穿越冰架时丢下的。可能是考察站的科学家。也可能是帕克特或乔伊斯。

一瞬间，她想还是捡起来，扔进雪橇，但是胸中蹿起一股怒气。她倒退了几步，朝盒子跑去。盒子被踢起来时，发出动听的一声"嘭"，笔直地滑过冰层很远。

她爬回雪橇。刚刚发生的事让她想起了一个在一间没有横线的房间里长大的女孩的故事。她记不清这是个真实的故事还是一个思维实验，但是她记得那个房间，墙上画着一排黑色垂直条纹，地板和天花板弯成弧形，让人产生错觉以为垂直条纹是延续的。故事接下去是这样的，女孩的一周岁生日时，她被带出了房间。她已经学会了辨认垂直的构造，但不认识水平的。当她被放在一张桌子上或是一个平台上时，她会爬下边沿，但绝不会跑向墙角或是椅脚。这一状态持续了差不多一个月，直到女孩的视觉自行纠正过来。

这个实验说是证明了人类感知能力发展的某个方面，但劳拉无论如何也记不得是哪个方面了。

对她来说，这个实验论证的唯一一点是婴儿会被捉弄，但这又有谁会惊讶呢？

同一天，当最后一丝阳光沉入冰雪，她看到了挡风玻璃上又有什么正在显现出来，一个低矮的物体出现在地平线的一角。她颠簸着穿过冰垄，那物体在逐渐黯淡的光亮中，怪异地闪烁着，忽明忽灭。起初她以为这不过是个幻景——甚至更糟，不过又是一个果汁盒子而已。

但她很快就看到了那物体两边的强弧光灯，两排耀眼而强烈的白炽灯光，映出了整幢房子的上下左右的形状。这一次确定无疑了，她终于到达了考察站。

五
回家

去世改变了玛丽安·伯德。她活着的时候，总是那么倦怠：倦于说话，倦于吃饭，倦于思考、回忆、渴望、企盼；最重要的是，倦于眼看着自己的生命走向自然终结的前景。她感觉在生命的最后十年，一直肩负着一块棱棱砺砺的巨石。保持着双腿不弯，单单是在巨石之下继续行走的努力几乎令她受伤致残。她不知道如何甩掉它，甚至都不知道它来自何方，只是她不得不背负这块巨石。

不过，后来病毒出现了，她去世了。突然间，一切都不一样了。

她开始欣赏所有原以为已经忘记如何去享受的事物，比如音乐啊跳舞啊，还有盘起头发时，微风拂在颈项上的感觉。紧张感慢慢从肌肉上退去。她盼望着早上醒来。

还有她的丈夫：随着她所经历的其他变化，似乎很自然的，她会重新爱上他。

比如，她听着丈夫在水槽里冲洗着剃刀，然后轻轻叩在瓷壁上清干水珠——嗒，嗒，嗒——她知道接下去他要刮喉咙，然后擦干脸，直到他用纸巾擤过鼻子，仔细地把架子上的毛巾拉直了后，他会叫她，问她个问题什么的。整个一成不变的过程曾经令她绝望，但这些日子她却发现这个过程令她着迷。

“有没有劳拉的消息？”他大声问，她答道：“不过是些传言。可能今天晚些时候吧，菲利浦。我们只能是等着看吧。”

一切就像时钟，滴答滴答地走过。

劳拉是他们的独女。病毒来袭时，她正在出一次长差，在地球的另一端做某种环境调查。他们俩一点都不知道她怎样了。他们没有机会告别，甚至没有时间打个电话或是发一封电子邮件。劳拉才三十二岁——还没结婚，还没倦怠。玛丽安三十二岁时，她早已放弃一个大学文凭，恋爱失恋过好几次。直到遇上了菲利浦，她认定她生命的那一阶段结束了。她早产失去了一个女儿，又生下了另一个女儿，以劳拉·英戈尔斯·怀尔德[①]命名这个女孩，叫她劳拉。玛丽安花了五年时间带劳拉，然后送她上幼儿园，自己重新开始工作，做半天工的法律助理。当时她把自己看作是个成熟女性，而且事实上也是。即使回头看，她想起当年的自己，记得的也是个成熟女性，有着女人健全的头脑和女人全面的情感。为什么想到劳拉，她还是忍不住把她想象成一个小女孩？

“我在想我们今天去布里斯托吧？”菲利浦从卫生间里建

---

① Laura Ingalls Wilder(1867—1957)，美国儿童作家，著有小木屋系列，其中包括《大森林里的小木屋》、《大草原上的小房子》等。

议道。

“早上还是下午？”玛丽安问。

“唔，我是想着早上，不过要是你情愿等一会儿……”

“不等了，早上挺好的。就让我挑一双漂亮鞋子穿穿吧。”

这是另一样她忘了曾经是多么喜欢的东西：鞋子。离世后，她已经收集了差不多二十双鞋子，其中包括一双漂亮的真皮绑带雨靴，还有一双高跟鞋，绿色的带子逐渐变细，像茉莉的藤蔓似的绕在脚踝上。珠宝墨镜或是其他所谓的女性时尚的陷阱无法让她明白人们为什么要去染发或是刺青，她的鞋子却令她明白了个中原因。这和鸟雀把线头或是塑料彩带织进鸟巢出于同样的原因：单纯是为了装饰的愉悦感。她挑好一双舒适漂亮的深蓝色的平跟鞋，抓起皮夹，转身走回起居室。菲利浦还在卫生间里，她对着前门旁的镜子细细审视了一下自己，用拇指抹掉了眼下的油腻。她尽可能地保持面无表情。不管是微笑还是瞪眼，脸红还是皱眉，她从来都受不了看到自己的表情。其实，任何一种脸部表情都令她不快。这些表情像是把她的脸变成了一张万圣节的面具。有时候，当她甚至并没有在照镜子，只是在安静地思考或是和朋友说话时，她也会意识到脸上挂起了某种表情，马上会感觉到一阵不舒适传遍脸上的五官，像一颗石子投进水洼似的令五官扭曲变形。她从来没弄清到底是因为她觉得如此不自在，所以她的脸在四分五裂，还是因为她的脸在四分五裂，所以她觉得如此不自在。

菲利浦很快准备好了。两人出门穿过公寓楼的前厅。对街的小空地在阳光下闪着光芒。草地上小径的布局像是把这块地分割成一个巨大的车轮。和其他听到枪响的人们一样，菲利浦和玛丽安到了这座城市不到一个星期，搬进了这套位于碑区中心的公寓。起初只有几百个人，但过了几天就有了几千人，很快没有人能确定总共有多少人了。众人都说要任命一位人口调查员，可是到目前为止还没人就任此职。几位住了很久的居民告诉过玛丽安和菲利浦大撤离的事，有时候也叫大告别。那段时期，整座城市突然清空了。不过谁也说不清为什么留下来的人还没有离开，除了说一定还有活在世上的人记着他们。玛丽安亲眼见过眨眼病，她觉得这一理论很难令人信服。当然她也想不出认识的人中可能有谁躲过了病毒。接着她意识到这个人还得是菲利浦也认识的人，而且不单单是菲利浦，还有卖花的小贩，派送报纸的人，在街角讨钱的乞丐。还有那个在当铺旁把一大罐一大罐的水倒到泥土上的男孩，拿根破棍子挖出湖泊、壕沟和岛屿。还有那位一句英语都不会说的意大利老妇，还有那个她每天晚上都听到的悲戚戚地吹着口哨、呼唤宠物狗的男人。如此说来，这个想法让玛丽安觉得荒诞不经。

当然，还有一些人可能在病毒袭击中幸存下来，还活在世上想着离世的他们。不过，玛丽安觉得那个想法甚至要比其他的更加难以相信。毕竟，她曾经在那儿，当病毒蔓延过西部大平原，袭入中西部的中心区域的时候。她亲眼见识过病毒的强劲势头。

菲利浦深深吸了口气，捶捶胸口，“你晓得，我喜欢这样。”他说。他的手指掠过月桂树的叶子。“只要我能走到想去的地方，想去的时候就能去。二号之后，我以为散步的日子完结了。”

他们把他的第二次心脏病发作称作二号。在他们生前的最后几年，玛丽安服侍他度过了一号、二号，然后是二号 A，一次小发作。此后，他们的家庭医生告诉他应当避免所有费力气的活动：游泳、骑车、步行等任何可能增加他心脏负担的活动。当心脏停止跳动时，有些事就无需担心了，其中一样就是心力衰竭。

“就像你生来就得到这些恩赐，”菲利浦说，“只是你不会意识到这些是上天的赐予，直到你失去了它们。要是你头脑迟钝，像我这样，你都不会意识到你失去了它们，直到它们重新归属于你。你懂我说的吧？”他捏了捏她的手，像是在强调这个问句。

“很高兴这让你觉得快乐。”玛丽安说。她的确是这么想的，尽管在他们两人间，他从来不是在自己的快乐中吹毛求疵找不快乐的那个。这向来是她的专利。

“是啊，不过我不知道你是否真的明白了，”他说，“我说的不仅仅是散步，玛丽安——”

他们已经到了布里斯托餐馆，用餐者的噪音打断了他正在说的话。

比尔·布里斯托做了近四十年的收费站管理员。这是他告诉玛丽安和菲利浦的，但他从来不想做收费站管理员这行。一个又一个的交通高峰，一天又一天，眼睛盯着一排排的车流，他想象着自己是个成功的餐馆老板。那是他一生的梦想。于是，他去世后，那是病毒袭击前的一年左右，他决定开一家餐馆——不高档花哨，只卖汉堡、辣椒和烤土豆，那类会全天供应早餐的店。

他说，他的运气好极了，能够在纪念碑附近开一家餐馆。现在他的餐馆是城里历史最久的一家了。

“伯德一家子！”他看到他们时叫了起来，玛丽安心想，是三分之二个家。“我最喜欢的顾客，伯德一家！就像真正的鸟①——他们来了，又飞走了。你问自己，他们什么时候再飞回来呢？我有个窗边的桌子给你们两位。窗边的桌子行吗？”

“窗边的桌子挺好。”菲利浦说。

“太好了！”比尔·布里斯托陪同他们到桌边，叫了一个侍者过来让他们点饮料。然后弯腰鞠躬告退，“这个早上真是太忙了。”他一边说着一边往后退。

他走了之后，玛丽安轻声说：“这简直像在汉堡店里吃饭，店里有个兴奋不已的法国人餐厅领班。”

“我觉得挺有意思的，”菲利浦吃吃地笑，“显然他是在扮演一个他一直梦想的角色。我们都该像他那么幸运才好。”

四位年迈的韩裔妇女坐在他们背后的一个隔间。玛丽安听得到麻将牌哗啦哗啦的声音，越过菲利浦的肩头，她看得到她们灰白的小脑袋一起一落。有个三岁模样的小女孩跪坐在她们身旁，吮吸着一根薄荷糖棍。当她看到玛丽安在看她时，她把糖棍咬成两半，把两头都塞进嘴里嚼着，直嚼到能够咽下去。她的脸上浮现出胜利者的微笑。那笑容的意思是玛丽安啥都吃不上。

不一会儿，侍者又过来让他们点菜。侍者走开后，菲利浦开始往咖啡里撒入一包糖。接着他会从一只椭圆的勺子里慢慢地慎重地嘬上一口，断定咖啡不够甜，做了个鬼脸，再把第二包糖倒

---

① “鸟”和“伯德”在英文中发音相同。

入杯子，看着糖粒击散咖啡的表面。他一向都是这个做法。时光令他的身体如枯树沉舸，玛丽安心想，令他们俩的身体都如枯树沉舸。但在有些方面，他还是个孩童，留在了那个把发现自己的习惯作为某种游戏的年龄。这个游戏每天都要以同样方式玩上一遍，否则棋子会落到地上，游戏盘会倒坍，而你塑造自己生活的幻象，似乎一切尽在你的掌控中，也是会破灭的。这是玛丽安最初爱上菲利浦林林总总小事中的一件，过了些日子后玛丽安不再爱他了，而现在又爱上了。

布里斯托餐馆那一天上菜特别快。侍者刚把他们的盘子放在桌子上，玛丽安在窗外一眼瞥见了她的女儿。

她的胃里像是吃进了一枚钩子。

她敲了敲窗子，正要喊出来，“劳拉，劳拉。”但那时那女人转过头来，根本不是劳拉，只是碰巧有着和劳拉一样持重的步伐和姜黄色的头发。她在街沿上停了停，再走过街去。

这并不是玛丽安看到的第一张似曾相识的脸。一如往常，她为自己的错误觉得尴尬。为什么她总是希望她往哪儿看，女儿就会在那儿出现？也许是因为她在城里遇到了许许多多认识的人：邻居、朋友、表亲、泛泛之交；还有数百张的脸，她说不出这些人姓甚名谁，但肯定以前在什么地方见过；还有几张脸，她曾经熟悉，却不复年轻模样。

甚至她自己二十来年前去世的母亲也在那儿，但没有父亲。父亲是玛丽安才十几岁时去世的。他好像是在玛丽安来到这座城市时消失的。

和像比尔·布里斯托这些在玛丽安来这座城市之前从未遇见

过的人聊过天之后，她才明白自己的情况有多么与众不同。很多留下来的人几乎都不认识别人。有些人，至少有二十来个，死于病毒袭击的最后阶段。他们似乎谁都不认识。他们只是闭上了眼睛，有一天醒来就在一座满是陌生人的城市了。

玛丽安转向菲利浦。“我们到底在这儿做什么？”

“我们在做的就是享受两个火腿鸡蛋三明治。”

有时候来不及止住，她对他的憎厌又会抬头。她撇了撇嘴。“不对。我的意思是我们为什么在这儿，而不是其他什么地方。这儿，而不是别人在的地方。”

“我明白你的意思，亲爱的。但我给不了你一个答案。我想谁也没法给出答案。‘我们在这儿做什么？’同样的，我们刚才在那儿做什么？我们到底为什么会在某个地方？我觉得我们能做的唯一一件事就是停止追问无法回答的问题，只是充分享受这一刻，”他说，“不时地和妻子出门散散步。偶尔睡个懒觉。有什么三明治就吃上一个。”他咬上一口，像是为了演示这一观点。“说这些又回到在外面时我想告诉你的——”

邻桌两个男人正在热烈地交谈着，其中一个说了“劳拉”，或者说，至少是玛丽安以为他这么说了。她让菲利浦别吭声，为了能听到他们在说些什么。她等了不过几秒钟，就像激流中的一块木板，那个词又出现了，她明白过来，那个词其实是“罗兰”。她惊觉自己在叹气。叹气的声音是她生命最后几年的那一声长叹的回音余响。

她说：“我的脑子又在捉弄我了。对不起，菲利浦。我们刚刚说到哪儿了？”

但是，那时他已经忘了接下去想说什么了，或是不再想继续说下去了。他们默默地吃完了饭。

饭好吃极了。玛丽安一边吃着，一边感觉到她的坏情绪慢慢散去了。到吃完时，她的心情完全晴朗了。她看着菲利浦喝完最后一滴咖啡，叮的一声把勺子放回杯子，把杯勺推到桌子的一边。随后，又一想，他把纸巾团成一个球，跟着勺子扔进了杯子。接着他把两个空的糖包折起来，把它们也放进杯子。她很肯定要是杯子稍微再大一点点，他会想个法子把整个盘子都放进去。他让她想起那个尽可能地往嘴里塞薄荷糖棍的小女孩。越过菲利浦的肩，玛丽安能够看到那女孩仍旧无精打采地坐在椅子里，玩着自己的发梢，一边麻将牌哗啦哗啦地在她的四周响着。玛丽安朝她眨了眨眼，但女孩没有注意。倒是菲利浦注意到了，以为玛丽安是对他眨眼。他也对玛丽安眨眼，脸上漾起一阵又开心又惊奇的神色。这是玛丽安这一天看到的最有趣的事了。这次过了有半分钟，她才意识到自己在微笑。

他们离开餐馆时，布里斯托从餐馆的另一头大声对他们嚷道："快点再来呀，伯德一家子！"菲利浦朝他抬了抬假想中的帽子，玛丽安点了点头。随即他们已在餐馆外面了。

日光亮得刺眼，像是天空背后点了一盏灯。可以看到几只小鸟追随着一缕风，飞越过楼房，呈一条直线翱翔着，直到小得看不见。那一片高远的湛蓝中唯有一朵形状漂亮的乌云滑移着，影子慢慢地挪过草地。

玛丽安觉得还不想回家。"在公园坐会儿，怎样？"她问菲利浦。有段时间，她会想出个借口，无论什么借口，把他支走，她就可以独自待着了。她可能会派他去做件事，或是坚持她自己有事要去做，或是声称要去看医生。然后，等他离开了视线，她会找一把长椅或是喷泉的边沿坐下来，一处没有人相伴但任何人都可能前来相伴的地方——那种她可以享受独处的地方，没错，而又可能会有某种美妙的、某种她不曾想到的什么前来打破她的孤独的地方。很长时间以来，在她看来，生命的真谛是：生命——真实的生命——其实就是孤独等候被转化的过程。要是菲利浦和她在一起，她所需要的孤独就会被打碎，与此同时也打碎了不论叫什么的奇妙的东西。要是她一人待着的话，那奇妙的东西就会来到她的面前。不过，现在一切都不一样了。菲利浦正是她的孤独的一部分，就像很久很久以前他们刚刚开始互相熟悉时一样。他们可以一起等待着世界的转变。他们俩都明白这点变化，两人也都偷偷地为此感到高兴，尽管很含蓄也从来不曾说出口，他们怕这样的默契会溜走。

“我们得在什么时候到你妈妈家？”菲利浦问。

“六点左右。记得我们是这么说的。”

“那样的话，我很乐意在公园坐一会儿。”他告诉她。

他们习惯一礼拜几个晚上邀请玛丽安的妈妈过来吃晚饭，但最近她开始敦促他们换一换，上她那儿去，他们最后答应她一个晚上去她那儿喝喝酒打打牌。而这注定会是挺尴尬的场面。从很多方面来说，他们几乎都已经不认识对方了。他们去看妈妈时，玛丽安心里这么想着，这位在城中心的小公寓独自生活的妇人是谁？架子上怎么摆着一排奇怪的非洲人的塑像？是谁一刻不停地啃着指甲流着泪？玛丽安和菲利浦得出结论，玛丽安的妈妈又一次地在哀悼她的爸爸。她去世的时候比玛丽安大不了多少。她现在仍旧比玛丽安大不了多少，显然她没有想到自己会又一次失去丈夫了。她家里满是他们第二段婚姻的纪念物——这一段始于两人都去世后——照片、剧院的戏单，还有手写的便条。她把便条拿在手里翻过来覆过去，像是摆弄着小块的珍稀矿物。玛丽安向来不太了解那样的时刻她在想些什么——其实任何时刻都一样。基督教徒总是说在死后会与他们所爱的人团聚，但是看来谁也不曾想过，分离了二十年甚至更久以后，所爱的人可能只剩下一星半点还是先前的他们，他们可能已经变成了彻头彻尾的陌生人。玛丽安希望同样的事不要发生在自己身上。要是隔了很久她才再见到劳拉，她们可能相互都不认识了。她不知道自己是否应付得了那样的场面。

风和日丽，城里有一半的人来到了空地上。男男女女，老老少少，父母孩童。有人正去上班的路上，有人正朝商店或是饭店走去，也有人只是没有其他的去处。玛丽安正看着他们在她周围来来往往，搭对成群缓缓地走过，又听到她女儿的名字自背后的什么地方传来。“劳拉·伯德。”一个声音说道。这一次，她确定无疑。

菲利浦抓住了她的手肘。他也听到了。

她打断了走在她身后的两个男人的谈话：“对不起，我刚才听到你们两位在谈论一个叫劳拉·伯德的人，对吗？”

“是啊，”其中一个说道，“是你的朋友吗？”

“劳拉·伯德是我的女儿，”她又指了指菲利浦，“我们的女儿。”

“红头发的劳拉·伯德？”他将信将疑地说，“以前是在可口可乐公司工作的吗？”

她激动得透不过气来，“是的，是的！就是她！”

“猜不到吧？”那人说，咧嘴一笑，“我是她上司。”

玛丽安目瞪口呆。长长的一段时间玛丽安一句话也说不出来。她一定是一直瞪着第二个人，因为他耸耸肩说：“很抱歉，我只是他的老板。我不知道劳拉·伯德和亚当有什么区别。这就是我刚刚告诉他的话。”

“我正要说：‘南极？环境影响专家？’”

“噢，对了。”第二个人明白过来。“简报上登着照片，”他呵呵一笑，“这下我想起来了。”

“我是觉得你会记起来的。唔，她是又一个还不知下落的。”

两个人转过头来。第二个人解释说：“很多原先可口可乐的一帮人不知出于什么缘故都在这座城里。我们刚刚正在把他们的名字点了一遍。”

“很多名字在这儿，”第一个人附和，“但是没有劳拉·伯德。”

菲利浦开口说道：“这真是太巧了。这样遇上你们两位。”

显然，这是个巧事连连的下午。就在那时，一个路过的女人突然停住脚步，拍了拍自称是劳拉上司的那个人的肩。“打扰了。我刚才听到你们两位在谈论一个叫劳拉·伯德的人，对吗？”她重读了名字的每个字。

“你不会也认识她吧？”

“可能认识。我的意思是，肯定有不止一个叫做劳拉·伯德的人。不过读大学时，我曾经和一个劳拉·伯德同屋。”

玛丽安只问了几个问题：哪所大学？你什么时候毕业？她长得什么模样？然后就落实了这个女人的劳拉和他们的劳拉是同一个人。她感觉到，某件事的头几条线索在她内心清晰地贯串起来了，那是看待世界的某种新方式，但她还不能够完全说清楚。就像树叶后闪烁的一束光：隔了树枝隐隐约约几乎看不见，但确实在那儿，发出的光亮差不多能让人辨别出来。

过了一会儿，可口可乐公司的两个人要离开这儿去赶赴一个约会。不过，劳拉昔日的同屋下午没有其他事，她跟着玛丽安和菲利浦，和他们一起，一边走过空地一边做调查。“你知道一个叫劳拉·伯德的人吗？这个名字你觉得耳熟吗？”被问话的很多人从来没听说过劳拉，但也有不少人觉得他们听到过这名字，其中差不多有一半人相当熟悉她而面露惊色。

怎么会有这么多人来到同一座陌生的城市而且记得同一个女人呢？

这可不是简简单单的巧合，玛丽安确信这一点。

当他们决定歇手时，已经是傍晚时分了，离他们约定去和玛丽安妈妈共进晚餐的时间不到一小时了。他们脚下的影子已经拉得长长的，迎向天际线。公园里的成群结队的人已经不见了踪影。他们走过最后几个街区回到家，各占了一头倒在沙发上。初到这座城市，玛丽安连着睡了十七个小时。玛丽安觉得和那之后的任何时候都同样的累，不过这一回她却并不介意。这回和她活着的时候所经历的疲惫不一样。这是有益的疲惫，一种过多的日照过多的期许带来的令人愉快的精神疲劳。她看着菲利浦闭上眼睛迷糊了几分钟。他一向如此，能够几秒钟就坠入梦乡，二十分钟后又自己醒过来，注意力变得极其敏锐。她觉得这种能力太神秘了，都没法让人羡慕。他醒过来后，她给他片刻时间打打哈欠伸伸懒腰，然后才问他："你觉得这都是怎么回事？"

"你说劳拉？"

"我不明白那些人怎么都会认识她，菲利浦。我也不明白为什么她没在这儿。她在哪儿？"

"今天你满脑子都是没有答案的问题，是不是？"他说，"可能她就在这儿的什么地方，只是还没有出现。也有可能是她的变化大极了，我们都认不出来了。也有可能她还活着。可能每个人都有不同的死后的世界，这儿就是劳拉的。我们只是在这儿等着她去世，这样一切都明明白白了。"

"别这么说。"

"也可能是这样，下午问我们要火柴的那个人是对的，上帝只是在那儿和我们玩游戏，看我们怎么反应。可能是机缘。说到底，只不过是机缘而已。"他站起身来，捻平裤子上的一条褶痕，"这是长篇大论的解释。简单的回答是，我不知道。但我很高兴我们在这儿，玛丽安。"

他走到水槽旁去洗脸。她听着他放水，直到流水热得变了调，然后是他合起双手接在水龙头下，流水迅速注满的声音，紧接着是他把水敷在脸上后，水突然泼溅下来的声音，像是一块防水油布滑落下来。他出来时，头发干一缕湿一缕地齐齐整整往后梳着，只除了一缕细细的卷发从头顶上散下来，垂落在一只眼睛上。“我们在这儿，”他总结道，“一切都还不错，这对我来说就足够了。”

他在沙发上挨着她坐了下来。她累了，于是她把头靠在他的肩上。

“这样挺好的，”过了一会儿她说，“你并没有帮我解答问题，但这样挺好的。”

“我知道。隔了很久了，是吧？”

“什么意思，‘隔了太久’？”

“隔了很久我们才能就这样静静地坐着。隔了很久你才让我这样和你坐着，或者说我才胆敢和你这样坐着。你知道，有时候我回顾我们生命的最后十年，感觉我们只是同屋而已。我是个笨拙莽撞的同屋，你总得跟在后面收拾，而你是个敏感多心的同屋，我得避免让你不高兴。我不明白是什么导致了那种情形。可能是劳拉离家上大学，过了那些年后留下我们单独在一起。我不知道。但我们确实是那样，对吧？最不可思议的是，我甚至都没有注意到，直到那一切都结束了。万千机会，却是突然去世才让我看清本相。”

听起来他像是要笑出来，但是笑声却成了一抽一抽的深呼吸，然后他大声打了个喷嚏，令她的头移开了他的肩。“呀！对不起。我不是故意的。反正，那就是我说‘隔了很久’的意思。我的意思是我很高兴我又是你的丈夫了。我很高兴你是我的妻子。要是我的表决有什么分量，我说我们就保持那样。今天你还没那么……沮丧的时候，我肯定已经尝试了很多次想告诉你这些。”

一如往常，他讲的话到了最后散裂开来，成了一堆乱糟糟的弹簧齿轮，只是陈述的组成部分，而不是陈述本身。他留给她的印象是他马上要说清自己的意思，但最后一秒又决定放弃了。不过，她还是明白了他的意思，虽然她不怎么确定该如何来回应他。最后，她放弃了，只是说出了心里想的：“那时候我不知道你已经意识到了有什么不对劲。”

他看了她一眼，那一眼犹如时间，亘古遥远。他靠了过来说：“我要把这些衣服换了，然后我们再出门，行吗？”

随后他站起身，进了卧室，关上了门。

把他想成是天真单纯的，是她弄错了。她知道这一点。但是，他对细节的注重与挑剔，对某些长期养成的习惯刻板地遵循，还有他向世界呈示自己时的漫不经心，这一切很容易让她把他想成是个孩童。比如说，她曾经以为，他是从未看清他们婚姻的那一方——也可以说是从未看清自己的那一方。每次得点小病，缅怀一下昔日的自己，还有担忧劳拉的境况，他是动不动就近乎崩溃的那一个。这下她开始怀疑是她自己一向如此。她是单纯无知的那个。她是孩童。

一瞬间，她感觉到孩童般的负疚和恐慌，是她犯的错——最终才了解了他。她知道说到底她错的并不是“了解了他”，而是“最终”。

她把这种感受撇到一边，强迫自己从沙发上站起来。五点半了，该出门了。她还得穿好衣服。外面，太阳已经不见了，房间里满是无形无状的青黑的阴影，比天空稍稍暗了几成。她听到菲利浦正在卧室把外套的搭扣扣起来。每一声搭扣扣上时发出令人满足的“嗒”的一声，在笼罩下来的黑暗中听起来要比实际的声音响得多。她走到门边，准备敲门，举起手落在了木门上。那记声音真有意思。

六
考察站

雪中的那些凸起的小丘是坟茔。

起初劳拉把那些小丘当作是自然形成的，就像有时候出现在沙滩或沙漠上的梯形的隆起。疾风起处，在沙上刻下自己的图案，然后风又慢慢地吹，不至于毁坏了这些图案，于是就形成了这些小丘。她甚至爬上了其中的一个。现在想起来，真让人羞愧。她在顶上平坦的一处站稳了，越过冰层遥望海湾。但是，日子一天天地过去了，考察站还是不见人踪，她渐渐明白了真相：驻守考察站的动物学家和工程师都死了。她在通告板上贴着的值日名单上看到过他们的名字：阿曼德·科恩排在最上面，内森·塞尔斯排在最下面，中间还有十八个人。二十个名字，二十座坟茔，在屋后排成一列，像是一串珠子。

其中一定有一个活得足够久，这样他才可以埋葬其他人——但，她琢磨着，又是谁埋葬了他？首先是什么令他们都丧了命呢？他们死掉有多久了？她仔仔细细地把考察站搜索了一遍，但找不到任何线索：没有日志，没有录音，甚至都没有写在便条上的留言，没有一个神秘的字谜，类似劳诺克岛的殖民者留下的“克鲁厄特恩”[①]。

克鲁厄特恩。克鲁马努人。穴居人。洞穴壁画。五彩涂鸦。五彩碎纸。

五彩碎纸。最后一艘载人宇宙飞船在卡纳维拉尔角的导弹发射平台上方爆炸时，她还在读小学。记录短片展示了千千万万的塑料片铝片在海边的风中翻转着、浮动着，接住了阳光，成了闪闪发亮的一大团，随后碎片如雨般地落在看台上的观众身上。当时，老师打开电视时，劳拉以为——所有的孩子都这么以为——他们在看一场老式的彩色纸带庆祝游行。他们哈哈大笑，交头接耳，有个坐在教室后部的人甚至鼓了掌。然后，特雷尔小姐告诉他们应该为自己感到羞愧。“我难以置信，你们这些孩子居然这样庆祝一场灾难。这太可怕了，真是太可怕了。”

很快，电视屏幕上的场景切换到了爆炸的发生点，蛋青色的天空中挂着一团缠结着的浓重的黑云，他们都意识到发生了什么事。她记得，充塞于空气中的寂静是如此的彻底，教室像是空无一人，只剩堆在地毯上的几张空桌椅了。劳拉抵达考察站那晚听到的也是这样的寂静。她驾着雪橇进入营地中央的时候，太阳已经下山了。自然，她精疲力竭，但又兴奋不已。她把雪橇停在木屋檐下，轻巧地下到了冰地上。一丝风都没有。肯定有谁听到了发动机熄灭的声音，但没有人出来。她只能去敲门，让他们感到

---

① 16 世纪末，英国在美洲的殖民地劳诺克岛上的一百多名殖民者神秘失踪，只留下了刻在围墙上的谜一般的词语“Croatoan”。

一下意外了。房子四周的雪是连绵不断的——没有脚印也没有雪橇的轨迹，只有几个小洞，栅栏似的戳着几根屋檐上掉下来的冰柱。她不得不用靴子用力砸碎发硬的雪壳，清理出一条通往前门的小道。到了前门后，她用拳头砰砰地敲着门。没人应门。怎么回事呢?

她转了转门把手，发现门没有上锁。“喂?”她一边招呼着一边进了门。

电灯仍旧亮着，暖气片也仍旧散发着热气。她甚至能听到接收机在屋角的桌上嗞啦嗞啦地响着。但是考察站里一个人都没有。

她的心沉了下去。她经历了漫漫长途，穿越了寒冷、黑暗、裂冰，这都是为了什么?她走过卧室、浴室、厨房、餐厅，每拐个弯都指望看到有谁在看书，或是有谁从罐头里舀着豆子吃，或是有谁用那种把成沓的纸牌在两手间倒来倒去的方法悄无声息地洗牌。可是，她看得出，这幢屋子并无人居住。没有新近有人在此的迹象，没有打湿的靴子，也没有冒着水汽的玻璃水杯。房间安静无扰。谁都能看得出这些房间里的人都离开了。

起居室里有一张沙发。她发现沙发够长，自己可以横躺下来。她把脚搁在扶手上，眼睛盯着天花板。慢慢地，毛细血管张开来了，她的皮肤开始觉得刺痛发热。暖气片上的暖气一阵一阵地拂过她的全身。她一动不动地静躺着，这时，她才意识到自己一直有多么的寒冷。

她实在累得没法把一切都想个明白了。后背疼痛，所有的肌肉也酸痛难忍。天知道她已经赶了多少日子的路程，她现在只想休息了。

她在沙发上睡着了，第二天很晚才醒过来。醒来后的第一个念头是考察站的人员肯定是出门进行某种考察探险了。他们研究帝企鹅的迁徙习惯。这个时节帝企鹅正开始孵蛋呢。考察队可能出去观察它们了，在山的另一面扎了营。

但是她没法想象他们离开了考察站，完全弃之不顾了。

也有可能是他们被迫撤离了。可能有某种紧急情况，他们被带离了此地，越过海洋，所有的人员总共二十位，留下了仪器等以后回来再取。

她在无线电旁坐了下来，想着可以先和可口可乐公司取得联系，然后再联系上谁，能告诉她考察站的人员的下落。可是，耳机调好后，传来一阵尖利刺耳的声音，仿佛一根金属棒子捅穿她的脑袋。这声音令她的脑袋疼痛。调到其他的频率也好不了多少：要么是彻底的沉寂无声，要么是充满了女鬼哭声般的同样可怕的噪音。她又试着用考察站的一台电脑上网，但连不上。然后她在无线电收发机旁的一沓书上找到了一只卫星电话。虽然弄不明白那东西离了中转塔那么远怎么会有信号，她还是键入了亚特兰大办公室的号码。令她惊奇的是，几秒钟轻柔的嗒嗒嗡嗡声后，电话接通了。

但是公司的录音留言系统一定是坏了。

电话铃响了又响。她对着电脑上方的钟算时间，一秒一秒地数着。五分钟后，她搁下了电话。

第二天她又打了这个电话，只听到一阵空透的咯咯声，像是在喘气，随后突然听不见了。声音因距离消淡了，就像在大气层上端听到炸弹在地球表面爆炸的声音。

考察站装备得非常齐全，所以她没必要把雪橇上的行李卸下来。她找到了淋浴房里的肥皂和洗发香波，药柜里的阿司匹林，卫生间水槽旁装在透明塑料袋里的一盒几百支红黄两色的牙刷。食物柜里满是蔬菜，切好的肉一块叠一块地裹在松脆的肉店专用白纸里;食物储藏室里则存着好几打箱子的可乐和瓶装水。她会坚持只喝水。好几年来，她真的没能好好享受过一罐可乐。工作和享乐不能混起来这句老生常谈有道理：她的日子早已有百分之六十到七十的可口可乐了，因此她拒绝把更多的自己奉献给那玩意儿。

起初，她指望着考察站的科学家和工程师的团队随时随地都会推门走进来，脱去外套和手套，一阵子踢腿跺脚抖掉靴子上的积雪。她也曾经同样地指望过帕克特和乔伊斯回到山脉另一边的临时营房。日子一天天地过去了却没有人来，她渐渐习惯了考察站的空旷和寂静。她肯定，迟早会有人回来取器材，然后发现她在那儿的。她很乐意等到那个时刻。

她时不时地摆弄一下无线电、电脑或是电话，敲一敲，拨个号，等着听到一个人声，但从来没能接通谁可以和她说得上话。那也没什么大不了的。经历了冰上的许多星期以后，一人在考察站，她的孤独不算是什么问题。有一张真正的床，一间温暖的房间，无需再吃牛肉干和谷物能量棒，有了这些暂时已经足够了。

每天中午尚有几小时斜斜的阳光，单单薄薄的一片缩在天际线上。她喜欢那时候出门。强弧光灯都装了灯罩，大多的光线照在地上，她看到的天空出奇的清晰。发白的蓝色中镶着宽条的红紫橙黄，还洒着几颗星星。星星是如此的灼热，穿透了大气层闪闪发亮。有时候她甚至能看到人造卫星经过臭氧层断裂带时留下的痕迹。她会等着太阳不见了，星星出来了，然后回到屋里。

其中这样一次出门时，她决定探测一下考察站周围的地形。风刮得很猛，围巾翻飞着宛如一面三角旗，她不得不借助一杆登山杖在大风吹积的雪堆中保持平衡。一到屋子的背后，地面就平坦了。她转过屋角，停下来喘口气。就在那时，她发现了雪中隆起的小丘。小丘被压得严严实实的，像是露出地面的岩层。她登上了其中一个，越过冰架朝海洋望去。她能看到远处的海水是断断续续的一条线，是冰川边缘上的一串黑色的小点和短线，像是莫尔斯电码打出的电文。有几块冰被风打磨成镜子般的光亮，闪着和天空一样隐隐带着红色的蓝光。太阳落下去后，冰块黯然失色，她便从小丘上跳了下来，继续绕着屋子走。

回到屋内时，她总是打哆嗦。她觉得很奇怪，艰辛地长途穿越冰原时，她都很少发抖，那时自然要比现在冷得多。也许身体只是在期待变暖时会发抖：她知道有一间暖暖的屋子在门的另一边等着她，哆嗦只是身体对这一认识的反应。在这样的情形下，这甚至可以被认作是希望的信号。反正这是她的理论。当她在暴风雪中奋力前行时，并没有失去希望，但肯定也不允许自己期待温暖再度到来，于是身体平静地习惯了寒冷，就像一枚硬币沉入了喷水池的底。这是一个穿着红色棉套头衫的小女孩只为许个愿投下的一枚硬币。

她在考察站住了差不多一个星期后，找到了塞在床垫下的一张纸，一页从黄色拍纸簿上撕下来的对折的纸。她打开来看，是一份手写的帝企鹅考察组二十位成员的名单。他们的名字旁有深浅不同的墨水笔写的说明：

至少每日三次

早上一次，与早餐同时，从不例外

偶尔："几乎每两天一次"

下午，无线电短会时

午餐时——通常也是一日主餐

极不喜欢，但是如果没有其他，可能稍微来一点

一星期不超过一到两次

看来这些说明和队伍成员的饮食习惯有关，但除此之外，劳拉看不懂这些话是什么意思。

页面左侧的空白处有一列红色的X，十二个，分别划在十二个名字旁。第十三个X划了一半，一撇已经划好，上端还有重重的一点，定是另一撇的起笔。其他的名字没有记号。

这些X传递着某些信息。劳拉盯视着它们，屏气凝神咬紧了牙齿。这些X意味着什么呢？它们令她想起了印在毒药瓶上骷髅下的两条交叉的骨头，或是带刺铁丝网上磨尖了的尖刺，或是漫画家画在死人眼睛上表示空洞的标志。不知道是什么缘故，她觉得一阵反胃。

她的手指抚摩过这一排X，感觉到笔咬进纸张的印痕。她看着划在这一列名字旁的X，就在那一刻，她开始怀疑他们遇上了很可怕的事。思绪从这个念头小小跳跃了一下，她意识到考察站

后面隆起的小丘是坟茔。

X。未知。探索未知。智慧。

她穿上靴子还有其他御寒的衣物，走到考察站的后面去。她得再看一下这些小丘。这下她猜到了这些小丘是什么，她得用自己的双眼再看一下。当真没错，就是那样的大小，埋下一具人的躯体正好够长，正好够宽。她头一次数了数总共有几个小丘，接着又数了一遍确认。一共有二十座坟茔。她的手抚摸过每一座坟茔后，才走回屋里。

她又仔细地看了一遍那页纸，然后把纸放在床头柜上，用咖啡杯压住，免得飘到地上。她确信该仔仔细细搜索一遍考察站了。真要行动，还是从卧室开始吧。她把别的床垫都一个一个地翻起来，想找到一本日记本或再来一张折起来的黄纸，但除了一只挂在银长链上的表和几本色情杂志，她什么都没找到。大多数床脚柜的锁都没锁上，有些锁松开着，有些锁的钥匙手指似的往外戳着。她打开了柜子，一件件地翻检着衣物和洗漱用品。根据床脚柜底层右侧的角落里藏匿的东西，能了解一个人的程度令人称奇。在内衣、阅读卡和贝塔斯曼阅读机底下，她发现了好多包可卡因和大麻，一盒十六个的迪士尼人物瓷像，一本有着镀金压花和维多利亚时期英语注解的古老的《圣经》，一大罐凡士林上戳着一柄调羹，整瓶整瓶的抗抑郁药物、类固醇和褪黑素，一个缠在一块磨损得厉害的毛巾布上的安抚奶嘴，原来肯定是谁的儿子或女儿用过的。

然而，没有什么迹象能解释考察站的人员发生了什么事，所有的生物学家和极地工程师，他们曾吃了橱柜里的食物，曾揉皱了床单。没有什么能告诉她他们去了哪儿，或者——要是她猜对的话——是什么让他们丧了命。

卫生间和厨房能提供的线索则更少了，一瓶精制橄榄，几罐浴盐，差不多就只是这些了。其他的物品——食物、碗碟、洗漱用品——她前些天就找到了。做那些每日例行之事的时候，她早已相当彻底地搜索了厨房和卫生间。在几乎都没进去过的餐厅，她找到了塞在储物木柜底下的一袋垃圾，装满了玻璃和瓷器的弧形碎片——她看得出是咖啡杯和饮水杯。仅有一件仍旧完整的东西是一只乳白色的杯子，杯沿的内侧有一圈淡淡的褐色。她记得自己还是个小女孩的时候，用柠檬汁和灯泡烘烤在练习本纸上的密信正是这种颜色。她查看了起居室里的椅子和茶几底下，又查看了沙发和墙之间的缝隙，只找到了几粒扣子和回形针，一根尺子，还有一层薄灰。她把垫子从沙发上掀了起来，发现了一只钱夹，内有一张英国小猎犬的照片，一张印有刘易斯·蒙贡名字的驾照。她认得贴在无线电接收机上方的值勤名单里也有这个名字。

终于，在电脑桌最下面的抽屉里，她找到了要找的东西：一份报纸网站主页的打印件，是密苏里州的堪萨斯城《堪萨斯城市之光》，打印日期是二月三日。

也就是说，这是在三个月到四个月之前打印的，要是她还没记漏太多的星期。

标题是一个词，瘟疫，带着一个超大号的感叹号。副标题是：致命病毒横扫墨西哥和美国，几千万人感染“眨眼病”。

劳拉的第一个恋人是哥伦比亚大学的一位新闻学教授。她高中毕业后那个夏天在那儿参加一个为期十周的大学预科课程的学习。她即将就读的专业是哥伦比亚大学的环境生物学，但她选修了这位教授的新闻学导读课。上了一次后她就退出了这门课，不过她和教授在夏天接下来的日子里却继续见面。

教授叫卢卡，高个子，聪颖出群，有着黑白片时代银幕上科学家的文静的机智和早早花白的双鬓。当他喝过酒或是谈兴正浓的时候，经常会沉浸在一种情绪里，那时，他说出来的话，完全像是新闻标题。

“电话铃响三次，劳拉接起电话，”他会这么说，“‘是我母亲。’她说。”

或是，“夜幕降临，床戏在即。”

或是，“西姆斯倦于讨论，走离后以头撞墙。”

只要看到一条令人无法不注目的新闻标题，她总是会忍不住地想到他。致命病毒横扫墨西哥和美国，几千万人感染“眨眼病”。

自从她离开纽约前的那个下午，就再也没有见到过他。那天下午，他们云雨之后，便叫了泰国菜外卖，然后一边站着俯瞰纽约城，一边吃着饭，看着在连串的固定的红绿灯间，车流聚合在一起又分散开去。仲夏时节，虽然白日早就见短，太阳却还是直到八点半九点才下山。

卢卡住在未来大厦三十三楼的一套两室公寓里。公寓有个回飞棒式的曲形阳台，高高悬在大厦庭院的上空。两人喜欢靠着栏杆站在那儿，俯瞰人群。从这么高处往下看，很容易说人群看上去像蚂蚁。很容易这么说，但不完全准确。首先，人群的色彩要比蚂蚁更明亮更奇特，带着诸如公文包、购物袋、雨伞这类怪异的附属物。而且他们移动起来远没有蚂蚁那么有序而专注。她心想，他们的移动更像是水里的昆虫滑过池塘的水面，歪歪斜斜没有形状，尽管谁也不会说人群像水里的昆虫。

她和卢卡并排站着，手肘支在阳台栏杆上。卢卡问她："明天这个时候，你会想我吗？"

"明天这个时候，我会坐在飞机里，在衣阿华某个地方的上空。"劳拉惧怕这一前景，"我会恶心，头痛欲裂，我会想念不在五万英尺上空的一切。"

"包括我，是不是？"卢卡提醒她。

"包括你，西姆斯教授。"他的学生是这么叫他的。"但没关系，是吧？因为过几个月我就会把我们的事告诉父母，然后我就会退学，搬回纽约。我们会结婚，从此快乐地生活在一起。完。"

劳拉用她所知不多的方法之一调笑他。他笑了一声，那笑声是人们不想承认笑话让他们尴尬时，发出的躲闪的浅笑。从一开始发生关系，他们就明白夏天过去后，两人就不会再相见了。但是因为卢卡比她年长许多，而且因为他曾是她的师长——即使只有两小时——他对两人的恋情怀有一定的负罪感，而她则浑然不觉。"如此的放荡纵欲！"她只穿了一件汗衫躺在他的床上时，卢卡有时候会摇着头开玩笑地说。虽然他只是说笑而已，她也总是会对他笑一笑，但他说的话中的确有一点点真实性，足以让他的声音里带上一丝并不作假的自我谴责。

“就是那样，”她重复着，“结了婚，从此快乐到永远。”

“好啊……我等着那一天。”他说。

“我知道你等着那一天。”她对他说，然后拍了拍他的手。“天哪，我可真讨厌坐飞机。”她说。

“我知道你讨厌。”

接着，为了轻松一下气氛，“到现在，我们不是早该有远距传送的设备了？他们不是承诺过远距传送的设备？”

“还有火箭喷气发动机。”他补充了一句。

“还有移动的人行道。”

他假装举着一块示威标牌行进着。“我们要什么？火箭喷气发动机！”

“远距传送设备！”她跟上一句。

“我们什么时候要？”

“现在！”她说。

“将来！”他说，这么一说似乎有什么让他们觉得好笑。他们开始咯咯地笑，然后放声大笑起来，因为发现自己落入了这么一个连环套中：他们意识到最初的话缺乏幽默感，而这缺乏本身就挺好笑的，于是笑得更加起劲了。很快他们就只为自己的笑而大笑不止了。

城市高楼顶上的恐怖袭击警报灯塔闪烁着耀眼的黄色灯光，过了一两分钟后变暗了。没什么要紧。如今谁也不把它们当回事了。

“肯定是次错误警报。”卢卡说。

“又来了。”劳拉说。

她的腹部因为大笑而爽快地发紧。卢卡把她的手腕握在指间，开始用大拇指一上一下用力地摩挲着，一阵颤抖传遍她的身体。

接着一桩非同寻常的事发生了。

一个小孩正和她妈妈（至少他们认为是个女孩——从那么高处很难辨别）一起穿过庭院，她手里握着的气球逃脱了。气球飘向街路，越过了隔壁车库的屋顶，然后一阵侧面吹来的风把它推离了原先的路线，带着它朝未来大厦飘回来。气球一路旋转着一颠一颠地沿着长长的一排阳台爬了上来，一团红色球体迅速地膨大起来。劳拉看得见女孩扯着妈妈的手臂，试图把她朝气球的方向拉过去，但是气球早就遥不可及了。

“我想那玩意儿会经过我们面前。”卢卡说，没错，气球已经遇上了楼房侧面一段平静的空气。“唔，”他说，“我想我可能抓得住它。”

他探身越过阳台的边沿，劳拉屏住了呼吸。气球飞升着经过时，他飞快地环起双手伸了出去，像狗熊抓捕三文鱼。一眨眼，他已经攥着气球绳了。

劳拉看看气球，又看看他，再看看气球。“简直没法相信你真的抓住了，”她说，“五块钱献给金手勇士。”

他往下看看院子。“她们还在那儿。快来。”他带着劳拉走到电梯旁，摁下按钮。电梯定是停留在不过一两层楼之外，因为铃几乎立即就响了。电梯门轻声打开又合上。他们下行至大堂，卢卡的手指一路摁着“关门”键不松开。电梯到了底楼，他说：“快！”一边抓住了她的手。他们飞快地跑过门卫，进了院子。

女孩和妈妈已经走了。一个男人正给他的狗喂奶酪条。狗吃得很讲究，像是人用门牙把瓜子磕开来似的。一群十几岁的孩子正在听袖珍收音机里的音乐。

“她们是朝着第三十二大道走的，”卢卡说，“快，这边。”劳拉跟着他下了停车库前的阶梯，穿过一堆正在讨论赛事的老人，又飞跑着经过一排树和脚手架的底下。跑到了街区的尽头时，他们看到那个女人和她女儿正等在人行横道前。

就在信号灯变换的时候，卢卡赶上了她们。

“打扰一下。”他对女孩说。跑得上气不接下气，他大喘了几口气，嘴像风箱似的一张一合。

这时候女孩注意到了气球，说：“那是我的！”她转向妈妈。“我跟你说过了！一个男人在阳台上爪住了它。我跟你说过了！”

“是‘抓’。”她妈妈纠正她说。妈妈从卢卡手中接过气球，说：“谢谢你。非常感谢。”

她俯下身去，把白绳缠在女儿的手腕上，打了个结。“要不然啊，接下来的两个星期她只会唠叨气球了。你对这位好心人该怎么说啊，撒拉？”

“这是不是你捉住的第一只气球啊？”女孩问，“你是干什么的？你是不是捉气球的？”

“说谢谢你，撒拉。”

“谢谢你。”

人行横道前的绿灯开始一闪一闪。“糟糕，”那女人说，“先生，我们真的在赶时间。再次感谢。抱歉，我们得走了。”

“谢谢你，气球人。”女孩说。劳拉确信从今以后女孩就认为卢卡是气球人了。她讲这个故事的时候，会叫卢卡“气球人”。变红灯了，她和卢卡看着她们俩穿过了街，六七辆车子的保险杠几乎拱在了她们的腿上。她们走过一家书店、一家老电影院，女孩的外套是像萤火虫光球一样的莹绿色，一闪一闪地穿梭在行人间，然后她们就消失在人群中了。

然后卢卡说了一句话，劳拉知道这句话她永远不会忘记。

“呵，这可能是我这辈子做过的最好的一件事了。”他说。

她这辈子做过的最好的一件事是什么呢？她听着考察站外呜咽的风声，心里想。她从来没有设立过一个慈善组织或是养育过孩子。她从来没有救过别人的性命。见鬼，她甚至也从来没有救过别人的气球。

她这辈子做过的最好的一件事可能是某件半自觉的小小善事，自己早已忘记了。

“劳拉·伯德把野花献给妈妈和爸爸。”

或是，“劳拉·伯德把购物券送给地铁站的流浪汉，旋即忘记。”

或是，“劳拉·伯德闪动汽车前灯，提醒其他司机注意超速监视区。”

文章看完了，她把纸放在一边，两手捧着头，闭上眼睛揉着太阳穴。要是纸上说的属实，一种突变病毒已经于一月底在整个北美传播开来了，那正是她、帕克特和乔伊斯与可口可乐公司的人员失去联系的时候。人人都说病毒是致命的，从亚洲和西欧通过空气和水传过来的。南美的国家试图设立警戒区避免病毒的进一步传播，但已在巴西、厄瓜多尔和阿根廷发现小块的感染区了。

报纸称病毒为“流行性的”，又说俗称是“眨眼病”，因为感染的第一病征是眼睛发红，以致不可控制地眨眼睛。病毒是人类制造出来的还是自然突变的结果，还有待证实，但普遍认为是人类制造出来的。

接下去的几个小时，劳拉趴在无线电前，一点点地调节着波段，调到一个频率就停下来听听有没有清楚的信号。很长时间，除了白噪音她什么都听不到。后来下午三四点钟，她调到了最高的波段，听到有个声音用她不懂的语言在说话——是一种粗嘎短促的语言，出其不意地时而迸出一大堆话，时而又停顿不语。

她愣了一下，还有人在。

她把信息输入电脑里的翻译程序。这消息是用马来语广播的。她听着翻译：……*没有幸存者，再说一遍，没有幸存者。我能感觉到得病了。我知道去日无多。我只能希望，只要有电，这段录音会继续播放。我爱你，碧。你会很快再见到我的，亲爱的。*咔哒一声，紧接着是高尖的呼呼声，随后又是同一个声音了。*此消息向任何在听的人播报。远离城市，再说一遍，远离城市。无一幸免，再说一遍，无一幸免。我能感觉到得病了*……

她又将消息听了十来遍，才把无线电接收机关掉。

可怜的人儿，她想。那个可怜的人儿和他可怜的爱人。

还有——尽管她努力想要阻止这个念头——可怜的我。

屋外，夜色越来越深了。中午的时候仍有几分钟淡淡的光色，类似一种假象的黎明，光色像是直接渗入了大气层。可是，太阳不再出现在地平线上了，亮光也很快地消淡。劳拉出了门走在雪地上，深深地吸了几口气。

天空满是星月。她发觉自己在琢磨是不是最后一个活在世上的人。这个问题她以前也考虑过——每个读过科幻小说的人大概都会考虑过这个问题。但这一次，她想，可能就是事实了。她无法通过无线电接收机、电话或是电脑和别人取得联系，或许正是因为没有人剩下来可以联系。第一次，她想到了自己可能真的是完完全全的独自一人。但她还不能全然相信。

她已经相当彻底地搜索过整个考察站，但决定从头开始再搜索一遍，仔仔细细地检查带锁不带锁的橱柜，把床垫和靠垫都翻过来，拿手电照在笨重的家具底下看一看。她必须得弄明白帝企鹅考察组的队员到底遇上了什么。她必须得知道所有那些 X 意味着什么。

这个过程非常的累人，但卓有成效。到了深夜，正要挡不住疲倦睡着的时候，她找到了其中一张床后面一块松了的木板。她把木板从座架上取了下来，往里面看。在床和绝缘板中间的缝隙里，她找到了一本用旧了的小本子。本子是用真皮装订的。右下方边角处被谁的手指上的油污弄脏了，留下一块块黑色的污渍。

她掸去封面上的灰尘，打开了本子的第一页。上面写着：罗伯特·乔伊斯日记。第一则，9 月 12 日。

七
教长

雨停了，风也歇了，寂静令他大半夜都无法入睡。到了早上，他打开两扇门，选定了这天用的标语牌，然后把劳拉鸟从阳台上赶走了，看着它们在长椅上和肮脏的人行道上拉下泡沫塑料似的粪便。它们蓝灰两色的尾巴在橙黄的亮光中一抽一搐的，虽然这些鸟是恶魔，亮光却是好的，他拿起标语牌，扛着它走到城中心。他来到人们聚会的地方，大声吼道："你，我的兄弟！你，我的姐妹！如果你倾听，你就会听到；如果你寻找，你就会找到！"大多数的人都把他推到一边，有些人甚至呵斥他，乌鸦似的呱呱地骂着，不过总是有几个人会停下来听他说。

"你真的信那个？"他们问他。"找到什么？"他们说。还有，"你那个标语牌到底是什么意思？"

今天他的标语牌写的是：吾则欲彼俟至吾归也，抑何预尔事耶？他的所有标语牌说的都是同一个意思：耶稣将要归来，因此你应该作好准备。"这出自《约翰福音》第二十一章第二十二节，"他试着解释，"主和他的门徒在说话。多数人以为这一句指的是永世流浪的犹太人，但你要是细读一下，你会明白并非如此。话中的‘彼’其实是使徒约翰。俟意等也，等谓活也。这句话的意思是，‘我——耶稣，若要他——使徒约翰，活着直到我来的时候，与你们——我的门徒，何干？’也就是说，是耶稣的门徒，不是我的。我不是耶稣。你们明白了吗？”

这是个复杂的问题，因此他会把解释再重复一遍，要是他仍看到他们的脸上闪过一丝迷惑，他会解释第三遍。要是有其他人开始在近旁逗留，有时候他会解释第四遍。通常，等他解释完，他会发现所有人都渐渐散了，被鸟雀的啾啾声引领着，离开了他至真的声音。

于是，他会又一次挤入人群，再来一遍，等着人们在他周围聚集起来。

人类是根据上帝的形象创造的，因此人类生活在上帝恩惠的福泽之地，甚至包括那些不知道他的人，那些背离了他的人。他必须这样提醒自己，每当他们对他不理不睬，或是嘲笑戏弄他，或是模仿他的声音。更有甚者，在另一世界发生过一两次，他们逮捕了他，给他戴上了手铐，没收了他的标语牌。有时候，当他感觉到上帝的精神在他体内流转，像一卷柔软的衣物似的翻动着，他会深深地满足，以至于忘记了吃饭。到了傍晚，饥饿令他头晕目眩，双腿发软。有个名叫约瑟夫的邮递员是好心肠的人。到了那个时候，他会给他一只热狗或是一片比萨饼，陪着他，直到他能够站起身来，不再觉得眩晕。不过今天，离家进城之前，他往口袋装满了面包棍。他坐在一张看得见纪念碑的铸铁长椅上，吃着面包棍，一边看着鸟儿的影子撞上了乌云的影子。

晚些时候，他看到了两个男人——其实是男孩，他们不会超过二十岁——在一家废弃的五金店的屋檐下拉着手亲吻。其中一个抓住了另一个人的一缕头发，那个人牛仔裤里的下肢扭着摇着。第一个人凑着第二个人的耳朵低声说了句话，两人一起开始大笑起来。他快步向他们走去，站在了屋檐下，试图告诉他们耶稣之桥和蒙选之人的解释。但是他们挣脱了他，不愿听。

“滚蛋。”其中一个说，另一个也凶巴巴地说：“把手拿开，你这老混球。”他们抡起臂膀和巴掌打他的标语牌。标语牌往后一倒，敲在他的下巴上。

等他睁开眼睛，他正仰躺在人行道上，两个男孩不见了。他觉得牙龈和脸颊之间硌着块硬东西。是一颗牙齿。他把牙齿顶到舌上，吐了出来，深红的一颗，犹如樱桃的核。回家的路上，他把牙齿埋在教堂墓地的土壤里，竖了两根交叉成十字的面包棍作记号。这样，他要是再死一次，失散的会复归于他，他将会完整无缺。这是第一天。

忏悔吧，时候将到，他第二天的标语牌这么写着，还刻上了*您最真诚的*，然后是他的名字，科尔曼·金茨勒博士。三十三岁那年，读完《圣经》的那一天，他给自己冠上了博士的称号。他认为，尽管自己从来不曾真正进过大学，在上帝的眼中，他现在是个博士了。那时，他的《圣经》就是孩提时代得到的那本袖珍版，银色的边，精美的白纸，包着蓝色的皮封面，前面有搭扣。无论去哪儿，他都随身带着。直到有一天他碰到了一位从未读过《圣经》的妇女，一个穿着墙砖色和黑咖啡色袍子的印度妇女。他问

她："如果我把这本书送给你，你会不会学习它尊崇它？"她承诺说会的，于是他就把书送给了她，尽管送出这本书令他心疼不已。

不过，他确信他在做的正是上帝要求于他的。世界上多的是《圣经》，这个国家的每一家杂货店每一间旅馆的房间，《圣经》无处不在，他知道他总是能再给自己找本新的。但对这个女人而言，他可能今生今世不会再碰到她。这或许是她唯一一次能接受福音的机会。

自此以后，他经常想着那女人，也经常想着他的《圣经》，不过他的确是再也没见过那女人和他的《圣经》。

他扛着标语牌穿过碑区的时候想起了这件事。天空中布满了一片无边无际的乌云，旗帜和信号灯在静止的空气中耷拉着。两只劳拉鸟从一辆停着的车下面跳到了他要经过的路上。它们在他的两只脚踝间停了下来，企图让他跌跤，不过他没有失去平衡，也没有丢了标语牌。他朝着它们大声吼着，挥舞着手臂，又跺着厚重的鞋子，直到它们飞走，停在了街区的另一头。

报人和他的女朋友照例站在布里斯托餐馆的门旁，每天早上都一样。他们正在派送最新一期的《西姆斯小报》。头条新闻是有更多迹象证实伯德假设。报人给了他一份，他把报纸叠了两叠，放在外套的衣袋里。报人的女朋友注意到他下巴上的创可贴，问："天主呐，你碰到什么事了？"她不由自主地摸了摸自己的下巴。

"是的，"他说，"天主。因了上帝的名，我被人打伤了。"于是他告诉她发生的事——掉落的牙齿，断裂的标语牌，任其摔到在街上扬长而去的男孩，他说完后，她说："啊，悲苦的人儿。"她又给了他一份报纸，他叠了两叠，和第一份报纸一起放在口袋里。

"富贵者应令其贫穷，悲苦者应令其富裕。"他答道。他离开了餐馆门外的报人和他的女朋友，继续前行，穿过了城市。

在H街上，他停下来和一个门卫说话。他问他知不知道上帝的福音，一丝淡淡的微笑令门卫的脸上起了皱。他从衬衫的领子里取出个十字架，让它在一条细细的链子上荡来荡去。"愿上帝福佑你。"科尔曼祝福了门卫，门卫也答以祝福，小小的银十字架在他的指尖慢慢地转动着，停了下来，开始朝另一个方向转动，十字架接住了从旁边一个标牌反射过来的光，对着科尔曼一闪一闪的。

科尔曼把标语牌扛在肩上，继续前行。他忘了带面包棍了。尽管他饥肠辘辘，他没有歇下来吃点什么。他被两个保安从一家家具店里推了出来，之后，他爬上了一座大型购物中心的喷泉的喷水口，周围聚拢来一小群人。很快，人群散去了。他花了二十分钟向一位妇人布道。她看起来听得如痴如醉。等到他问她名字，她叽里咕噜地说了一串意大利文。云层里不断地轰响着雷声，但雨却没下;即便是下了，也没落到地上。有时候，天空轰隆隆地响，他的肚子也紧接着轰隆隆地响，天空随即又轰隆隆地响，他几乎能想象天空正和他的肚子在对话呢。

他又走近了自己公寓的时候，经过了一个正在分送印着"上帝即爱"的恤衫的摊子，T恤一摞一摞地堆着，红的，白的，黑的。这句标语在他的视线里飘进飘出，引出了一场对话。一部分的他相信上帝就是爱，这个等式的确那么简单。但另一部分的他相信爱的力量太弱小：对上帝而言，这股力量太弱小；对需要上帝的人们来说，这股力量也太弱小。

第一部分的他说，上帝之爱对我们来说犹如阳光甘霖：它使我们坚强，它使我们充实，使我们多彩。只有当我们拒绝那份爱，当我们自闭于那份爱之外，我们才会委顿，才会凋零，才会失去了对天地万物的喜悦之情。

傻话！另一部分的他说。润泽我们的并不是上帝之爱，而是上帝之希望。是任何一种形式的希望。不管你说的是上帝还是人类，希望和爱都是两股不同的力量。

难道爱所能赋予的不就是希望所能赋予的甚至更多？第一部分的他问。

也许是，只要爱能生发希望，第二部分的他说。但是爱不是总能生发希望。任何一个经历过爱的人都知道，你可能会有太多的爱，或是太少的爱。你可能会有灼伤你的爱，击毁你的爱。你可能会有比例不当的爱。爱就像阳光和水——爱能培植希望；不当的爱也同样会扼杀希望。

科尔曼任两个声音你来我去地鸣响着，轰隆隆地，此一声彼一声。哪一声响是他的肚子，哪一声响是天空，他分不清了。直到他注意到电梯里的人都盯着他看，才意识到自己正自言自语着。在公寓的橱柜里，他找到了一包米饼和一罐花生酱，狼吞虎咽起来。这是第二天。

指向永世流浪的犹太人的经文并不是《约翰福音》第二十一章

第二十二节，而是《马太福音》第十六章第二十八节：我实在告诉你们，站在这里的，有人在没尝死味以前必看见人子降临在他的国里。这是他第二天扛的标语牌上的经文。永世流浪的犹太人有着不同的名字，亚哈随鲁、卡特菲勒斯、约翰·巴特代厄斯。他是个修鞋的。据说在耶稣背负着十字架穿过耶路撒冷的时候，他嘲弄耶稣说："快点儿走。"耶稣回答："我走了，但你需等到我回来。"由此修鞋匠被责罚四处流浪，直至基督再临。科尔曼知道这个故事在《圣经》里没有出现，许多基督教徒也不相信，但他自己一直觉得这个故事很可信。他觉得这两个故事也很可信：伊甸园里的蛇其实是撒旦，圣彼得被头脚倒置钉死在十字架上，这样就不会和耶稣的死法一样——这两个故事依据的也是传说而非经文，但没有人怀疑它们的真实性。

厚厚的云层在夜里被吹到了天边，可是阳光很微弱，失去了威力。上午过去了一半，草叶上的露珠才蒸发掉。科尔曼在街沿占了个地开始传布上帝的福音。路上的行人没有一个停下来听，但有个人在旁边的长椅上坐了下来，像是想偷偷地听。科尔曼尽量把声音朝那个人的方向传过去，因为他知道即使是最不情愿的听众也可能被上帝的真理所感动。但他马上注意到那个人正在喂鸟，从一只塑料袋里掏出奶酪脆酥投进鸟嘴里。他从街沿上跳起来，把奶酪脆酥踩在脚下，把那个人赶走了。

他和他的朋友邮递员约瑟夫一起吃了中饭。他们把包装纸扔进垃圾桶时，约瑟夫说："嗳，小时候我以为每个人生来就能许三个愿。我记得其中一个愿望是我再也不用去卫生间了。当然没实现。为此我对上帝生了很长时间的气。"

科尔曼答道："我想你是把上帝和神怪搞混了。"

他说这句话是就事论事，但不知怎么令约瑟夫觉得很好笑，他笑个不停，直笑到科尔曼拿起标语牌离开了。

问题是，如果永世流浪的犹太人确有其人，确实存在，这座城市的人口应当比目前多得多。每个人看来都认可城里的人是靠在世的人的记忆存在的，这又是一个并非出自经文的故事。但是他们都在这座城里——这一点是确凿无误的——科尔曼也没有理由怀疑这个解释。那么，为什么城里并没有挤满永世流浪的犹太人自耶稣受难两千多年来所遇到的几百万的人呢？

在科尔曼看来，有三种可能：那个犹太人可能死于病毒，那样的话，瘟疫流行与基督再临同时发生；他可能还活着，那样的话，城里一定还有其他群落的居民，甚至是不知在哪儿还有别的城市；最后一种可能是，永世流浪的犹太人从来没存在过。

科尔曼没法决定哪一种的可能性最大，这种不确定性令他心神不安。这一天余下的时间他发现自己一边在布道，一边思绪不断地回到哪一种可能性最大的问题上去了。他听着这个问题的翅膀在脑海里拍击着，布道的声音就渐低渐弱，最终消失了。城里的人在他周围来来往往，像是流水流经石块。最后他放弃了，便回到家里，坐在床边。他注视着影子移过房间的地板，听着窗下的街上有个小姑娘在跳绳。小姑娘哼着一首童谣："玛丽·马夸，马夸，马夸，穿着黑褂，黑褂，黑褂。"他跨过两扇玻璃门，走到阳台上，大声跟她招呼："嘿，姑娘，你叫什么名字？"

绳子落在她脚边，像是一条被太阳晒得褪了色的海草编就的带子。她抬起头盯着他，没回答他。

他大声说："你难道都不问问我的名字？"

她犹疑了一下，说："我知道你是谁，你是养鸟人。"

"不对，我的名字是科尔曼·金茨勒。"

"那不是我们叫你的。我们叫你阿尔卡特兹的养鸟人①。"

小姑娘的相貌看着有点迟钝，以致让人怀疑小姑娘可能有点低能。科尔曼用他最温柔的嗓音问她："你知道耶稣基督吗？"

她回答："知道。为了替我们赎罪，他死在十字架上。"

"乖孩子。"科尔曼说。要是他手里有个玩具——比如，一个娃娃或是一只纸风车——他会作为礼物扔下去给她。但是阳台上只有这些杂物：一把生了锈的休闲椅，一棵因疏于照料而干皱了的吊兰，一堆钉在白色木桩上的标语牌，其中包括他明天准备带去的那块，上面写着：耶稣即是大道、真理和生命。于是作为礼物的替代品，并且这是他力所能及的最佳方式，他举起了标语牌给小姑娘看，前前后后地挥舞着，直到她耸耸肩，捡起跳绳，一蹦一跳地沿着人行道走了。

这是第三天。

鸟类曾是恐龙。

他曾经在一本书里读到过——在生物大量死去的时期，最大

---

① The Birdman of Alcatraz，原名罗伯特·富兰克林·斯特劳德（Robert Franklin Stroud，1890—1963），是阿尔卡特兹监狱的犯人，曾在监狱里养鸟并售卖。他智商极高，但精神变态。1955年，托马斯·加迪斯出版了根据他的故事改编的小说《阿尔卡特兹的养鸟人》。亦有根据小说改编的同名电影。

的恐龙死于疾病和饥饿，但最小的恐龙存活了下来，过了几个世纪，它们变了样，最后变成了鸟类。如此说来，鸟类就是恐龙，恐龙是爬行动物，而爬行动物谁都知道是魔鬼。透过所有的伪装，看清事物的本来面目，得会细心观察多方探究。

他把创可贴从下巴上揭了下来，检查一下摔倒时落下的伤口。伤口很浅，但还没有愈合。他用手指小心地碰触着边缘看看有没有结痂。要是结了痂，有没有开始从皮肤上脱落下来。人们的伤口是自外向内还是自内向外愈合的？他不确定。但是他自己的伤口似乎根本没在愈合。他擦干净伤口，换了一张创可贴，从阳台上取了标语牌。后来，当他和约瑟夫一起午餐的时候，他对约瑟夫说："今天我一点也没比昨天好起来。"约瑟夫说："哦，这事儿可真说不上令人吃惊。"

"为什么呢？"

"我不知道我们当中有谁好了起来。我很难相信人们会改变。"

科尔曼不同意这说法。"我们都被上帝之手改变。上帝给了扫罗一颗全新的心，《圣经》说的。其实是两个扫罗都给了——扫罗王和那个成为使徒的保罗。不过我不是在说我的心。我说的是我的下巴。"

"噢。唔，这事儿也说不上令我吃惊。"

"为什么呢？"

"要是我由着你的话，你就一直吃些淀粉类的食物，其他什么都不吃。你一点点蛋白质都没摄入。我想知道的是，'肉身就是圣殿'这信念你拿它怎么办了。"

四只鸟在头顶上盘旋着，科尔曼意识到它们又在看他了。他让约瑟夫别出声，指指空中。接下来的午餐时间，他们吃完了汉堡，他没再让约瑟夫说话。

自从他请求上帝启示他魔鬼的名字，还没几个星期，他已经感觉到有一只手正指引他前往布里斯托餐馆。他听到过两个男人在讨论鸟。“这样说来，都归结于劳拉鸟。”第一个人说，第二个人点点头，应道：“是的，劳拉鸟。看来就是那样。”从那时起，科尔曼到处听到人们在谈论它们。

劳拉鸟。劳拉鸟。劳拉鸟。

似乎谁都无法避免它们。

他沿着人行道走，经过了一家专营老式服装的店，一间空的舞蹈排练房，然后又经过一个地铁入口豁开的大嘴和肿胀的长喉。当他转过街角的时候，大风几乎把他的标语牌给拽走了。为了抓得牢一点，他只得转过来斜着拿。太阳照在沿街停着的汽车的挡风玻璃和银色贴边上，形成一串珍珠似的白色小球，闪着尖细的光，亮得几乎刺眼。顶着一头卷曲红头发的少年踩着滑板溜过他的身边，说：“真理和生命。说的是，老兄！”过了一会儿科尔曼才记起这是印在牌子上的标语。他转过身去，朝着少年消失的身影大声叫道：“你忘了大道。别忘了大道。”男孩举起手，向科尔曼敬礼。

下午余下的时间，他绕着碑区没有明确界定的边界走，直走到傍晚。这曲里拐弯的一圈尽是竖着篱笆的地块和空楼，街道自此伸入空荡荡的城市不见了。他在找寻还没有听到上帝福音的人。他到家的时候，月亮亮得像一只威浮球挂在夜空的最高处。

这是第四天。

余下的夜晚过得慢吞吞的。早上他睁开眼时，太阳尽管升得高高的，已有好几个小时过去了，他却说不清自己到底睡了没有。他感觉像是记得做过梦，不过一旦他试图想起做了什么梦，梦就溜走了，消失在阴影中。唯一一件他确定记得的事是一连几个小时躺着一动不动，等着四肢出现那种奇怪的分裂的感觉，那意味着他终于要坠入梦乡了。但是最终究竟有没有入睡，他不能肯定。

这又是一桩上帝明了他却不知道的事，也许有一天，答案会向他揭晓。

劳拉鸟又停在他的阳台上了。他把两扇玻璃门猛然砰地打开又关上，把它们吓跑了，扑棱棱地沿街飞去。然后他穿上鞋子，选定了标语牌，扛上它进城去。街区的转角处有一家杂货店，他在那家店停了停，买了一包去皮小胡萝卜补充维生素，一小盒泡沫塑料盒装的小香肠补充蛋白质。约瑟夫说的有道理——毕竟，他的肉身就是他的圣殿。他把胡萝卜放在一只口袋，把小香肠放在另一只口袋。他发现一边走着一边能感觉到两包东西碰着大腿，前前后后地晃荡着，两边的分量平衡得几近完美。重得恰到好处，就像上帝的关注的分量，令万物都聚合在地球上，防止它们散成一堆原子。

这是个凉爽晴朗又祥和的早晨。早已有几百个人出来在城市的街道上走动着。他穿梭在人群中，提高了嗓音，大声说：“兄弟姐妹们！各位朋友们！请听上帝之道，因为上帝之道是真理，上帝之道是正义！”他把标语牌高高地举过头，两只手稳住了，这样每个靠近他的人都能毫无阻碍地看得清清楚楚。上面用粗体黑字写着上帝即是爱，以防万一，他在另一面写了上帝即是希望。

他经过帕克街西端的钟表店的时候，好几个钟头过去了，太阳隐在一座楼房的房顶后。听到橱窗里时钟的鸣报声，他知道到中午了。许多口钟都被仔细地校准到同一个时间。他站在那儿看了一会儿时钟才走——秒针快速地扫过钟面，分针以微小的几乎不易察觉的角度往前走着。时针分针到十二点零五分的时候，他离开了。他追随着乌云的影子穿过了聚会点。停下来向在一家咖啡店外面聚拢的一排人布道。咖啡店经理跑出来对着他挥动扫把时，他把标语牌夹在腋下跑走了。不一会儿，他来到了埋了牙齿的教堂的墓地。

搭成十字架形状的面包棍不见了。他仔仔细细地检查了地面，也没找到面包棍做了记号的那块地。

他的四周全是鸟，啄食着小草。过了一会儿他才意识到这些鸟在做什么：它们在找他的牙齿，找到了吞食掉。这些鸟已经吃了面包棍，掩藏了牙齿埋葬的位置。这下它们决定把牙齿也吃掉，把它从神圣的埋葬之地挖出来，带入它们肚腹内黑暗的熔炉，这样牙齿再也不会回归于他了。

不过它们还没找到。有上帝的指引，它们永远也不会找到的。

科尔曼找到一把靠在教堂墙上的耙子。他抓起耙子，留下了标语牌。他一边吼叫着：“滚出去！滚！”一边追着鸟群一路穿过教堂墓地。他上下左右地挥舞着耙子，又把耙子当作木槌，举过头顶砸下来。耙子的尖叉敲到地面时，叮叮咣咣地响着。只有一次他真地碰到了其中一只鸟，夹住了它的尾巴，空中扬起一阵羽毛，轻飘飘地落在草地上。小东西呱呱地尖叫着，拍着翅膀飞走了，停在对街灯柱的顶上。他继续追赶着其他的鸟儿，它们跳到哪儿他追到哪儿。他大叫大喊了许多遍，草地被乱打了一气后，终于，最后一只鸟飞走了。教堂墓地空了。他的牙齿暂时安全了。

教堂边上已经汇拢了一群人，不过等科尔曼松开耙子，抬起头看他们时，他们都低下了眼睛，迈步朝不同的方向离开了，像是他们一直往别的方向在走似的。

科尔曼找到两根小树枝，将小树枝十字交叉叠放，然后用夹克衫边上松开的一条线给它们打了结，插在地上，给他认为牙齿可能所在的位置作个标志。他把耙子靠着墙放好，拿起标语牌。那一天，他走在街上，传布着耶稣的真言善语，努力让行人听到他嘶哑的嗓音。晚上回到家后，他把标语牌在阳台上放好后，坐在床角，把口袋里的东西全倒在手里。他吃完了所有的香肠和大部分的胡萝卜。这是第五天。

*因为你必与田间的石头立约；田里的野兽也必与你和好。*这是上帝悲悯罹苦受难的人的重要信息，出自《约伯记》第五章。《约伯记》是上帝关于受难的重要书篇。科尔曼自从离世后，标语牌上至少一星期有一次是这句经文，提醒人们记得上帝的恩惠和他的神秘。《旧约》所有篇章中，《约伯记》是他觉得最琢磨不透

的，也是他最敬奉的。他活着的时候，时常琢磨着这句经文——《约伯记》第五章第二十三节——并非一句承诺和死之预言。这句经文似乎在暗示上帝对受苦难的人的悲悯恰恰在于他允许他们死去。对以色列人来说，“与田间的石头立约”这句话的意思，如果不是他们会最终和祖先埋葬在一起，还会有其他什么意思呢?

这句话的意思是他们会在地上享受和平，而不是在地下，他的一个声音说。

他的另一个声音说，但是上帝为他的子民在死中创造了一片新的大地。

第一个声音说，那么请告诉我，聪明人——这是哪一片大地?

第二个声音没有回答。

下午过去了一半，科尔曼正在一家健身俱乐部外的长椅上对着一群人布道，他看到了敲落他牙齿的那两个男孩。他们背着网球拍和健身用品袋，其中一个男孩拿毛巾抽了一下另一个的臀部，又将手伸到他的颈后，戏弄着把他的衬衫的标牌塞到了领子里，手指轻轻地抚着他的肌肤。科尔曼从长椅上跳下来，追着他们大声叫着：“上帝爱你们。他爱你们。如果你们将自己交付给他，他会治愈你们的。”

两个男孩似乎有点发窘。他们不愿对视他的眼睛。第一个男孩对着另一个的耳朵嘟哝了些什么。看起来像是“又是他”，但也有可能是“我们数到三”，甚至是“这次谁来上”——科尔曼向来不擅长读唇语——然后两个男孩快步走开了。他试图追上他们，但是在一家购物广场失去了男孩的踪迹。然后，他跑着绕过一个木头搭建的售货亭边角时，肩头猛地撞了一下。他还没明白过来，已经一屁股坐在了地上，标语牌一动不动地倒在腿上。

“你没事吧，科尔曼先生？”

有个女孩站在他的面前。她不到二十岁，眼睛睁得大大的，满含同情。他想，她是怎么知道他的名字的？

“你写下来了。”她说。他意识到她在看他的标语牌，他又一次贴上了自己的签名——科尔曼·金茨勒博士。

“来，让我帮你站起来。”她说。他站起来后，她又补充了一句：“我叫撒拉。”

“亚伯拉罕的爱妻。”

她摇了摇头。“你一定是想到了其他人。我还没结婚。”

“‘耶和华按着先前的话眷顾撒拉，便照他所说的给撒拉成就。’”

女孩似乎突然转念，不打算多作自我介绍了。很长时间她静静地盯着科尔曼，仿佛他是只玩具匣子，上了机关，她不过是等着他的头颅里蹦出个小丑。然后她说：“你肯定你没事吗？我得去见我的母亲了。”

一瞬间，他想起了许多年前给了印度妇女的那本《圣经》。他说：“我想念我的《圣经》。”

“你的《圣经》就在你的手里。”

她说的没错——他的确是带着一本《圣经》——但不是他想到的那本，他潜心研读了很长时间的那本。

不过科尔曼还是说：“非常感谢你的好心帮助。”女孩答道：“那好吧。”她说话的时候，声音提高了一度，像是在问一个问题。他注视着她慢慢地穿过购物广场走了。

科尔曼一直等到再也看不到她了，然后他举起标语牌，转向他能找到的最近的一个人，又开始传播上帝的福音。他解释了约伯所受的磨难是撒旦的考验——是的——不过也是上帝的考验。他问正在往售货亭上贴广告传单的人有没有听到过福音，耶稣基督的福音，那人对着他的脸吹了一口蓝灰色的烟，走开了。他又去问了别人，一个匆匆忙忙走进书店的穿高跟鞋的女人，那女人朝他扔了一把硬币。他又去问别人。

这一天就这样过去了。

那天晚上他的双腿和尾骨都发疼。他脱去鞋子，往桶里倒满热水，拎着桶穿过两扇玻璃门到了阳台上。当他把双脚浸入水中时，一阵针扎般的麻痛逐渐席卷上来，至肩胛附近又渐渐消散。他坐在生锈的休闲椅上，看着太阳的余晖渐渐淡去。

这是第六天。

接下来，他要休息了。

八
病毒

如此看来帕克特和乔伊斯成功地抵达了考察站。他们所经的路线和劳拉一样，乘雪橇沿着南极大陆块的西沿滑行，然后下冰流穿过冰冻的海洋。根据乔伊斯的日记，天公作美，给他们的是令人神清气爽的风，逐渐缓下来的雪。他们到达那一段裂缝多而又凹凸不平的冰流时，剩下的几丝云也全都散尽了。他们为了修理坏了的滑板，花掉了一两天的时间。他们遇到过几处裂口太宽无法越过的冰隙。当然，他们也一如既往地争执过，为的只是晚上什么时候休息，早上又什么时候出发这些琐事。但大部分的旅途是顺利平安的。

直到他们在考察站停了下来，麻烦才真正开始了。

第71则，2月25日。抵达。终于抵达。中午时分我们驾着雪橇滑入了营地，沿着短短的一段小路靠近了考察站的门。看到雪地上靴子踩下的印子，而不是没完没了的白茫茫滑溜溜的冰，真是太棒了。让我感觉像是鲁滨逊·克鲁索站在他那个岛屿的海滩上。帕敲了门，等着人来应门。过了一会儿有人来了，但不是从门内。考察组人员都回来了。总共有六个。他们踉踉跄跄地拐过屋角，扛着洋镐和土铲。说着“你们终于来了”、“我们没听到发动机的声音”和“我们差点错过你们”这类的话。我不知道他们把我们当成谁了。我告诉了他们关于我们的情况，问是否能借用他们的设备跟亚特兰大总部联系。他们看起来垂头丧气极了。说，欢迎我们使用设备，不过……这个“不过”的意思一定是设备对我们没什么用。事实也是如此。无线电接收机运行正常，卫星电话、电脑也运行正常，但没人接听。其中一个说，自从最后一批备用物资送到后，他们已经好几个星期没能和任何人联系上了。帕问那个人的名字，那个人说他叫米特亚德。他拍了拍值勤表，那儿有名字的拼写。值勤表上有二十个名字。“其余人呢？”我问。米特亚德说：“没有‘其余人’了。剩下的就是我们了。我们刚刚在屋后埋葬了蒙诺。你们不会想待在这儿的。”他们跟我们讲了这场灾难的全部过程。原来是某种病毒侵入了考察站，随着最后一批备用物资钻进了这座房子。帕克特问道：“运来的是什么东西？”另一个人(特纳？戴克斯特拉？)回答说：“食物，软饮料，清洗液。没什么特别的。我们要一个等离子坩埚，但他们忘了带来。”我问：“人们是什么时候开始得病的？”特纳(或是戴克斯特拉？)说：“九天之后。那是我们第一次看到病征。最初只是华盛顿，十天后(注：我想他的意思肯定是第二天，也就是说，第九天后的那一天，但不确定)，他去世了。”又是米特亚德接了话：“我们六个还是敲响钟声大声叫‘不洁，不净’吧。”他告诉我们所有的报道都说病毒发展得极快。帕问是什么报道，他们给我们看了从报纸网站上下载的文章，有十二篇。伦敦，纽约，孟买。显然病毒是一场全球性流行病的一部分。我不得不说形势看来相当可怕。如果还没到几百万几百万的程度，少说也有成千上万的人正在一批一批地死去。天哪，我想到凯伦、杰西卡、马库斯、妈妈和爸爸。他妈的！他妈的！上天！妈妈和爸爸，这么多的人。我应当在此恪守职责。对不起。难怪我们从可口可乐公司那儿没听到一丝一毫的信息。我相信我们早晚能够和谁取得联系的——他们不会把我们给全忘了，是不是？早晚。早晚。不过是时间问题。不管怎样，帕克特和我决定只吃我们雪橇上带来的储备粮。那样少点风险。他们中的一个(他叫塞尔斯)整个说话过程都在眨眼，咽口水，发抖，揉眼睛。不断地以一种奇怪的方式呼吸，听起来像是为了止住打喷嚏。止住了一个又一个的喷嚏。这人怎么了？我心里嘀咕。原来，他的病征和其他那些埋葬在屋后的人是一模一样的。那天深夜他去世了。死去的人有十五个了。有人曾经告诉过我，太阳下山的时候死去的人要比一天中的其他任何时间都要多。落日和去世，夜晚与坟墓，一个是结束，另一个也是结束。果真如此？

果真如此，句句都是真的。

劳拉明确无误地记得乔伊斯是在哪儿听到这一特别的现象的。她记得松松地垂着的红白纸带，音响设备里传出的尖啸声，甚至是他当时坐的桌子。所有这一切她都记得一清二楚，因为她当时也在场。

那是去年七月，在可口可乐公司年度最佳员工的表彰宴席上，就在她和其他两人定下行程去南极的前两个月。帕克特和乔伊斯坐在不同的桌上，分别和他们所属部门的员工在一起，劳拉和她同部门的人坐在房间另一角。她看得见乔伊斯正在打电话，疲倦地点着头。帕克特正在用小指的指甲剔着齿缝里的什么东西，一边用拳头捂着嘴。他们三个早已被派了任务去执行极地行动，而她，三人组中的一个，害怕这个任务的考验。只要他们三人在同个房间，她的眼睛总是忍不住要把他们俩挑出来。在桌子、彩带和插满了鲜花的花瓶间，在参加宴席的上千人中，他们就在那儿，帕克特和乔伊斯，犹如遥远的山顶上的灯塔，在她的注视中，一闪一亮，冒着烟雾。

他们三个是一场普通灾难的受害者——这是她对这事的看法——虽然她永远也没法想象这场灾难蔓延得有多广。

一位侍者握着一罐水弯腰给劳拉的玻璃杯添水，她伸开手盖住杯缘，对他说："我不要了，谢谢。"坐在她正背后的女人，一个财务主管的妻子或是女友，听了有人讲的一个笑话，正拍着桌子高声大笑着。宴席的主管为了混迹在宴席客人中不显得突兀，也穿着衬衫打着领带。他俯下身去，装作是检查鞋子，吸去了地毯上洒落的葡萄酒。他偷偷地把餐巾放进前袋，整了整领带，站了起来。

本年度最佳员工称号的获得者是林德尔·特林布尔，主管公关的副总裁。通过被他称作"可乐在你身边"的涂鸦运动，大幅提高了公司主要汽水产品的销量，在城市地区提高了四分之一，在小城镇提高了三分之一。创意是雇用涂鸦艺术家把可口可乐的广告画在人行道、围墙、户外餐桌、树林和公共汽车上——任何可能引起注意的物体表面。有男男女女喝着可口可乐的产品，发出“啊——”的声音；有静物画签名是可口可乐的波纹和起首字母C.C；有用黑色喷漆写的短语，看起来像是黑帮的口号：“试货可乐！”或“摇滚可乐！”当然，公司得付一笔清理费，偶尔还要付一小笔公害处罚费，不过这样的罚款早就打在广告费用里了。与这么大规模在公共空间合法打广告的费用相比，这笔罚款真是微不足道。有几个涂鸦画家被逮捕了。有一个在内布拉斯加的小镇赖森的画家被警察打了，因膝盖骨错位和两条肋骨断裂住院治疗。“这是一件不幸的事故。当然你只能把这事放在收益等式的支出项一边，”林德尔·特林布尔站在接受年度最佳员工奖章的讲台上，如此说道，“但是在收益项一边，这次运动在某些地区开展得红火极了——达拉斯、迈阿密和底特律。而且我们甚至得到没有被雇用的人义务为我们画广告。孩子们觉得做这事很酷，比如那些心怀不满的叛逆少年。”

他抿了一口红酒。“我肯定公关部和广告部的其他成员会同我一起证明那个年龄的孩子是最难推广的人群。绝对是最难的。所以这一年对我们来说，是个很好的年头。但这并不是说我们可以放松斗志安于现状了。恰恰相反。正是你放松斗志安于现状的时候，所有的精力，所有的冲劲，会从你身上流失殆尽。对于可口可乐这样的企业来说，丧失冲劲就是死亡。一个人在日落西山的时候比一天中其他任何时候都容易死去，这是事实。那么，关键在于阻止太阳下山。这正是我们在可口可乐追求的目标，也是我们公关部一直以来如此努力所取得的：不落的太阳。永恒的正午。谢谢！”

他等着掌声渐渐稀落，只剩下爆米花似的零星几声，才又一次举起玻璃杯，不出声地祝了酒，干完。他在走下讲台之前，把玻璃杯当成水壶似的举了举又倾过来。正在那时，自动安全扫描区射出交叉的平面光束扫过宴会厅，搜索武器和炸药。光束射进林德尔·特林布尔的眼睛时，他趔趄了一下，掉了眼镜。“见鬼。”劳拉听到有人轻声嘟哝了一句——是楼里的保安总管，她猜想。“我以为跟他们说了今晚把那些讨厌的东西给关了。”

当林德尔·特林布尔的脸上又挂上笑容，他说：“呵呵。陷在交叉火力中了。”有关那天晚上劳拉记得最清楚的，是宴会厅里不知从哪儿冒出来极短的一声笑，没有其他人接上来，马上停歇了。

第75则，3月5日。只剩下两个了。米特亚德和魏斯，就这两个了。今天早上，帕和我帮他们把特纳埋葬在考察站的屋后，这不是件容易事。我们挖下去两英尺，然后把冰铲回去堆在尸体上。必须堆成差不多圆丘的样子才算完工。不想被风吹裂。我指出那儿的冰是冰架的冰，也就是说，坟茔底下是海洋，不是坚实的土地。对此魏斯答道：“就目前情况来看，我看不出这有什么要紧的，你说呢？”他是对的。下一个世纪，冰川融化，有一排发白的尸骨躺在海底，谁会知道呢？或者，如果气候不知怎么地自我修复了，冰保持坚硬不化，将会有十八具冰冻的尸体装在里面，依旧是原先的肉身原先的衣物。我应当说，十八具，而且还在继续增加。也没有人会在乎，因为没人会知道。帕和我在过去的一周中花了二十来个小时的时间与可口可乐公司联系，也就是说和其他人联系。却联系不上，联系不上，还是联系不上！报纸全部停寄了。无线电接收机的信号疏疏落落的。电话线不是断了就是被转接到录音电话上。每种迹象都表明病毒已经在全球肆虐了。我想说的是哪个词？不是流行病，而是——记不起来了。真希望自己是本词典。或者是本百科全书。或者更好一点：希望自己是台摄像机，那种你在交通事故现场看到的新闻播报专用摄像机，四下盘旋，东测西探。除此之外，还有什么办法能知道发生了什么？整个下午我都在和帕克特争我们接下来该怎么做——我们是该走还是该留，我们是不是该防备病毒的侵害。到目前为止，我们还没有病征。“不过，不会持续很长时间了，”帕克特说，“我们敲响那扇门的时候，我们就是死人了。”我应声道：“你不可能如此肯定。或许我们还没有受到感染。或许我们有免疫能力。肯定有人是有免疫能力的，一定的！”帕克特认为我只是天真无知。米特亚德和魏斯也这么认为。我们看到过的一篇下载文章里解释病毒可以通过简单的人际接触传播，或者甚至是通过共享环境中的非直接接触传播。那种捂住你的嘴别碰门把手的场景。全球性大疫。这是我想说的词。全球性大疫。罗斯岛另一边的企鹅栖居地有一只救急用的无线电接收机。“海丘，”米特亚德这么叫那块地方，“那是个相当厉害的小东西。”他说。他称有一线机会——仍然也是机会——那东西比站里的无线电对我们更有帮助。说借助那个无线电出色的接收效果，我们可能找得到另一条出路。我们是不是应该试试去那儿？要是情况变得更糟糕的话，我们可能就没有选择余地了。天气变得越来越冷。冬天到了，阳光越来越少见了。断层裂隙又重新冻上了。海洋退远了。我不断地想着香农和肯，还有在宾州的其他人。我想着他们现在不知怎么样了。不，实话实说。我想的是——我真正想的是——他们是不是还活着。帕和我好几天前就该踏上回程了。我说的是，回到临时营房，不是回家。虽说好几天前我们本来也该回家了。今天早上试着通过无线电和伯德联系，想着她万一已经修复了收发机，但联系不上。她肯定在想我们再也不会回去了。

找到日记后没多久，劳拉重新开始例行地数数和踱步。像在山那一边的临时营房里的时候一样，数着每一个步子。她意识到自己可能是想要远离这一切。考察站的房间排成一圈，每堵连接的墙上都有门，这样她可以连着走上几个小时也不会走到尽头。有时候她会发现自己数到几千几万，凭着一股和自杀者走到高楼边缘一样的盲目的冲动，一步接着一步地走。先穿过前厅，接着是厨房、餐厅、卧室、起居室，一遍又一遍，直到最后她会想都不想在沙发或是一张床边停下来，双腿僵直，双臂像玩老鹰捉小鸡的孩子似的张开着，往后倒在垫子里。

这是人们为了压制焦躁的情绪做的一项使脑子麻木的重复活动。有些人前后摇动，或是跳舞，或是拿指节敲击着桌面。有些人用重型器材运动。而劳拉则是不断地踱步。

她的步子快速而平稳，几乎像是在行军。这总是能使脑子清晰起来，至少能清晰一段时间。不过一旦停下来休息，她又会开始想她的朋友和家人，甚至想到仅仅打过照面的人。她会记得和几乎完全陌生的人的最简单的交谈，那些现在很可能已经死去的人。她会听到他们对她说过的所有的话，在脑袋里撞来撞去，像是苍蝇撞着一扇窗。咚——她曾经临时照看过的小男孩马丁·坎贝尔跳上她的腿，问她："狮子能不能打败老虎？鲨鱼能不能战胜鳄鱼？"咚——邮递员敲敲她家的门(是她染上感冒起不来的那个星期)说："你不能任凭邮件这样堆积起来，伯德小姐。你要不把早在邮箱里的邮件清理掉，我没法再往里面塞别的东西了。喔，上帝保佑你。"咚——老板对她说："我不在乎你是不是认为自己被骗进了这件事。你不能这么迟跟我说你要退出这场游戏，劳拉。你是我们的人，你要去南极！就这样。"咚——所有人的声音她同时都听见了，不仅仅是她的老板、邮递员和马丁·坎贝尔，而是每个人，一大群人的声音——仿佛是她遇到过的所有的人——数百万的声音都对她叫着嚷着。

她在考察站已经有三四个星期了，身体已经慢慢自行康复了。早上起床时，她不再觉得浑身酸痛了。后背上的紧张感已经消失，嘴里的溃疡和脚趾手指里一波一波的刺痛感也消失了。她几乎可以感觉到肌肉在自行恢复紧密的结合，又变得强壮起来了，柔韧而坚实，像是一件由锁子甲做成的衣服。不错，左腿上还有一块瘀伤，是她撞在雪橇一角上碰伤的，但正渐渐变淡，看不清边缘了。她甚至已经感觉不到了。

食物柜塞得满满的，有数百箱的蔬菜和数百块的肉。储藏室里塞满了成箱成箱的米、大豆和其他去了壳的谷物，还有许多箱的汽水和瓶装水。她可以轻松地在考察站再住上一年也不必担心会吃完所有的食物，但她却不肯定是否该继续在这儿待下去。要是乔伊斯的日记属实，病毒已经通过最后一批送来的物资侵入了考察站，食物完全有可能已经被污染。不幸的是，没有测试病毒的仪器，也不知道到底要找什么，她没办法确定食物是不是被污染了。那也就是说，除了衰弱病危她没有其他的途径来确定。更何况，她已经好几个星期都随意地在吃考察站的食物储备了，还没有任何被感染的迹象。事实上，她比刚到时健康得多了。

这么看来，可能病毒已经绝迹了。可能病毒的繁殖需要阳光，病毒的存活需要多个的寄主。或者可能病毒只是在等待时机，潜伏在她的血液里，慢慢地爬向她的心脏，沿路留下闪闪发亮的鼻涕虫似的银色痕迹。

不管答案是什么，在这件事上她看不出自己有什么选择余地。她只能从储藏室和食物柜里找东西吃。雪橇里带来的食物只剩下最后几袋麦片和半打发硬的饼干了。要是她得了病，她原本也躲不过去的。

咚——她听到妈妈说："宝贝，睡着时，让电风扇直接猛吹，你知不知道这是要发烧的？"咚——然后是她的前男友说："你知道'交流'和'传染'两个词，说的都是某种交际状态，是不是？"咚——在大庄园连锁墨西哥餐厅，坐在她旁边的男人说："我的亲亲天主啊，我可真是饿极了！"他一边把餐巾塞在领子里，像小儿用的围嘴。她不认为自己认识那个人，但肯定是在什么地方碰到过。她又开始在地板上踱步了。

这是冬季全黑永夜的第一周。偶尔变得焦躁不安，厌倦了一圈一圈地踱步，她就会打开门，出去稍微走一会儿。她从来都记得穿戴上御寒防冻的全副武装——防雪装、靴子、面罩和手套。她会看看月亮和星星，或是一层碎乱的卷状云，或是极光的彩锦——由于空气明净如洗，极光像是就歇在冰层上方的几码高处。强弧光灯频繁地一闪一灭。考察站的通风口排出清晰的一圈圈的热气。天气是如此的寒冷，瞬息间就冻住了呼吸时的湿气。极偶尔，在没有一丝风的时候，她一呼气就能听到上千颗的冰霜粒子落在地上，冰霜粒子碰到坚冰，便像小铃铛似的叮叮咚咚地响。

即便在南极生活了这些日子以后——有多久了？六个月？七个月？——她走回考察站时，仍会拍拍衣服找钥匙。意识到口袋里空空如也，她就会有一刹那的恐慌，随后会记起门没有上锁。她从来都不上锁。这时她的心又会平静下来。这样的过程已经发生过无数次了。

她想着自己还保留着多少无用的习惯。不费劲就能想到至少有两个：烧完菜后，仍会在锅子里留一勺汤，这样就没人指责她喝了最后一勺汤；打开卫生间门之前，仍会轻声咳嗽，这是爸爸教给她的，以防万一有谁正在里面。她相信自己已经成功地抛弃了其余大多数无用的社交习惯——这辈子和其他人住在一起积累起来的习惯。不过肯定还有几样她没有意识到或是无法戒除的，那些在这儿——世界之末端——毫无必要的习惯。

世界之末端。受了那么多年的教育，她还是把这块地方认作是世界的末端。她还是个小女孩时，曾经深信要是在后院挖个洞，不断地挖啊挖，穿过地球的中心，她会最终两脚朝天地出现在世界之末端。她把世界之末端想象成这样一个地方：所有的一切都是错误的，颠倒的，所有的一切都与其正常的状态恰恰相反。云层像是起伏的群山，天空像是一片蓝色的湖泊，星星像是水面下光滑洁白的卵石。住在那儿的人们蜘蛛似的爬过地球的穹

顶。在她的想象中，这些人在猛烈的风中紧紧拽住草皮，两手抓得满满的，挣扎着不跌落到外空中去。这念头把她吓坏了。她当场决定世界之末端是自己永远不想去的地方。

那时她绝不会猜到自己会有一日住在那儿——甚至不仅仅是在世界的末端，而且是在末端的末端。绝不会猜到自己几乎肯定是要死在那儿的。但话说回来，她也绝不可能猜到那么多事：她不再爱恋大学时约会过的那个男人，再也没和他说过话；她的环境生物学的学位会让她谋到为可口可乐公司工作的职位；她爸爸会在分别两次的心脏病发作和一次小中风中幸存下来。

“你和你妈妈，”她听到她爸爸这么说，“外面可能有三十六度多，只要一开空调，你们俩就抱怨要冻死了。”

咚。

第78则，3月11日。然后就荡然无存了。“飞灰，飞灰，飞灰全落下来了。”原来是怎么说的？“阿嚏，阿嚏，他们全倒下来了。”是说黑死病[①]的，对吧？虽然我记不得谁告诉我的。“圈圈绕着红斑斑”这句说的是被感染的皮肤上的红色斑痕。“袋袋装着小花花”这句说的是与他们一起被埋葬的花。“阿嚏，阿嚏”这句说的是他们临死前没完没了地打喷嚏。我想改成“飞灰”版也完全可行。“飞灰。”我感觉像是火山爆发的幸存者，当该死的喷发完全消停了，结束了，那些从黑焦的炭堆里跌

① 指十四世纪蔓延于欧亚两洲的鼠疫。“阿嚏，阿嚏，他们全倒下来了”等句是有关黑死病的童谣，流行于各英语国家，有不同版本。

跌撞撞爬出来的虚弱的可怜人中的一个。幸存者说，他们爬到了井下或是跑进了山林中等这场灾难过去。魏斯昨天死了。我们今天早上埋葬了他。他是最后一个。过去的两天，他的状态差极了。我想我该说他终于去世实在是福气，但是对我来说却没一件是好事。这感觉像是中了诅咒。该死的诅咒！上天啊，竟是如此荒凉之地。这下只剩帕克特和我了。在网上又找到了一点点信息——一个高中小孩写的部分日记或是私人日志。他说潜伏期大约有几小时，顶多几天。他如此写道："我们这几个仍旧没有病征。我们躲藏在学校的健身房里，远离其他任何人。要不是这傻乎乎的隔离，我们早就没命了。但看来别无选择。只要我们中的一个染上眨眼病，其余的也就都完了。"真是如此？如果是那样，我不明白帕和我怎么还会在这儿。我们为什么居然还活着。或许是冰点的气温减弱了病毒的发展。这是我能想到的全部了。我们试着再用无线电给伯德发信，但还是发不成。她现在可能会在想什么呢？我们早该回去了，不是吗？真对不起，劳拉。我只是希望你不要决定来追随我们。你待在原地更好一点，相信我。几小时前，我正在磨刀，帕克特打断了我。"过来，你得看看这个。""是什么？"我问。帕克特说："你就过来看，行吗？"他找到了一个由运行着的卫星实时直播图像的网站。这意味着两件事：第一，卫星仍在运行。第二，中继转播也仍在运行。图像不够清晰，我们看不清单个的人，或是单具的尸体，但是我们能辨别得出道路、建筑和停滞了的车流。这就是我们留下的，是我们留给宇宙的遗产——一个满是失事的车辆、空楼和上方亮着上万枚人造卫星的灯光的世界。那儿肯定有其他像帕克特和我一样的人。不知怎么成功地逃脱了病毒的隐居者。夏尔巴人[①]。山地人。住在沙漠洞穴里的隐居者。任何一场灾难过后，总是剩下零星的几个幸存者告诉人们是什么出了差错。但是现在，幸存者又可以告诉谁呢？只有两个——迈克尔·帕克特和罗伯特·乔伊斯。或许是三个，加上劳拉·伯德。雪橇里带来的食物已经吃完了，我们已经开始吃考察站里的储备食品。别无选择，除非我们想要饿死。又吃上肉、松软的面包和蔬菜可真是件好事。至少还是有好事的。看到卫星图像后，我们花了差不多半个小时争论是不是要尝试去罗斯岛的另一边。帕克特说："这是唯一可能的明智之举。如果那儿的无线电像米特亚德说的那么好，我们或许能够和谁联系上了。"我说："或许我们可以回到临时营房去找伯德。我们不能就把她留在那儿。"帕克特说："然后我们该做什么呢？把她带到这儿？有什么意义呢？我说我们去企鹅栖居地。至少那样的话，我们还有一线获救的希望。之后我们再设法去找劳拉。"我说："我想说的是，我们让她留在那儿的时间越长，她的情况会越糟。"但是，这一次帕克特是对的。要是有一万分之一的可能性另一个无线电会有用，我们要是试都不试，那绝对是大傻瓜。这一天余下的几小时我们都用来重新装备雪橇。食物、工具、搭帐篷的用具、洗漱用品。去企鹅栖居地的路途和来考察站的路途相比，应当远远不会那么艰难。即使在这个时分，天空还带着秋叶似的深红色，仍有足够的光线看得清四周。从地图上看，这一路的地形大多数是陆架冰。换句话说，是平地上的旅

① 居住在尼泊尔和西藏边界喜马拉雅山南坡的一个部族。

行，尽管不一定是平顺的旅行。明天早上出发。11点。穿过雾湾，直接去岛的南面。余下的夜晚我要补上一些极其需要的睡眠。头疼得如被重锤击打。眼睛也疼得令我痛不欲生。

这是最后一条。在接下去的三天里，劳拉把日记读了八遍，想决定自己接着该做什么。她是不是应该离开考察站？她得病的可能性有多大？她最近是不是咳嗽得更多了？她的眼睛是不是在流泪？她似乎记得，在考察站找到那张画着X的纸的晚上，她打喷嚏醒了过来，随后没翻个身或是调整一下枕头就又酣然入睡了。那是不是病毒感染的一种症状？

还有，不知帕克特和乔伊斯怎样了？他们有没有找到另一只无线电接收机？他们现在在哪儿？

她为他们感到担忧。

她最后一遍看完日记，把日记本紧紧合上，握着搁在腿上。空着的一只手的指甲捋过头皮。劳拉高中时的英语老师曾经把这个动作称作她的“思考姿势”。然后她去了储藏室，开始挑选离开考察站时要带上的食物。

帕克特和乔伊斯是对的。如果有一丝可能，她可以用企鹅栖居地的无线电抓住任何机会，联系上任何人，她得抓住这一切。

不管机会是如何的渺茫。那也不会比没有丝毫机会更糟，如果她仍然留在考察站，她有的只是没有机会。

而且，如果她出发去企鹅栖居地，可能会找到帕克特和乔伊斯。

她还没有把雪橇上的装备卸下来过，这样唯一需要收拾的物资就是食品、衣物，还有些零碎的东西，比如阿司匹林、卫生纸，还有用于企鹅栖居地无线电收发机的备用天线。她把乔伊斯的日记本放进旅行袋，插在她的长内衣裤和日常穿的备用袜子间，把电脑底下找到的报纸文章也夹在里面，是那篇关于病毒传遍北美的文章：瘟疫！致命病毒横扫墨西哥和美国，几千万人感染“眨眼病”。然后，她提着整捆东西，连同收拾好的装有肥皂和牙膏的小包、速冻食物的箱子，走到了前门。

屋外的黑暗依然如故，没有一丝阳光。没有什么理由要等到早上再出发。反正要再过一个月左右才会见到曙色，如此漫漫的长夜让日出像是幻想——一如传说中的亚特兰蒂斯岛、或是天堂、或是伊甸园。黄粱美梦，她想。或许她应该说白日做梦。

星星几乎静止不动。月亮是白晃晃的一瓣，从厚厚的云层后浮现出来。她把新装备放入雪橇的储物舱，搭上闩锁，绕着屋子最后走了一圈。坟茔正上方的那盏强弧光灯，明亮地直照在二十个圆丘上。圆丘投下缩小了的黑沉沉的影子，像一摊摊油坑似的堆聚在考察站的墙面上。风向变了，她听到海里的冰摩擦断裂的声音。她转回前院，发动了雪橇。

她曾担心燃料电池可能在严寒的天气里碎裂，断了电路，但结果看来，她无需担心。发动机发出一声低沉的哼鸣，渐渐越来越响。前灯最先亮了起来，底部滑板升高了，内置全球导航系统亮了起来，这意味着至少有一个极地中继转播站还在运作。

但是其余的中继转播系统肯定已经停止运作了，或者至少是大部分面积的中继系统停止运作了。导航系统显示她在南纬二度，东经三十九点四度，赤道南边肯尼亚附近的地方。

她一抽一抽地长长吸了一口气，闭上了眼睛，把头搁在驾驶杆上。她不知道该不该笑起来。

九
数字

任何一个人有可能记得多少个人？一千？如果你不幸有特别糟糕的记忆力。那么——一万？十万？一百万？当然，要是你在喜马拉雅山脉深处的某个小村庄过上一辈子的话，人数会大大减少，不过迈克尔·帕克特在想的不是喜马拉雅山区的村民。不是僧人、修女，也不是没有活过蹒跚学步阶段的幼儿。他想的是自己，自己的一生。推己及人，他想的是劳拉。毕竟她是共同要素、纽带或是别的各种叫法。在听过城里的所有谈论后，这一点是显而易见了。

一星期的大多数时间他都在琢磨着算出一个可靠的具体数字，一个把他整整四十三年的生命都考虑在内的数字。起初他试着心算，一边听着音乐或是夜间躺在床上，一边在脑子里梳理着一大群的人。不过，他意识到整个事其实有多么的复杂，于是他取出了二号铅笔和一沓白纸，坐下来计算。

他从最亲的家人开始——母亲、父亲和他的两个姐妹，还有十一岁时骑着自行车冲进河床折断脖子去世的哥哥。然后他添上大家族的成员：两边的祖父母，姑叔姨舅，祖父母的兄弟姐妹，堂表兄弟姐妹，包括第二代的堂表兄弟姐妹，这些堂表兄弟姐妹的丈夫妻子儿女，第二任的丈夫和第二任的妻子，有些情况还要加上堂表兄弟姐妹的第二次婚姻的孩子，如此等等。第二步他算上他的同学和老师，从幼儿园到研究院，然后算上他的姐妹的同学和老师，添上她们俩偶尔带回家小住的大学里的朋友。记得的还有他的邻居。还有他工作过的同事，从他在“比萨行动馆”把比萨饼塞入烤炉的第一份工作开始，直到他在可口可乐的十六年为止。还有教堂的成员，尽管说到教堂，他从来不是世人所谓的虔诚的教徒。他更属于“复活节圣诞节星期天起得来才上上教堂”的那类人。还有几千个零散的朋友不断地跃入脑海——不能纳入任何一栏明显的归类，不过也是朋友的那类人，像是割草坪时，草丛中不断地会有橡果冒出来。还有那些朋友的朋友，有时朋友的朋友之外，再添上一圈。他把女朋友添在了名单上(他曾有过十七个女朋友)，还有女朋友的家人，然后是他的第一任妻子和她的家人，他的第二任妻子和她的家人，当然，还有他的儿子和儿子的同学、他的垒球队队友，另外还有他在街区里的其他朋友。还有他多年来在戏院、宴会、聚会和婚礼上遇到的人。啊，还有他觉得可以称作是他私人生意上的熟人，相对于他职业生意上的熟人——有业务往来的人等等——现在想想，他也应该把他们算入。他想到的是所有那些面熟的工作人员和店员，有些甚至还知道他们的名字：那些在他常去的杂货店、药店、工具店、车行、百货商店、饭店和电影院工作的人们。

许多次他认为自己已经列齐名单了，但又不断地发现新一串的熟人：童子军的队员、健身房里其他的人，他还记得那次糟透了的嗜酒者互诫会成员聚会上的二十几张脸。上厨房去冲洗一下盘子，他想到了在过去十年中替他修理水龙头的管道工，和他那些轮着雇用的帮手，还有那天学校关门他不得不带着上门的儿子——他儿子把一沓扑克牌放在迈克尔的烤面包机里，差点儿把厨房给烧了。迈克尔看到的碰到的听到的一切似乎都能令他想起几个忘了记下的人。一个他在图书馆见到过一次的女人，不知为什么，他从不曾忘记。他的牙医和牙齿保健师。读大学时他经常一起打台球的几个人。最后，当他翻阅笔记时，他意识到不知怎么忘了把他姐妹的一家子人列上了：她们的丈夫和公婆，他的侄子侄女，顺着新添上的人枝枝蔓蔓无尽延伸下去。这些新添上的人似乎与他认识的人都有联系，只除了他的哥哥，死去的那个。他是一截断了的枝条，没有这样的联系。

帕克特清点好列出的名单，得出的数字是四万二千，但是接下去的几天他不断发现零散的关系较远的人，这儿几个，那儿一堆——他们都是怎么搭上关系的？——这样，如果他要猜一猜，他会说这个数字差不多接近五万了，甚至可能是七万。

“会有那么多，我真不敢相信，”帕克特给乔伊斯看了单子后，后者说，“你肯定是在设想你还记得那些你并不真正记得的人。”

“其实我在想，这个数字可能还太低估了。”

“我不这么想。”他僵着手掌，用手指不屑地轻轻一挥——真的比抽搐好不了多少——他想要让帕克特抓狂，总是用这个手势。“低估可从来不是你的性格特点。”

那时帕克特真该趁机把他给埋葬了。

他们出发去企鹅栖居地后没几个小时，乔伊斯就死于眨眼病了。他瘫坐着，帕克特还以为他睡着了，直到雪橇转了个圆弧，乔伊斯倒向侧边，一边的脸颊撞在窗子上。一瞬间，帕克特明白了真相。他停下引擎，搭了搭乔伊斯脖子上的脉息。他的皮肤还是温温的，但皮下什么动静都没有——没有空气，没有血液。连肌肉也失去了弹性。这是帕克特在过去的两个星期中见到的第七例死亡。他已经习惯了这些症状。

他想到应当试试在那么多电影上看熟了的方法——拿面镜子测测鼻息。不过，他细想了一下，需要测试的人显然已经死了，那测试也没什么必要了。

他和乔伊斯从来都没搞明白到底该视对方为朋友还是对手。或许正是他们之间的敌意和友谊错综复杂缠绕不清，谁都无法辨清哪部分是敌意哪部分是友谊。正是通过争论斗嘴，他们向对方表示了本质上的亲善，而且他们两人都特别喜欢假装比内心更不喜欢对方。这是游戏的一部分。让帕克特承认失去乔伊斯他很伤心，那就违反他们间的游戏规则了。

不过，坦白地说，他也没有像他自己原先猜想的那么伤心。毕竟，很长时间以来，内心总有一部分明白这一定是要发生的。他只是想着还会有多久轮到自己。

要为乔伊斯在冰层里凿出一方像样的墓穴得花上那天余下的时间和第二天的很大一部分，但看来更重要的是要在地平线吞噬所有的亮光之前，走上更多的路。于是他决定在穿过海湾抵达第二个无线电发射台之后再埋葬乔伊斯。他启动雪橇，根据指南针在冰层上滑行着。不过，没多久，他感到自己在发烧，开始失去对周围的知觉。是病毒发作了——他明白。皮肤像是从骨架上剥落了下来，犹如星星脱去了最后一层晃悠悠的气体。眼睛不断地流泪，渐渐失去了焦点。他记得的最后一件事是：过了不知多久，他醒过来一会儿，看着挡风玻璃上的一大块冰块和黑乎乎的岩石变得越来越大。然后他又睡着了，出现了如纸风车般旋转的金银两色的光，他试着碰碰它，纸风车的每一瓣叠合在一起成了一根擎天大柱，红杉一般的高耸阔大。他费了九牛二虎之力集中意志和想象才将这根大柱压缩成二号铅笔大小的杆子——其实就是一支二号铅笔，那支他后来用于列名单的铅笔。

他到达这座城市的时候，乔伊斯是他看到的第一个人。他立即明白自己肯定是死了。帕克特往后退了一步，被鞋子绊了一下。

“你在这儿干什么？”乔伊斯问他，帕克特也问了同样的问题：“你在这儿干什么？”然后他们又为什么事争论了一会儿。随后分道扬镳各自走了。感觉很好，感觉很对，一如昔日时光。

帕克特没有特地和乔伊斯保持联系。他也很肯定，要是有谁问起，乔伊斯也会说同样的话。但是保持联系并不需要特别的努力。他们无论去哪儿看来都注定得遇上。帕克特走进一家酒吧或是餐馆，几乎没有一次没看到乔伊斯坐在一张桌旁，让盐瓶和胡椒瓶相互碰撞，或是将卡纸做的杯垫搭起来。要是乔伊斯还没在，过几分钟他必定会到。帕克特出门散个步，在杂货店买点东西，没有哪一次不是突然在熟食柜台或是汤罐货架的后端碰到他。他们在戏院、健身房、药店还有上千条不同街道的随便哪个交叉口都碰上过。帕克特不止一次在迈出公共厕所的隔间时，看到乔伊斯正在只隔了一间的地方系皮带。他们再也不为见到对方觉得惊讶了。带着某种宿命感，他们继续着上次碰到时没有结束的谈话。

比如说，就在帕克特告诉乔伊斯他列的名单后的第二天，他在一座办公楼的一楼又碰上了乔伊斯。帕克特跑进来在饮水机边喝口水，乔伊斯正穿过大堂黑大理石的地面走向电梯。他们看到了对方，知道各自的路又要交叉。乔伊斯稍稍顿了顿，说："我可以打赌我总共记得两千人。"

帕克特摇摇头。"不对，我跟你说，要比这个数字大得多。你要知道，我说的不是你不费力就能想到的人。我说的是，摆出正确的链接后，你能想到的人数。什么时候坐下来算一算吧。"

"你瞧，我们俩之间的差别在于你认为你的记忆是可靠的，或者说至少是够可靠，能提供基本上可信的生命的记录。而我不认为是这样。一点都不。"

"我不认为我的记忆比你的记忆更可靠。我只是碰巧对自己的记忆了解得多了一点点。"

"那帮我释疑一下，"乔伊斯说，"如果世间的每个人记得——多少？你说是五万个人？——他们怎么能够都挤在这样规模的城市？这个地方挺大的，但我觉得没那么大。"

第二天，他们正穿过广场西南角的时候，又碰到对方了。帕克特说："首先，你知不知道这座城市的范围到底有多大？"

"你可知道？"

"不知道，但我感觉这座城市要比你想的大得多。有一点是肯定的，要比这个区大得多。我四下打听了一下，看来没人知道街道延伸得有多远。我得到的最可靠的信息出自一个曾经做过制图的人。他说近十年来绘制地图，他还从来没见到过城市的尽头。他说——我引用他的原话——如果城市有边界线的话，我一近前，边界线就如一道蓝色闪光，转眼消逝了。”

“哦。也许是。你的其次是什么？”

“什么啊？”

“你说了‘首先’。言下之意还有其次。那你的其次是什么？”

“嗯，其次，我说我们每个人都记得五万或十万的人，我并不是说这五万或十万人没有其他人记得。肯定有很多重合的。比如说，我们俩都记得劳拉。我们都记得办公室的那帮人。还有，说不说都无关紧要，不过我们也都记得米特亚德、魏斯、特纳那些人。”

接下来的一次他们是在一家汉堡店碰见的，两人碰巧都在那儿歇脚吃中饭。四个花白头发的韩裔妇女正在其中一张桌子上打麻将，还有两个带菌物质稽查队的警员坐在柜台边，一声不响地扫视着店内。不知为什么，他们仍旧穿着黄色的制服，还有什么破坏可搞的，帕克特可真想不出来。

乔伊斯开口说：“我觉得的确有关系，真的。”

“是什么有关系？”

“我们记得特纳、米特亚德和其他人这一点。你说这无关紧要。我要说，这大有关系。”

“我的意思不是说这一点都没关系。但这没法改变在他们身上发生的一切，是不是？”

“真的？你不认为劳拉的记忆改变了在我们身上发生的一切？”

“当然，这没错。但是劳拉还活着。至少我们推定她还活着。”他呷了一口咖啡。即使过了十年清醒不醉的日子，他一吃汉堡和薯条，还是想要一杯啤酒。但他一如既往地抵制了冲动。

“是的。只要我们还活着，我们也让他们的某一部分存活着。想一想，帕克特，”乔伊斯说，“想想所有那些我们死了之后从这儿消失的人。毫无疑问，曾经有人在这一边只是因为你在另一边。你难道真的能说这无关紧要？”

和往常一样，乔伊斯的话不得要领。不过也和往常一样，他不全然是错的。当然是有关系的，帕克特对此毫不怀疑。不过，他还是答道：“我所说的是，我们没法从这儿影响在那儿发生的一切。箭头朝向一个方向，也只朝向一个方向。”

“我可不敢确定谁都会同意你这点。”乔伊斯说，但帕克特懒得再争了，没有要他详细解释。

这天已经很晚了，帕克特走过亮着蓝色灯光的静悄悄的街道回家。他想到他的哥哥——那个才十一岁而帕克特才四岁时死去的哥哥——肯定在最近才结束了在这座城市的日子。这事发生在帕克特自己也死去，对哥哥的记忆最终从地球的表面消失的那一刻。

天呐，帕克特心想。差不多有四十年了。

他早已猜到，直至他死的那一刻，他的父母亲、祖父母、妻儿，他生命行程中认识的所有人都待在这座城市。他甚至会说，他已经让自己接受了这个事实，不过他也承认，想到其中几个人，还是心酸难忍的。比如说，他的儿子，毕竟才十五岁，才刚刚踏入青春好年华。但不知怎么回事，他从没想到过死了那么久的哥哥就是这些人中的一个。这让他感觉像是无意间走进了一幢怪异的空楼，一条弯弯曲曲的走廊的尽头有一扇门，门里是他小时候睡过的卧室。他有点怕走进去，但是他知道要是不进去，他会永远后悔的。

等他到家时，他已经下定决心。他得搜索全城，找到哥哥先前任何的行踪。

原来调查没有他想的那么难。他的第一个念头是查找城市的人口普查旧档，在其中寻找哥哥的名字。他住的公寓楼转角处有一座已经搬离的图书馆，不知什么时候前门已经被人破坏，从铰链上卸了下来运走了。他知道里面的书架几乎都空了，但看来仍是最显而易见的着手之处。在三楼的档案室里，他找到了一个贴着标签的柜子，*人口普查档案——过去的五年*。奇迹中的奇迹！他用一把钢尺撬开了锁。但是柜子早已经被清空了，留在里面唯一的一样东西是一只旧凡士林罐子，装满了红色的橡皮筋。他正要离开时，看到了问讯处下面堆着一排电话簿。这些电话簿过时差不多有十年了。不过，他还是从中找到了他哥哥的名字，列的地址是在碑区的近郊。

他把这一页撕下来并带走了一份封底的折叠地图。他在大街小巷间找寻着，空气中有一股刺骨的寒意。他的耳朵开始发疼，于是他竖起衣领，把领子紧紧地捂在太阳穴上，直捂得他听到自己身体的运作——那种远远传来的轰鸣声，总让他想到原木滚下山去。

电话簿里的地图像是这座城市立体画派写意的简图，而不是一张真正的地图。有几条小巷——在地图上根本没有显示的小巷——嵌在被当成是相邻的街巷间。地图上的有些街道稍稍被挪移了位置，交叉的地方不对，像是某些漫不经心的顾客把它们取出来看了看，又随便见到哪个架子顺手把它们放了回去。例子之一，一个杂草丛生半弃的高尔夫球场覆盖了照理说是以非洲南部几座大城市命名的四条街区——金沙萨、内罗毕、卢萨卡和约翰内斯堡，但事实上却不是。

不止一次，帕克特得折回去问路。一个鞋子的底脱落了，啪嗒啪嗒地敲击着人行道。

尽管如此，他还是找到了要找的公寓楼。

他坐电梯上了五楼，出于谨慎，先敲了一下电话簿上列的公寓的门，随即就握住了门把。不知道为什么，他猜想公寓是空的。不过，正待他准备开门时，一个瘦削的中年男人应了门。他的眼镜上粘着某种透明的油脂，鸡毛掸似的软软的黄头发耷拉在眉毛上。他正从一只纸杯里吃着葡萄干。

“我帮你？”几分钟的沉默后，他开口说道，帕克特这才意识到他一直像白痴似的盯着那人看。

“真对不起，”他说，“我想我搞错了。我在找一个曾经住在这个地址的人。他可能住过。至少我是这么想的。”

那人把一颗葡萄干扔进嘴里。“这个人有名字？”

“纳撒尼尔·帕克特。”

“呃。他离开这儿了——嗯——大约是在大撤离的尾声，我记得。你认识他？”

“他是我哥哥。”

“你是迈可？”

“呃……迈克尔。”

那人点点头，走到一边。“进来吧。你哥哥和我原是同屋。”

你哥哥和我原是同屋。显然就是那么简单。帕克特几乎难以相信。他在沙发上坐了下来。沙发豪华松软，印着蓝白两色条纹。这件家具如庞然大物，占去了一半的房间。房间里没有其他的椅子，于是戴着眼镜的那人在他身旁坐了下来。“我猜想你要问我有关你哥哥的事，”他说，“问吧。我无所保留。”他已经吃完了葡萄干，把纸杯压扁了，慢慢地在两手之间团来团去，抹去折痕和鼓出的部分。他做的每一样事都像是以其自身不慌不忙的速度从容进展着，唯一的例外是他掐掉每个句子开头的习惯。帕克特猜想，那是补上失去的时间的途径。

哥哥对帕克特来说一直是个谜，一个鬼魂似的陌生人加上一辆破旧的自行车，一条断了的脖子。他收集漫画书，晚上电视看得很晚;他有一次说服帕克特在睡袋里蜷缩成一个球，这样他可以拎着他绕着客厅旋转。这就是他记得关于哥哥的一切。但是在接下去的几个小时里，他得知了许许多多的新鲜事。纳撒尼尔去世后，和大多数孩子一样，在这座城市众多孤儿院里的其中一家住了下来。他可以在那儿一直住下去——也和大多数孩子一样。虽然他从未长大超过十一岁，他最终决定搬出去自己住。他又继续骑了几年的车，不过这次是一辆公路自行车，而不是之前破旧的那辆。他又遭遇了三四次小交通事故后，决定把车子给卖了。之后，他疯狂地迷上了地铁系统。周日下午，他会一次坐上几个小时，远至白土区。他一路盯视着其他的列车、黑漆漆的隧道和候车站台鱼缸似的空间。他在一家模型玩具店里工作了七年，向那些怀念童年的年轻人售卖模型飞机和印模压铸的人偶，而他自己的童年永不消逝。然后他在一所暖房找到一份给灌木丛剪枝的活，再后来他在城里最大的绿色雕塑园护理了一段时间的草坪。

告诉帕克特有关他哥哥事迹的这个男人在公寓多余的房间里已经住了差不多有五年了。他和纳撒尼尔是在一个叫做“作为文学作品的漫画书”的讲座上认识的，他这么说。男人在世时是个英语老师，对被他称为“连环画小说”的书颇有研究。而对纳撒尼尔来说，漫画书依旧是他主要的阅读书籍。从他到了城里后，已经收集了数量相当可观的漫画书。那天讲座结束后，纳撒尼尔邀请男人去他公寓看看他的收藏。

“我再也没离开过，”男人说，“我能说什么呢？那时我刚来。需要地方住，而你哥哥需要有人做伴。结果挺好的。”

“他有没有说起过我？”帕克特问。

“你和你们一家都说起过。”

帕克特听到自己叹了口气。“不知道为什么听到这个我会如释重负。我几乎不……而我竟在这儿……”他思绪万千，不知该说什么，“我真的没把握他还会记得我。”

“他记得的。你没机会和他道别，是不是？”

“亲自和他道别？没有。妈妈带我上他的墓地去了一次，但我那时还很小。过了一段时间，我几乎就不再想到他了。”

男人一边说着话，手指间一直不停地慢慢团捏着饮料杯，现在他手里握着一只几近完美的球形。“道别很重要。我死去的时候，我的家人都在病床边。”

“你得病了？”

“白血病。很痛苦。”

“真为你难过。”

“没关系了。”

“不过你的家人都在？”

“是的。你想听听？”

于是，他就开始讲他的故事。

他说，被送进医院前他已经病了很久。“差不多有三年。人们说他们想死在自己的家里。但是我，我已经准备好去医院。消过毒的床单，医疗仪器，所有这些。那儿看起来容易一些。我的意思是，更容易解脱自己。没有那么多需要放手的。你要知道，我被疼痛折磨着。已经有很长时间了。我准备好去死了。但每当我感到自己要不告而别了，我会看到墙上妻儿的照片，或是会注意到梳妆台旁的椅子，想起得到这把椅子的时候我在哪儿，看到上千件别的东西中的任何一件，也是同样。他们就像那些我无法解开的小小的结。最终我认定，我需要在陌生的环境中死去。也许那是因为我已经准备好迁入最陌生的环境。说不清。不管怎样，我要求家人把我安置在医院里，他们照做了。他们做得好极了。他们每天都来探望几次——甚至是当时在读大学的大儿子。有一天，他问我——我的大儿子叫克雷——他问我是不是相信有来生。我不知道该对他怎么说。你知道那些你以前听到过的故事，说人们穿过白光的隧道，看到天堂在另一端等着他们？我自己也从来不知道该怎么看待这些故事。不过事实是，活下来告诉我们这些故事的，必然总是那些转了身走回来的人们——唔，我觉得挺难说得清，不过这令我怀疑他们的可信度。但我还是琢磨着这些故事。以前人们相信你可以从死人的眼里见到他最后看到的事物的图像。你知道这事吗？我自己想象的总是与这种说法相反。死的时候，视线是朝另一个方向。时间从里往外翻，你看到的是那之后而不是之前的图像。不管怎样，我想尽可能回答儿子的问题。我不知道我死去的时候，他会不会在场。即使他在场，也不知道我还能不能和他交流。于是，我决定给他写两封信。一封信说的是，你死了以后，什么都没有——只是一场大结束，甚至都没有黑暗。我把那封信装在红色信封里。另一封信说，这全是真的，你听到过的一切——隧道，深爱的人在亮光中招手让你上前，最后是到了天堂——至少是诸如此类的话。我把那封信装在蓝色信封里。当然，还有其他的可能性，但是那两种在我看来是最可能的。我想让这事简单一点。我编了押韵句，免得忘了哪只信封装的是哪个：'红是死，蓝是新。'连着几天，我不断地对自己重复。*红是死，蓝是新。红是死，蓝是新。*你看，当我的视线翻转，最后一刻来临时，我要在两只信封间选择。但是我开始担心到时候我不会说话了。于是我要求护士在我手里分别放一只信封。我紧紧抓着它们。我的房间有扇窗，可以看到停车场顶层上空的变换。先是太阳，然后是星星，然后又是太阳。如此这般。两天后的晚上，我终于死去了。我说过，我所有的家人都在。妻子，两个儿子。我能感觉到它的来临。这次没什么结把我捆起来动弹不得。我松开了其中一只信封，使劲抓着另一只。”

帕克特听得入了迷。“你紧抓的是哪只信封？”

“红色的，”男人说，“红是死。”他的下半部脸庞尴尬地歪了一下，“显然，我弄混了。”

帕克特大笑。“就是啊。”

“要是我能再来一遍，当然会选择蓝色的那只。”

“当然啰。”

说完后，两人都不吭声了。半分多钟后，男人低下头侧到一边，眼镜上的油脂被窗外射进的光线一照，散发出十几种不同的色彩。“你在想什么？”男人问。

“你为什么这么问？”

“你在捏你的鼻梁。这动作表明你在思考。我提到你哥哥的漫画书时，然后告诉你我儿子的故事时，你都做了这个动作，刚才你又做了这个动作。我很擅长发现它们。”

帕克特把双手搁在膝盖上。“我想我应当感谢你陪我那么长时间。请相信我，对我很有帮助。不过我现在得走了。”

沙发松开了帕克特，弹簧发出长长的嘎吱一声。他还没走到门口，男人说：“唔，你哥哥是我在这座城市唯一的好朋友。有人听你讲故事，真好。这是以我的方式说‘欢迎随时光临’。”

他向帕克特伸出手，帕克特以为是要握手。他伸出手，男人却递给他那只纸杯：一只小小的圆球，被他的手指摸得像丝绒般光滑。

“请帮我把这个扔了，行吗？”他说，“就在电梯旁有个烟灰缸。”

帕克特想的到底是什么？

邮递员。

具体一点，他这辈子认识的邮递员的数目。

他们又是一类他忘了考虑在内的人群，尽管到目前为止，他能清清楚楚记起来的只有八个。有一个总是在签收包裹时，问他查看驾照，有一个曾在一家酒铺买了一箱葡萄酒正巧被他看到，还有其他的六个。

他很肯定，要是让思路都展开来，他还能记得起几个。一定是信的故事让他想到他们的。故事也让他想到了儿子、第二任妻子和父母——那些会聚集在他的医院病床边的人们，要是他有这么一张床的话。

他努力不去想他们。但这实在太难了。

不过一个小时左右，天更冷了。他在屋内的时候，聚起了厚厚的一层乌云。他正步行回家，无意间听到两个三十岁光景的人正设想着联系劳拉的各种方法。这目前是城里很流行的谈话主题，尽管这一话题似乎还从来没有产生过具体的行动。

“有没有人想到过用灵乩板和她联系呢？”其中一个说。

“呃，或许她可以用灵乩板和我们联系，但倒过来是行不通的。喏，我刚在想我们可以让所有人都集中起来，试着，呃，投射我们的想法什么的。类似‘万众一心’什么的。她相信这些屁话，至少那时候她是相信的。”

“我不明白我们为什么不能试试灵乩板，”那人颤着嗓音，仿照恐怖电影轻轻地发出尖锐的一声，“他们来自阴间！”

帕克特绕过一丛灌木后，很快他们的声音听不见了。

在佐治亚街和六十五大街交叉口的汽车站长椅上，一个衣服上沾着机油的人正隔着裤兜整了整内衣。帕克特记得二十来个的汽车修理师。尽管他很肯定已经把他们都记下来了，还是得查查名单落实一下。

在高尔夫球场地势较低的一端，一个盲人正沿着人行道摸索着往前走，一边拉了拉大胡子。帕克特记得的盲人至少有六个。

他差不多到家的时候，看到乔伊斯正从一家珠宝店走出来。风刮在脸上，他耸起了双肩。忽然感觉到骨子里一阵巨大的疲倦。可能是走路走的，可能是和英语老师说话说的，可能只是这么长时间努力想念哥哥造成的，不过他现在最不希望碰到的是又一场毫无意义的争论。

他躲到一处遮篷下，等着乔伊斯走过。乔伊斯正在听手表。他把手表举到耳边，一边甩了甩手腕，没有看到他。帕克特看着他在街角穿过马路。然后他从门道走了出来，往手里长长地吹了一口暖暖的气，脸颊上第一次感觉到冰霜的刺痛。

他抬起头看了看天，灰灰白白的雪片正松松散散地打着转。

别又来这个了，他想。

下雪了。

一〇
冰隙

冰。霜冻。霜冻地面。交叉路口。铁路交叉道口。长长的火车。长长的拖裙。有拖裙的结婚礼服。结婚指环。火之环。冰之环。冰。锥形冰山。陡壁冰川。剃须刀。胡茬子。糊里糊涂。落叶的秋天。十月。十一月。十二月。圣诞节。十字交叉。做记号的X。宝藏。金。银。银铃。铃儿响叮当。敞开的雪橇。雪。冰。洁白的米。老鼠。猫。猫胡子。剪刀。纸。纸做的天使。天使蛋糕。众神的琼浆玉液。珍馐美味。美食作家。墨西哥菜。墨西哥人。墨西哥跳豆。跳绳。绳桥。深渊。裂缝。大浮冰。冰山。冰。

劳拉费劲地拉着雪橇，词语像壁球似的在脑子里快速地来回着，化为连续翻滚的蓝色呼呼声。她没想去止住或控制这声响。她试着走一步想一个词，在体力和脑力运动中找到那种理想的平衡，让她对种种问题不去想得太多：她能不能最终抵达企鹅栖居地；她到了那儿后会找到什么；如果她看到的所有报道都属实，每个人，世上的每一个人，每个她认识的人都死了，那对她又会有什么影响。

她不知道答案，也不想知道答案。

答案。问题。被问。紧张。

她拉雪橇的每一步稍稍大于一英尺——大约一英尺四英寸——这意味着(她计算了一下)，每想出三千五百个词，大约前进一英里。要是方向正确，她还有十八英里要赶，六万三千个词语要想。她穿过雾湾没多久，在一片不见冰垄的平坦冰层上，雪橇就熄火不动，瘫在了滑板上。短桨锁住不动了，整个巨大的舱体在冰层上慢慢地滑行着，刮去整整六英寸厚的雪后，才咯吱咯吱地刮擦着停了下来。她想尽了一切办法让发动机再启动起来。可是她不是机械修理师。她也很快明白过来，雪橇的故障自己是没有能力修复的。

这并不等于说故障是谁都不能修复的。故障可能很简单，一只耗尽了的燃料电池或是一段短路的电路。但是，没有可用的工具，没有足够的照明，没有替换的零件，她知道自己不可能修复雪橇。她站在冰天雪地中，脸埋在双手间。靴下的雪又松又深。风吹过，雪面上扬起了几千条腾跃的小蛇。她爬回雪橇的驾驶舱，暖气正迅速地散尽。她关上了门。

她已经走过了罗斯岛凸出部分的一大半。现在再回头一点不明智。她想起那个老笑话：有个人游泳渡河。游了四分之三的距离，他认定自己太累了游不下去了，就在水里掉了个头，又游回了岸。她听到的版本里那人是加拿大人，不过在美国的某些地方这人可能是墨西哥人。而一旦出了边界，无论南北，那人几乎可以肯定是个美国人。

美国人。扬基。拖走。拖船。发动机。

劳拉只有一个选择——她是这么认为的。

她不能掉头往回走，也不能待在原地不动，那么只能继续前进。她等着，直到感觉最后一点的热量也散去了，然后从储物舱里取出滑雪束带和滑雪板，滑雪板夹在脚上，再把自己固定在雪橇前端。

她的身体压在束带上，试着往前拉。完全不行。雪橇是一座屋子；雪橇是一头巨鲸。她拼足了劲，其中一块滑雪板直直地插入雪壳，发出裂纸般的声音，左腿一直陷到了膝盖。她拔出腿，再试一次。这次她把两条滑雪杆当作杠杆，迎着风，双肩耸起往后张开，尽可能用上更多的肌肉。她往前走了一步，再走了一步，又走了第三步。或许拉绳稍稍伸长了一点，但雪橇纹丝不动。她决定减轻重量。否则的话，她根本就走不了。

雪橇由驾驶舱和储物舱两部分组成。她开始把驾驶舱从滑板上卸下来，松开连接储物舱的挂钩，让它滑到雪地上。驾驶舱在雪上停留了几秒钟后，锐利的边缘刺穿了雪壳，留下了一个完美的四英尺乘四英尺的正方形。储物舱还连在底部滑板上，她从里面取出铲子，把驾驶舱门边的雪铲松了，往里面装了所有她认为不需要的东西：几卷衣物、三块厚胶合板、防晒霜，当然，两口锅中的一个，还有装着速冻食品的箱子——食物已经倒在储物舱里了。她想着，无论留下什么，回来的路上可以再带上的。

她关上门，绑好束带，狠狠地拉了一下雪橇的拉绳。雪橇极不情愿地开始移动——开始非常慢，然后稍微快了一点。走了几大步后，开始滑行起来，平稳而费力地在冰上行进。驾驶舱消失在身后。雪橇比先前轻多了。这下是半座房子，半条巨鲸。

巨鲸。惊心动魄的恸哭。放怀纵情的大哭。咬牙切齿。

劳拉记得刚进可口可乐公司不久，自己是怎么开始磨牙的。她是熟睡时磨的牙，无意识也完全记不得。她会早上醒来，两颚酸痛，却不知道是为什么，直到那天牙医注意到她的牙齿的珐琅质已经被磨得像珍珠一般的光滑了。“坦率地说，我还从没见过哪口牙齿会如此迅速地变得这么坏，”牙医对她说，“这看起来像是你把牙齿放在一只岩石做的滚筒里了。”他拿了一支笔形电筒在她嘴里探照了一番，然后关了电筒，正视着她的眼睛说：“你有没有考虑过心理治疗？”

有一阵子这是她在宴席上最喜欢讲的故事。只要有谁提到牙齿、心理治疗，或是提到不太熟悉的人自作聪明的建议，她都会讲这个故事。

不过，她上次想到这个故事，已经是好几个月之前了。

离她上次想到牙医，也有好几个月了。

牙医。医生。牙套。清洗器。研磨剂。

到达海边之前，她不用指望再碰到一个可供住宿的地方。曾经，并不是很久之前，南极高原上点缀着数百所临时的居住点，不过，差不多三十年前，当冰盖开始明显地融化时，那段时期就结束了。的确，少点冰川作用意味着更容易挖掘到极地的矿产资源。但是，冰川融化会引起海平面升高和气候变化，这也意味着法律责任。世界上的大多数国家在经济收益和经济风险之间作了权衡，决定放弃各自在南极的地盘。过了几年，在南非和阿根廷——曾经在南极占地划界的三十七个国家中的最后两个——遭受了经济崩溃后，整个南极洲被可口可乐、贝塔斯曼和法马通三大巨头公司买了下来。很快，极地考察和科学考察的数量几乎降到了零——不可否认，部分原因是大公司不让很多科学家进入南极，也有原因是原先的居住点最初并不是真的作为研究考察站建设的。那些居住点曾是国家利益的标志，现在已经无利可图了，就像是几年前插在被征服的月球的灰色荒漠上的旗帜。临时营房和重型器材都被拆除，并被拖出去装进了一队货运飞机中。人们都撤离了。劳拉知道，大约在她被可口可乐公司派往南极的时候，另外有两组研究队得到准许进入南极。一组在南极的远侧，靠近马达加斯加，另一组在南极半岛的最顶端。不过，冬天来临之前，两个站点的成员都已经撤离了。

她只能靠自己的帐篷住宿，靠自己前进的动能取暖。当她刚开始拉雪橇时，星星躲藏在厚厚的云层后面，即使有电筒，她也没法看清前方几英尺之外。过了两个小时，可以看清东北方的一大片天空了。她看得见几百颗的星星和卫星，极光在它们之间变幻无穷，摇摆着起伏着。红的、绿的、金的，升腾起来，隐退下去，射出许多徐徐展开来的长幡短带一样的光束。然而，冰原依旧是一片黑暗，也没有几个地标可以作为前行方向的参考物，只有东边偶尔可辨的山峦的黑色岩石。

很多次，每当感觉自己偏离了方向，她就从口袋里掏出指南针确定方位。她离极点如此之近，即使纹丝不动地站着，指针也会旋转晃动整整一分钟才停下来。再往前走真是太难了。只消停下来一分钟，雪橇就会承受自身静止时的重量，一半的车身会陷入积雪中，滑板停在原地一动不动，树根似的紧紧扎在冰层里。

她从不知道人可以如此的疲乏。有时候，她没法想象自己怎么还可能继续前行。然而她的确继续前行了。她总是还能继续前行。

斜坡上的雪吹走了，留下斑斑驳驳、光秃秃滑溜溜的冰，不过，吹积物长时间在凹陷处堆聚起来，让冰层看起来比实际状态更平坦一些。她的脑海中聚集起一大群的人，一大群跟在她后面的人。她的父母、整个大家庭、一起长大的朋友、读大学和研究生时认识的朋友、职业生涯里认识的朋友、她的恋人，还有恋人的所有好朋友、每隔几天在杂货店或是银行碰到的人、和她住在同一栋楼和附近楼房的人、电影院卖票的女人、在可口可乐公司楼群外的收费站工作的男人、过去路上经常碰到的但从未真正说过话的人。她会想到他们，他们会给她力量，鼓舞她前行。很快，她又会记起病毒、报上的文章和上千座全是死人的城市，她会胸口发紧，又开始数起词语。

尽管她很清楚自己是孤零零的一个人，但还是有一点不愿接受这个事实。否则的话，她想，为什么不干脆原地停住，跪下来，任凭厚雪在她四周堆积起来呢？那样会简单得多。要比这些一步拖着一步，成千上万迈不完的令人精疲力竭的步子简单得多。

但是，她提醒自己，她不是孤零零的一个人。至少，她不能确定自己是孤零零的。肯定在哪个地方有谁没有死于病毒。帕克特和乔伊斯不知怎样了？他们仍旧在这片冰原的哪个地方，寻找着她吗？她知道，当她穿过海湾时，路线已和他们走过的重合。有时，空气是如此的阴沉沉，风声是如此的震耳欲聋，他们可能在几步之遥的地方交叉而过，自己却不知道。

风刮得极猛时，仿佛天地间只有风声了。不过，等风停下来时，她能听得到脚下的雪咕吱咕吱地响，雪橇在身后发出轻轻的簌簌声，偶尔甚至还有远处的大冰块因寒冷而收缩时发出枪响般的砰砰声。黑暗令一切声音听起来比实际的更响。接着还有衣服刮擦身子时发出的压碎玻璃般的声音。汗水没有在寒冷中蒸发，而是直接渗入了织物，迅速冻结成冰。雪橇拉上十五分钟，衬衫裤子会因霜冻而僵硬；半个小时内，衬衫裤子会冻成上千个不同的尖角和褶皱，弯动关节因而变得非常困难。能弯动时，冰碎会洒落在胸口和腿上，堆聚在腰围，掉进塞进靴子的裤腿翻边。有一次，她犯了错，脱下一只手套去拿指南针，结果五个指尖都被冻伤了。晚上，在帐篷里，她得等衣服上的冰冻都融化了才能脱掉。然后，她会看着衣服躺在地板上，被热气软化，冒着水汽，一折一折地瘫软下去，窸窸窣窣轻轻地响着。她醒来时，衣服并不总是能干透。有时候，她一出门，织物又全都冻结了。她要确定拆下帐篷时，身体已经摆好了拉雪橇的姿势，这是她学到的经验教训。那天早上，衬衫在身上冻结了，固定在一个位置上，使她的脑袋这一天一直很不舒服地侧向左边。她没法脱下衣服调整一下，只好一直以这个姿势跋涉。这样持续了差不多八个小时，直到她停下来把帐篷再搭起来之后才得以改变。

一次又一次冻结的压力使海湾变换形状，破碎断裂。海湾随着一片偶尔有溪流穿过的低洼地起起伏伏。那些溪流就是海湾的裂缝。有些裂缝不宽，她可以跨越，有些她却无法跨越。每次来到一条溪流前，她就会放长拉绳，脱下滑雪板，看看是不是能够跳过去。如果跳不过去(经常是跳不过的)，她得往裂缝变窄的一端走，直到有坚冰或是固结的雪桥将裂缝封住的地方。

她很快就学会辨认这些雪桥在脚下发出的声音，那种底下没有支撑的空洞洞的“嘎嗒嘎嗒”声。她总是害怕走过去时地面会破裂塌陷。幸好不知怎么的还从没发生过这样的状况。很多次，她的一条腿或是一只脚会踏穿积雪，不过她总是能把自己从陷进的深雪中拔出来。

雪橇的短桨被完全打开。她一旦再次拉动雪橇，它就会自己滑过断裂处。但是，拉动雪橇已经变得越来越困难了。严寒，相隔十二个小时甚至更久的早晚餐或两顿饭，穿过雪堆时无止境的努力——所有这些给身体造成的不良影响都开始发作了。她一天比一天地觉得疲惫。膝盖不断地发软，呼吸也不能保持均匀了。

那一天，冰原上浓雾沉沉，昏天黑地。这是她拉雪橇的第五天，从考察站出发的第八天。手电筒在这样的天气状况下毫无用处，光从静止不动的白墙上又反射到了手上。月光像一颗小纽扣似的罩着浓雾晦暗不明。光亮弱得射不到地面。要不是碰巧抬头往上看了一下，她根本不会看到月亮。

连着几个小时，她盲目地往前走着，试图透过靴子底来感觉地面形状的变化。冰架是上升的还是下沉的？雪地有多滑，冻结得又有多厚？她感觉到的是裂缝的边缘吗？或者不过是一道沟垄下滑的边缘？每隔几分钟她就查看一下指南针，确保路线没有偏离太多。她试图保持在一条直线上。

她拉着雪橇行进，等前方出现一角天空时，这一天已经过去了大半。起初，不过是一只杯状的洞，能瞥见几颗淡淡的星星。

很快，洞周围的雾分开，像是有人拉开了一条巨大的拉链，敞了开来，月光一泻而下。她连着猛刺了十几下滑雪杖，推着自己，快速向光亮处前进。四周的雾化成了清亮的空气。雪橇的重量像是不必要的负担。如果可能，她会把雪橇扔了。把它扔了，跑起来。她看到了裂隙上的冰，一层薄薄的亮晶晶的易碎玻璃，一眨眼她已经在冰上了，但没有时间停下来。

她大声说了什么——“等等！”她觉得是这个词，不过也有可能是“该死”。接着冰发出碎裂声，裂成了上千的碎片，她感觉到自己在下跌。

束带把她拉住了，脖子被往后拽着，肺部的空气迅速地泄出，然后她听到哗啦啦的声响。黑暗中，她看到白色的模糊影子在眼前飘过，如蛾如蝶。

过了几秒钟，她又开始呼吸了。她吊在束带里，荡来荡去，四下乱蹬，企图找到一块凸出物，一块落脚处，随便什么都行。冰隙的两壁间一定有十尺宽。双腿在两壁之间不断地蹬来蹬去，碰到冰隙壁的一边时，双脚却要滑脱，她又得重新在两壁间来回地荡着。终于，她无意间碰到一处感觉像是压力裂隙或是凹口的地方，但还没来得及稳住，又滑落了下来。

过了一会儿她才意识到正在发生什么：雪橇被拉向了裂缝。才几秒钟，她下跌了五英尺，停顿了一下，在束带里打着转，随即又下跌了两英尺。

她等着，直到确认自己已经停止不转了，才抬头往上看。她努力地伸长脖子，这让她头晕目眩，但她强迫自己不去管它。她能看到其中一支短桨伸出裂缝的边缘。短桨的轮廓被天空映衬出来，冰隙坚实黑暗的两壁间嵌着一串星星。她看不到另一支短桨。雪橇肯定是陷在冰垄或是雪堆间了，滑板被侧转了，一定是这个原因令雪橇停止不动。暂时停止不动。

她向裂缝壁小心翼翼地伸出手去。现在他离壁面只剩一英尺的距离。绳索稳稳的。冰又硬又滑，完全不同于穿过冰架时有雪的摩擦力。她用戴着手套的手轻轻地摸了摸。一点点凹凸的地方都感觉不到。她担心要是动得太突然，雪橇就会有足够的动力滑脱任何卡住它的阻碍，而她身体的重量会把雪橇也拖入冰隙中去。裂隙的两壁太宽了，短桨起不了作用。这意味着，要么是雪橇坠落时砸在她身上，要么是雪橇坠落时经过她，然后把她拖入裂隙的深处。裂隙有多深？要是裂隙底部就是海洋，她也不会觉得奇怪。那一层薄薄的水不知怎么回事竟能够在冰的压力下保持液态：几乎纹丝不动，水里也没有任何生物居住。

如此看来，她可能会冻死，也可能坠落时折断脖子，或者坠入海洋溺死，这些可能性都有。

还有第四种可能，她能想到的唯一的另一种可能。她可以爬上绳索，把自己拉出冰隙。她可以自救。

或者选择不救。她不得不承认她很想松开束带，让自己坠落。那样会容易几千倍。她再也不用拉雪橇了，再也不用拼命，不用盼望，也不用回忆了。她想象中的死是一次奇妙的融化。寒冷会从血液中流出。她会暖和得多。谁也不会找到她或知道在她身上发生的事，谁也不会再见到她。再说，那又有什么关系呢？世界也已经灭亡。她再也见不到另一个活人了。

然而，她终究明白，她不能让自己这么去做，不能让自己坠落。她得继续挣扎着求生，正如其他所有人都在继续挣扎着求生一样。至少，在过往的历史中，人们总是那样的。于是，她感觉松开绳索就相当于欺骗了。

她又朝上看。那短桨仍旧挂在裂隙的边缘上。她知道，如果还想要爬上地面，她必须在犯困或是力气用尽之前，马上开始行动。她绑在雪橇上的拉绳是十五英尺，上爬的距离不会超过这个长度。她把手放进口袋，想放好手电筒，但意识到手里已经没拿着手电筒了。一定是坠落的时候掉落了。她看了看两只靴子之间，试试能不能在底下什么地方看到一星半点的亮光，但什么都看不见。

手电筒没了。不过，她眼下不能为这事发愁。

她试着抓住拉绳，手套硬邦邦地握了上去。手套里面的冰碎裂了，发出嘎吱嘎吱的声响。起先她以为自己已经抓紧了绳索，可是，一旦她试图把身体往上提时，双手却滑脱了。她又试了一次，同样的事发生了。手套太硬了。显然，如果要爬出裂隙，她只能赤手。她脱下手套，塞进口袋深处。手套的衬里粘在皮肤上，现在别无选择，只能随它去。她再一次握住了绳索。很快，指尖开始针扎般地剧痛，仿佛是被扔到了一堆芒刺丛中，不过几秒钟后手指就麻木了。她成功地把自己拉上了几个拳头高，肌肉像是要炸开来，散成百来条疲软的肉串，不过雪橇稳住了没动弹。进展还算顺利。她又攀升了几英寸，但力气耗尽了，拉绳又抓不紧了。

她又一次摇荡在束带的末端，头晕目眩。她把绳索握在手里，又开始往上爬。防冻衣裤里所有的冰在她掉落冰隙时碎裂开来。现在，当她往上攀升时，感觉得到碎冰在衣服里滚来滚去，脚踝边有两堆碎冰沉沉地鼓着，腰边又有一堆。这些碎冰让她想起大行星周围形成的光环。

这样她就是颗大行星，她想。

或许是土星吧。

她不知在哪儿听说过，如果你下到一口井里，石块间那一圈天空中的大部分阳光被削弱了，甚至是在正午时分，星星也会像铆钉似的闪耀。要是反过来能成立就好了，她想。要是太阳能在午夜照亮天空就好了。可是从裂隙往外看，和上一次一样，看到的还是那几颗星星，还有几缕未逝的极光迤逦夜空。

双手毫无知觉。仅仅凭着绳子勒在骨头上的力量和眼睛能看到的极微弱的迹象，她知道抓住了绳子。她一寸一寸地往上移，不肯放弃。随着她向上爬，身下便垂下了一大圈绳子。在离顶部一半远处，她又一次犯了个错误，把脚搁在绳圈上，想借力。结果绳子被拽得脱开了手，她又一次滑到了拉绳的末端。她又开始往上爬，弄出的每一点声音在冰隙两壁之间咯嗒咯嗒地来回作响，像是铁罐里的一颗石子。她肯定试了有四五次之后，脚擦到了先前看到过的压力裂隙上，再使使劲，靴子的脚趾部分塞了进去。

感觉到脚下踩着些什么，不管可能有多么的岌岌可危，她还是松了口气。她在那儿停了一下。把重量集中到脚上，尽力纵身一跃。

这一跳让她升高了差不多有一英尺。绳子长长地转了个弧形，把她推向了冰壁，她几乎抓不牢绳子了，但她没松手，等着拉绳停止摆动。最后一段就在眼前了。她又攀升了几英寸，深深地吸了口气，然后再往上爬。又抓了五次绳子后，她到了裂隙的边沿，扳住了一边。她还没来得及爬上平地，扳住的冰在她手指间崩解开来。她一路直落，坠回裂隙的深处。

她又一次喘不过气来，又一次看到白色的影子蜿蜒穿过了黑暗。她听着雪橇吱拉吱拉地移到了冰隙的边沿，然后嘎的一声停了下来。

她休息了很长时间，慢慢地在束具里荡悠着转圈。她不想在这儿死去——她决定不在这儿死去——于是，尽管四肢乏力，又冷又僵，她又开始沿着绳子往上爬。

终于，又试了两次，借助压力裂隙，她爬上了绳子，一使力把自己推上了雪地。乘着冰隙的边沿还没再次坍陷，她爬了上去。然后她仰躺着，凝望着天空，哭了起来。泪水冻结在脸颊上，但她还是止不住地哭。她无比欣慰，感觉到身下贴着大地。天上有颗特别的星星，硕大而白亮，像一只电灯泡。她让目光慢慢地滑过它的沟沟壑壑，一边喘着气。不知道隔了多久她才意识到这是月亮。

她精疲力竭，快要昏睡过去了，这意味着会被冻死。于是她逼着自己站了起来，摇摇晃晃地走回雪橇。她打不开储物舱。手套的衬里已经在攀升时被撕成了破条。她用牙咬开了几条。她不想看手，不想知道，但眼睛没法总是避开不看。掌上的肉剥落了，皱巴巴地耷拉在手掌上，像是烂桃子的皮，手指尖——十个指尖一个不漏——都发黑冻伤了。天啊。她的手指笨拙地拨弄着碰锁，锁终于打开来了。月光刚够她看得清。她从急救箱里找到消毒药膏和绑带，处理了一下伤口，然后把手套戴回手上，在月光中翻过来，仔细检查着每根手指的轮廓，确定指关节没有扭曲，也没有弯起来。她什么都感觉不到。

她花了比预想更长的时间搭起了帐篷。钉下帐篷桩子后，她躲在里面，等着软性线圈的热气溢满空气。

过了几分钟，她感觉到头发眉毛上的冰霜在融化。裤子和外套慢慢地变软，耷拉在身上。她明白躺进睡袋之前，要把衣服脱掉，但她一点力气都没有。

那天晚上，风怒号着从山上吹下来。等她醒过来时，外面的天空黑沉沉的，下着纷纷扬扬的大雪。雪迅速堆积起来，她无法离开帐篷，更不消说拉雪橇了。接下去的三天，她吃吃睡睡，等着暴风雪过去。她听着雪被风挟裹着，呼呼地啸叫着。血液慢慢回到了毛细血管，带着针扎般的刺痛感，她浑身难受不安。手掌和手指也慢慢愈合起来了。

第三天，她莫名其妙地想起了公寓所在街道不远处的那个小小的街心公园。公园的中央有一块铺着红砖的场地，放着铸铁长椅，这是一块从被树木的根节拱破的泥土上隔出来，供人们聚会的地带。人们喜欢在这儿看书，遛狗，劝说别人在请愿书上签名。她在这个街区已经度过了四个冬天，可是不知怎么，她记不得在雪天去过公园了。这是春天的场所，或许也是夏天的场所，秋天的场所，但主要是春天的场所。砖地和铸铁长椅总是被太阳烘得暖暖的，还有树木，十来棵枝影婆娑的橡树和松树，似乎总是在长叶子。

和她在暴风雪中的帐篷——方圆几英里唯一固定不动的一点相比，那个地方太不一样了。也许，正是为此，她才不断地想着它：一如帐篷让她躲避恶劣天气，公园让她躲避现实，当寒冷和狂风在她四周奔突旋转时，它们是她可以憩息其间的庇护所。

她记得在那儿看到的溜旱冰的一队人，他们快速地在人群中穿梭，分开了又聚起来，那种优雅、敏捷、随意的姿势总让她想起一群鸟。她坐的长椅旁有四位老太太围在一张小小的砖台边打麻将。她们坐在自己带来的野餐用的椅子上。溜旱冰的孩子们滑得离她们太近时，她们总对这些孩子又吼又叫，晃着拳头，用外国话骂骂咧咧。有一位老太太有时还带着孙女来。孙女是一个甜瓜似的娃娃，会一整天开开心心地吮吸着一块白板麻将。有一次，劳拉离开公园时，弯下身去帮她把缠着的毯子解开来，娃娃一把抓紧了劳拉的手指，紧得出乎意料。她把手指送到嘴里，在牙床间磨了起来。

“帮一下忙？”劳拉对麻将桌边的老太太说，“喂？”

但老太太们不理她，弓起身子保护自己的牌。终于，她自己把手指抽了出来。转过身准备离开时，她看到有个男人等在她身后。他趴在自行车上，用左脚支着地。看来他是在笑她。她也笑了，“给。”那人递给她一块大手帕，让她抹掉手指上的唾沫。他问是不是可以请她出去喝一杯，她说好的。

那是迈克·哈格特。他成了她最后一个短暂的男朋友，那个说她用的唇彩让他想把她的双唇咬掉的男朋友。

还有一次她把一盒火柴给了一个陌生男人，他穿着一双远足靴和一套西服。这么一件小事，但她却从未忘记。“你有火吗？”那人问她。虽然她不抽烟，但她想到还带着前一天晚上从饭店拿的一盒火柴。伸手到手提包里取火柴时，她感到一股小小的电流涌过——为自己有能力帮上别人而高兴，这和她小时候一样。“留着吧。”她告诉那人。他划了根火柴，护着火去点烟，然后走开了。

最近的一次战争刚刚结束，整座城市像是都聚集在公园里了。有个女人把一只橡皮球在手里抛来抛去。有个男人在遛狗。有几个警察在转悠。她还不时地注意到带菌物质稽查队队员的黄领子，总是能在大堆的人群中看到他们。“带菌物质稽查队，”他们会这么自我介绍，“我需要检查你的包，夫人。”一个小女孩想把几束松针放在她插在地上的一根树枝上，一条跳绳搭在她的肩上。两个十来岁的少年牵着手，窃窃私语。一位老妇坐到一张长凳上，脱下了鞋子，开始用意大利语嘟哝着，一边伸伸脚趾。劳拉看着一个人走过去，扛着标语牌，上面写着：耶稣来临。不要受骗。牌子的下方写着你真诚的，像是信函的结尾语，然后工整地签上名字。

劳拉试着回想扛标语牌那人签的名字，但想不起来。卡特？卡尔森？卡尔斯巴德[①]。洞窟。钟乳石。石笋。石牢。战俘营。集中营。劳改营。新生。分娩之痛。生命。创造。是诸如此类的一个不同寻常的名字，她想，有点接近卡特或是卡尔森——或者“创世”[②]——是以字母C开头的名字。但她怎么也想不起来。

① Carlsbad，美国国家公园，在新墨西哥州东南部。
② 原文为Creation。

风停住了，又缓缓地刮了几秒钟，接着又开始猛刮，帐篷也随之鼓起来。她在睡袋里仰躺着，注视着空洞洞的黑暗。

卡门。凯文。克米特。

那人到底在标语牌上写了什么呢？

当她停下来不想时，已经快睡着了。

一一
变化

冬天降临这座城市，雪覆盖了每一方的平面：马路和人行道，喷泉和公园里的长椅，甚至是树上的叶子——至少是那些没有歪卷到一边去的叶子。每天早上，林德尔·特林布尔走下公寓楼的台阶就得踏过足有一英尺厚的讨厌的雪，无论去哪儿，都有更多的雪等着他。这一街区的街道和人行道上大多数的雪在日间来往的车流中融化了，太阳下山后又冻上了。这样，就造成了一层带着玻璃般光泽的冰，其可见的效果只是稍稍放大了人行道，让人们一个接一个地一屁股倒在了地上。有时候，他站在门口看他们倒下，一个接一个，摔倒的样子令人发笑。他们看起来像是猴子或是布偶，都不成人样。他自己可能也是这么令人可怜的模样吧，如果某个穿着三件套的自以为是的杂种看着他滑倒在冰上而露出憎厌之色，这个念头令他不寒而栗。这就是为什么他总是沿着街沿上的积雪走，尽管这会损坏鞋子和裤脚。

特别是那天早上，他正挤过一辆废弃的汽车一侧，操他娘的那个乞丐又来了，那个像是永远也甩不掉的乞丐。他直接用上了

“兄弟，给个子儿”那一套：“今天有没有零钱给我啊？嗨，给点吧，兄弟。你看来是个有钱有势的。我知道你一定有点零钱给穷人，对吧？”

哇啦哇啦哇啦哇啦哇啦。

和平时一样，那乞丐不知是从哪儿冒出来的。当他意识到林德尔不会去搭理他时，他开始挥着手臂大叫：“你算是怎么回事呢，朋友？我不配你搭理，是这样吧？这位先生甚至他妈的都不愿看我一眼。这位先生提着真皮公文箱，头发也花了大票子哩。”

他跟着林德尔过了街。他们俩像一对笨驴似的在冰上一步一滑地走。他们到了对面阴沟上的脏雪堆时，他随着林德尔爬了过去，抓住了他的袖子。林德尔把他甩脱了。

“哎哟，”乞丐说，“哎哟哟。”他摊开双手以示愧疚。他戴着无指黑色手套，这是城市贫民最普遍的标记。林德尔该相信他们都没钱盖住手指？是不是就这个意思？

“嗨，瞧，伙计，对不起。我只是想招惹你一下，”乞丐说，“你知道这回事儿。但是你要明白我是你的朋友，明白吗，朋友？朋友要互相帮衬一点，是不是？你再为我看一遍你那些口袋吧？我肯定你有点儿零钱可以给好朋友的。”

林德尔明白他常用的找个借口的办法——假装看到了街区另一头有个熟人或是电话铃响起来，然后坚定地大步走开——这次不管用了。不过，他仍继续走着，左一脚右一脚插进发硬的雪面。“听着，”他突然喝道，“你不会从我这儿得到一个子儿，你就别再来烦我了。”

乞丐立马退开，挤出一个笑来。“是，陛下，”他说，“马上就走，屁股蛋搁在操他娘的黄金宝座上的皇帝陛下。”他摆了个敬礼的姿势。林德尔往后瞥了一眼，刚好看到他正四下寻找下一个目标。

有时候他想，他身上肯定有什么东西会从遥不可知的距离把这些人吸引过来。知道某些野兽会搜索几英里寻找最干净的地方大便？嗯，他就是最干净的地方，他们就是野兽。简直不可思议。每一个车站大厅或是购物中心，他的身后总是跟着一长列狂热的宗教信徒——剃着光头的、穿着橙黄袍子的、梳着马尾辫的，色彩鲜艳，招摇过市。怪人、假冒艺术家、瘾君子、精神病患者，毫无例外，不管他去哪儿，他们就像是瞄准了他。甚至在这儿——这座死而未亡之城，他似乎也没法躲避他们，不管是那个有着斑驳胡子、倒霉故事的乞丐，还是那个鸟儿迷恋的、扛着耶稣标语牌的疯子。

他在一家咖啡店停下来喝了一杯浓咖啡。这是周六，或是每个人决定认作周六的日子。他知道可口可乐公司的办公室多数没人。没有前台接待员等着递给他信件，没有销售部人员聚在一起开早会。他站在一个高台子前呷着咖啡，往外看着人行道、小巷和被雪覆盖了的篮球场。篮球场上的两个金属圆环本是挂球网的地方，却滴挂着枝形的冰柱。第一次投篮冰就会碎成上千把的短剑，他想。嗖嗖，砰砰，嘎喇喇，第二天来球场玩球的人会少几个。

喝完咖啡，他穿过人行横道走到埃伦迪拉街另一边的大楼，打开高层管理人员入口的锁，进入后又关上。里面，大厅黑乎乎静悄悄的，带着所有办公大楼周末都具有的那种诡异的戏剧感和大峡谷似的空旷。他乘电梯上了七楼。要找的文件在办公桌最上层的抽屉。好几个星期前他就明白最好不要放着这东西不管，但直到昨天晚上，他一边呷着一杯苏格兰威士忌，一边听着不知哪个混蛋放的让整幢楼都听得到的丛林音乐，终于决定了怎么处理。到目前为止，不到一打的人知道事情的真相(或者他该说，部分事情的部分真相，因为他们尽管各有所长，公司里没有谁能把整个故事拼凑起来)，而且所有人都同意告诉别的人毫无意义。毕竟，在一个只有和平和无知的地方——一个和平其实就是无知、无知其实就是和平的地方，惹起一些是是非非的麻烦有什么用?

到咽下最后一口气为止，林德尔都一直拒绝为发生的一切承担责任。这不是他的过错。他没法改变一丝一毫。不过，在他和人事部门推出白粉运动后不到几个月，不知是谁引入了病毒，这也是事实，还有整个一系列的事件可能受了白粉运动的启发，或者甚至是对白粉运动的响应，这个可能性肯定也闪过他的脑子。国会听证和媒体闹腾的高潮时期，消费者事务部门收到了许多投诉信，包括至少有一封手写的信，扬言要毁灭全世界的，但是林德尔凭经验知道，有数不清的怪人和失败者，会把他们讨厌的工作、糟糕的境况和无爱的生活归咎于这个那个的跨国大公司，还有那些除了打电话出气、写恐吓信之外没有其他更好的事去做的。这些人受到威胁时极少有勇气去抵御，原因很简单，他们早已被打败了。

但是有人决定用可口可乐作为传播病毒的网络。这一点是毫无疑问的。唯一要问的问题是，是谁？为什么？

公关部门有人深信不疑，这应当归咎于伊斯兰激进派，或是无政府环保狂热分子，或者甚至是百事公司，不过那主要是作为一个灰色小笑话说说的。

不过，在林德尔看来，不管病毒是谁研制出来的，他们很可能对可口可乐公司并没有什么真正的不满。他们不过是在寻找全球市场传播得最广泛的产品，一样能够以最高效率传播病毒的产品，而这就是可乐。

差不多十年之前，为了应对运输成本降低和水污染比例上升，公司决定把整个加工过程都集中在委内瑞拉北部沿海的一家工厂。在一个地方净化所有的软饮料，然后运到世界的角角落落，这要比在五十来个不同的地方生产，再在当地净化的费用要低。林德尔从未去过委内瑞拉的工厂，所以他不知道工厂的布局，但是他最合理的猜测是，不知是谁闯入了装有加工设备的厂房，把病毒直接添加进了糖浆罐里。在那儿，病毒被混合、灌装、充上碳酸气，然后包装好运往世界各地。毋庸置疑，也是自那儿起，病毒被吸收进了人体。

当然，这些大多是他的猜测。在执行总裁和带菌物质稽查队的首次会议上，他是作为唯一一个来自人事部门的代表出席的。带菌物质稽查队的警员能肯定的其中一点是：污染的方式表明，病毒和可口可乐有着密切的关系。他们会继续监控局势的。

余下的对话极短。林德尔一字不漏都记得。

“这事涉及了多少人？”执行总裁问，“几千？几十万？”

带菌物质稽查队的一名警员和另外一名对视了一眼，他们两人都皱了皱眉。

“怎么？几百万？”执行总裁说。

“我们不想随便估算，先生。”

“比这还多？”

“我说了，先生……。”

“那我们要做什么？你们是要公司发布一个召回通知？我想你们正在找一种药物——一种解药什么的。”

“这病毒是致命的。我们能告诉你的就是这些了。”他的声音换到了更低的声调，“我可以补充一句，病毒看来传播得极快，而且不单单局限于喝可乐的人群。”

过了一会，执行总裁才明白过来那警员的言下之意——做什么都已经太晚了。局势已经不在他们控制中了。他们只能眼睁睁地在一边看着，希望局势还有转机。

执行总裁叹了一口气。“我他妈的遭殃了。”他说。

“可能是那样，先生。”

然后带菌物质稽查队的警员离开了。他们剩下的人围坐在会议桌旁，目光呆滞，直到有人叫了一声“老天爷”才打破了沉默。执行总裁让他们都发誓保密。

才不过几天之后，当网上的新闻开始播报病毒开始由空气和水传播的时候林德尔正在写一份临时的新闻稿，否认任何关于可乐和病毒有关联的传言。又过了一两天，他正在替执行总裁准备一份有关危机的陈词，供他在中层领导会议上宣读，他听到瘟疫已经抵达美国的海岸。

那天晚上他驱车回家，几乎什么都看不见了。

第二天一早，他死了。

他现在在找的文件就在他原来放着的地方，办公桌最顶上一个抽屉的文件堆的后面。这是一份名单，上面有十个名字，是与带菌物质稽查队警员的会议上在场的十个人，因此他们知道可口可乐公司在病毒事件上的责任。还有一份陈述，承诺那些人不会把这一信息透露给任何人，包括许多目前也在碑区的其他可口可乐公司的雇员。签署了文件的十个人中有六个已经穿渡到这座城市——也就是说，可以推测这六个人认识这个叫劳拉·伯德的女人。不过，林德尔无论如何也想不起她是谁。还有四个还有待于出现在这座城市，但过去的时间已足以让在这座城市的六个人得出结论——他们很可能不会来了。

这是执行总裁的看法，林德尔同意这一看法。既然这份文件是整个事件唯一一份书面证据，销毁它是明智的。

虽然没有谁明确指使他这么去做，但他可以肯定——相当肯定——其他人不会介意他主动着手去做这件事。

于是，在只亮着一盏台灯的昏暗的办公室里，他把这张操蛋的纸塞进了碎纸机，看着纸条如一道松散的帘子落进了垃圾桶内的塑料袋。塑料袋底下留着太多的空气，使开口如同括约肌般收紧，纸条留在了表层，像是浮在鱼缸里的廉价金鱼食料的碎片。他只得狠狠地拍了一下袋子，挤出空气，让纸条落到袋底。忙乱中，有几条碎纸飘到了地上。他可以辨认得出是“林德”、“索夫”、“厄拉”。他正把它们捡起来，听到身后一阵脚步声。

“很难得，周六在这儿见到人。”

林德尔的后背传过一阵寒流，他坐直了身子。那是管楼人。

“是啊，有时候工作跟着你回家呢。”林德尔临时编了个借口。他的臂弯里抱着个垃圾桶，把它搂得紧紧的，像是不让一只大鸟的翅膀再扑腾了。“你知道，工作就是那样的。”他加了一句。

“我可不能说我知道。”管楼人说。

“嗯，是。”闭上嘴，滚蛋。“你大概不会知道。”

管楼人指了指垃圾桶。“你要我把它倒了吗？”

“噢，不，不。不用，我自己来，”林德尔说，“我会倒的。不过，谢谢你。非常感谢。”他想也不想地从管楼人装着清洁用具的推车旁擦身而过，走过长廊，在那儿等电梯去大厅。

两分钟后他发现自己站在了外面，手里捧着一只金属小垃圾桶。他该拿它怎么办？他不能把它就留在街上，谁要有好奇心加耐心，再有一瓶胶水就能把文件捞出来，拼接回去。同样原因，他也不敢把它扔进城里上百个垃圾箱的其中一个：谁知道会有什么样的人找到它？要是把它带回家，他得抱着它经过那个看门人。那人脖子上挂着银十字架，总是有无数的问题：你今天过得怎样啊？昨晚上那场雪，你能相信吗？你抱着的是什么呢，特林布尔先生？那个装着碎纸的垃圾桶？上面写着的是什么呢？是有关可口可乐的事吗？他要是回办公室，又有管楼人得应付。

也许不过是他疑神疑鬼，不过在他的经历中，从来不缺那些候着机会使别人遭殃的人。很早以前，他就下定决心，尽其所能——不计辛劳，不怕说谎——确保他是使别人遭殃的人，绝不是被别人搞糟的那个。

他站在人行道的中央。天气严寒，路面结着冰仍旧很滑。他眼看着一、二、三，三个不同的人为了绕过他，失足摔倒在人行道上。他像是在参加某种毫不费劲的狂欢节的游戏。咚！咚！咚！一个接着一个地倒了下去。

迟早会有人问他垃圾桶的事。于是，他小心翼翼地迈上了积雪的街沿，走了起来。没有出租车。这样的气候条件，开车是试都不用试的。地上的冰仍旧很硬，整个早上，太阳也没从云层后钻出来。真是个糟透了的日子。或许过一会儿，等人流量增多，气温也上升了，再有几个胆大的司机在路中央开辟一条泥泞的道路，出租车司机们会在下午出工，开始在城里巡游。但是此前，不管有没有带着垃圾桶，他都只能靠两只脚走路。

他记得小时候是怎样的，下过一两寸的雪后，撒盐的卡车总是会出来在街上铺上一层盐。他真希望那些卡车还在，那些硕大的卡车和硕大的司机。不过卡车和司机当然都不在了。它们只不过是留在了另一个世界里无数物件中的一样。他怪罪劳拉·伯德。她从未认识过一名撒盐车司机，所以城里就没有撒盐车司机了。她从未认识过一名软件工程师，所以就没有软件工程师。她认识不少服务业的小人物、街头流浪汉和脏兮兮闹哄哄的小孩。但是她从不认识林德尔的妻子，不认识他的女朋友，也不认识他死去的可怜的妈妈。没有家人，他只能将就着过。

可是，瞧瞧，他都跟些什么人混在一起了呢。所有这些人都跟些什么人混在一起了呢。例如，街对面，一个女人懒洋洋地瘫坐在一把开裂的车站长椅上，在玩一只红色橡皮球；另一个女人站在自家公寓的窗后，一边唱歌一边把手伸进一件学校安全护送员穿的橘黄色尼龙马甲中；在一家餐馆里，一个男人正用一把白色的塑料叉子吃一盘看起来像是生菜金枪鱼的色拉，纸巾塞在他的领子里，像个围嘴。真是一帮可怜虫呀。

在城市大清空之后，所有这些人当中只有他一个稍有点头脑，把每个人都召集到一处。

当世界在你身下消退而你想引起注意时，你会怎么做？你拿起一把枪，然后开火。

你以为会有别人够聪明想得出这个主意，但是没人。

有个人站在街角，分送报纸。林德尔想避开他，但那人却走了过来。

“近来的天气很不寻常，是吧？”

哦，不错，他想。关于天气的对话。“是啊，很不寻常。”

“我问一下你带着的垃圾桶里装了些什么？”

“没什么要紧的。没什么稀罕的。”

那人咧嘴一笑，手往空中一挥。“新闻提要：手捧垃圾桶踏雪过街，当事人拒绝解释。”

正在那时，一个女人走到了报人旁，两手捧着两个泡沫塑料杯。她在报人的脸颊上亲了一下。“他们有的都是脱了咖啡因的，所以我买了热巧克力。”她说。

林德尔借机逃开了。报人和他的女朋友没有想阻止他。他穿过公园街，小心地爬进了人行道旁堆着雪的空地，纪念碑周边有几棵疏疏落落的树。捧着垃圾桶保持平衡出奇得困难。通常，他感觉到自己脚下打滑时，他会张开手臂来平衡，但是手里捧着垃圾桶，他只能用手肘和肩膀，这一边那一边地扭过来扭过去。他看上去一定像是个十足的傻瓜。上了最高的台阶后，他离开步行道，走入了草地。他听得见脚下的雪发出令人满足的喀嚓喀嚓声。耸立在白色草地、黑色人行道上的纪念碑，看起来像是一枚刺穿了一幅大型地图的大头针——从某个方面看，正是如此，他想。

空地里还有几十个人。有一个试图骑着自行车穿过雪地的男人，两个野鸟观察者，还有一圈灵乩狂热分子——近来他注意到这些人越来越频繁地在城里出没了，六个受骗上当的笨蛋手挽手，企图把他们的意念发射给劳拉·伯德。他沿着外圈的长椅和户外餐桌走，避开了他们。他穿过了公园的对角，身后留下一串虚线似的脚印，还有一个凹陷的圆圈，是他理裤子时放下垃圾桶留下的印痕。

过去的几个星期里，他的脑子里一直进行着关于世界末日的长长的对话。它们是一些简单的讨论。如果他一不小心，就很快会变成恶声恶气的争论，接着又变成想象中不停变换的辩论，参与的人各式各样，有时候是法官和检察官，有时候不过是一些不具人形的声音，指控他对病毒造成的影响负有直接的责任。他们坚称他应当做些什么阻止病毒的蔓延，或者至少是警告大家病毒的来临。*你为什么不做？*他们追问他。你为什么什么都不做？但这不是他的错。不是。操他娘的。他不过是个普通人，碰巧卷入了可口可乐公司的一场公关把戏。公关就是引发——偶尔也转移——你对这个品牌的兴趣，然后把这兴趣引向最适当的途径。引发兴趣和转移兴趣：这就是他所做的一切。哪个有点脑子的人会为此指责他呢？

不错，他可以违反誓约，告诉媒体发生了什么，宣告病毒正通过他们公司的产品传播——我们非常抱歉，诸如此类的话——但那又有什么用呢？病毒早已扩散开来，不单单是最初的那些传播媒介了。无论有没有可口可乐，都没有办法阻挡它了。

他看不出他原本可以做些什么，可能会改变最终发生的一切。那就是他脑海里的责难者真正想得到的，对不对？他们希望改变——世界命运的改变——而且他们希望由他带来改变。

嗯，这要求太过分了。他们都该下地狱。

“你们都下地狱！”他大声说出了这句话。

他正要下一道没有栏杆的台阶。台阶在一条偏道上，天气变坏以后极少有人走，每级台阶都埋在雪下几乎无法辨认。他一手抱着垃圾桶，另一手稳住自己，一路踩一路滑地下了台阶。然后穿过一条两幢高楼间的小巷，往右拐入一条看得出曾是主要通道的路。他上了人行道，经过一家汽车零配件店、一家玩具店和一家房地产公司的办公室，再经过一个报刊亭，再经过一家全天然食品店和一家咖啡吧。大撤离后的那些日子，这些店都被遗弃了。他走得离碑区的中心越远，看到的人也越来越少，而雪似乎变得越来越深。

他意识到自己正朝河边走去。尽管他没有打算朝那边走，但那里也不失为一个处理垃圾桶的好地方。他可以让流水载着它出城，经过街道楼房，经过任何一个可能会发现它的人，直到最终沉入吞纳流水的某个湖泊或是海洋，或是一条大河。

小时候，在无所事事的下午，他常做的事之一是去离家步行可到的溪流小河。他会把沿岸找到的所有东西都扔进水里：塑料勺子、玩具娃娃、铅笔、小木棍、上蜡纸板的碎片——基本上任何会漂浮的东西。然后他会用石子和泥块投击那些东西，让它们翻转过来。他管这个游戏叫做“轰炸行动”。他记得那些沿着高速公路去河边的长路跋涉——他要穿过几条狭长的长满高而枯黄的杂草的地带。他记得水流在河中央总要比沿岸更湍急。他还记得那天在浅滩捉住一条小鱼，把它从手里倒进一只可乐瓶，旋紧了瓶盖，然后把瓶子翻滚着扔进河里水流最快的地方。小鱼不停地想游开去，在瓶子里乱窜，带着瓶子在河面上摇来摇去。林德尔心中涌起一阵巨大的恐惧和同情——可怜的鱼——于是他扔下背包，淌进了河里。为了够到那该死的玩意，他几乎都淹死了。但是，瓶子移动得太快，最终，他看不见它了。等他终于游到岸边时，咳出的绿色的水肯定有半加仑。接下来的三天，他一直试图把剩余的河水从耳朵里拍出来。

他曾经是个多么多愁善感的娘娘腔啊。

要是任由脑子漫游，你会想起来的事真令人惊叹不已。

这条河位于一个平缓的山坡脚下。他深一脚浅一脚地走过积雪，垃圾桶在他的臂弯里晃来晃去咣当咣当地响，塑料袋鼓起来又瘪下去，宛如对着微风一迎一送，又一迎一送。他看得到连接河两岸的吊桥，钢索上盖着雪，上白下黑两色。他离河只有一百尺的距离。显然离河岸最近的水流静止的区域已经冻结了。起初他以为整条大河都结冰了，不过，当他细听时，能够听到水流静静地打转泼溅的声音。他又仔细看了看，注意到有一股黑色的流水在冰层之间流淌。

他走到木条搭建的河埠的尽头，爬下了阶梯。冰够厚，能够承负他的体重，他一路走到河中央，冰既没有发出咯吱声也没有断裂。走到水流处，他停了下来。

四周没有一个人。风缓缓地吹着。

走了这么远的路，他想着接下去该有什么仪式，但他很快明白这算哪门子的提议——为处理一只又破又烂的垃圾桶举行仪式——他想，去他娘的。他把垃圾桶扔进了急流中，看着它翻转过来，吞咽着水，沉下去几英寸，但是还继续朝下流漂去。有几片碎纸从袋子里漂了出来，被他脚边的冰勾住了。他可以看得出“发誓”的“誓”，“有罪”的“罪”。他踢了踢冰，河水带走了纸条。垃圾桶继续浮游着。

他立即觉得如释重负。水坝在闸门终于全部打开时感受到的，炸弹在保险栓终于拔掉时感受到的，就是那一刻他的感觉。文件是最后——就他所知，也是唯一——一份切实的证据能把他和整个世界末日的事件联系起来。只要他和其他人不吭声，没有人会知道发生了什么。

这样，从某种意义上来说，什么都不曾发生过。

那就是这事的逻辑。

垃圾桶早已消失在下游。他再也看不见它了，一点点踪迹留痕都没有了。

来到河边完全是碰巧，而且在这儿也没有其他事了，于是他转过身沿阶梯爬上了河埠。

上坡时的雪和他下坡时一样厚，不过他发现两手空空走路容易得多。他忽然意识到，为什么费力把垃圾桶一路捧过来？他原可以把袋子从桶里取出来，把别的都丢掉的。那肯定可以让他省不少力。

嗯，这城里定是有不少笨人笨事。可能这是会传染的。

天上没有他可以追踪的太阳，不过他的确看到透过云层的亮光慢慢地在变暗。当他又看到纪念碑时，夜幕已经笼罩了整座城市。街灯亮了，让一切都显得亮堂起来：车站的长椅，消防龙头，还有数千棵树上的数百万枚的叶子，顶着小小的一坨白雪。

他差不多到了公寓楼的门前，听到脚步声悄然近了身旁。“啊，该不会又是这位钱多得满坑满谷的先生吧。你过得怎样，我的朋友？这么个冰天雪地的日子有没有让你少点儿小气？我说呀，借我几块钱怎么样？只要够买一顿热饭一杯便宜的咖啡。这儿的‘便宜’可是个关键词，对吧？是不是？哈，你知道我在说什么。”

林德尔低下头，假装没在听。

无一例外。他可以走过半个城市，做完所有他打算要做的事，磨平了鞋底，累坏了两条腿，清除了脑子里任何一点的负罪感，但当他终于回到家，正要从口袋里掏出钥匙时，他又会在那儿，那个戴着黑手套的人，伸着手要零钱。

一二
鸟群

备用帐篷不见了。劳拉仔仔细细地检查了备用物资，在雪橇后舱的工具堆里搜索了一遍，也没有备用帐篷。好几次，她的袖子不小心拂灭了烛焰，只得再点燃烛芯。影子在储物舱封闭的空间里来回跳动，映在舱壁上摇摆着。她没有在考察站把帐篷取出——这一点她很肯定。她也认定没有把帐篷卸下来，装进被她留在冰架上的驾驶舱内。不过话说回来，那时她那么累，什么都可能做过。但要是想起来帐篷可能在别的什么地方，那可真是糟透了。还在临时营房里？在某个冰隙里？

直到把门闩回去时，她想起了去考察站途经冰流时遭遇的那次事故，想起了那条用一块胶合板堵上的裂缝，还有为了寻找在碰撞中掉落的东西，她在纷飞的大雪中跌跌撞撞摸索的样子。电光火石间，她完全肯定就是在那儿弄丢了帐篷。她像是透过一只相机的镜头观察着自己，看着自己的双手在地上四下摸索着，只差了几英寸竟错过了帐篷。宛如就在眼前。

才几天前，当她翻越连接冰架和企鹅栖居地那一大块光溜溜的雪地时，她怎么也不会想到，一顶丢失的帐篷会在诸多的烦忧中更使她焦虑。之前脑子里有很多其他的问题：她的滑雪板怎么样了？她该怎么在悬崖底找到一条通往小山丘的路？她会不会在那儿找到无线电接收机？要是她真能找到的话，谁会在另一端等着回答她呢？

可是她爬上山脊后没多久，在听得到企鹅叫声的范围内的第一夜，帐篷的软性线圈熄灭了。她醒过来后发现帐篷壁上结满了冰霜，清晰的蓝灰色冰霜呈涡状地在烛光中亮晶晶地闪烁着。水汽在睡袋的脖颈处冻成了一圈厚厚的冰的镣铐，为了爬出来，她只得用肩狠狠地顶了几下才撞破它。衣服硬成了一坨团状物，像一朵盛开的花。她花了一个多小时才把衣服敲松了，试着把自己套进去。终于穿好了衣服，她徒手拆卸了帐篷，花了比预计多得多的时间。不把帐篷布撕开来，她没有其他办法够着软性线圈。更何况，不管怎样，没有替换的软性线圈，她也不知道该怎么修补。于是她把帐篷收了起来，这天余下的时间就拖着雪橇在冰崖的底部穿行于裂隙、崩塌的岩石和冰压脊间。一般情况下，睡过一夜，她能保留一点点的热量，但是这次却不行了。她感觉比以前冷得多。她从来不曾想过会发生这样的事。

第二个晚上更糟，再接下来的夜晚还要更糟。她只能依靠自己产生的一点体温，和气化煤油炉的火焰来保持一点温暖。不过她担心燃料最终用完后的情形，尽量一天使用不超过两个小时。冬天最冷的几个星期开始了，气温下降到零下七十度——霜冻度已经超过了一百度。她在睡袋里散发出来的水汽将睡袋变成了一只硬邦邦的冰匣子。她不能确定每天晚上花多长时间把睡袋一点点化开钻进去，但不会少于一个小时。她会把双脚塞进睡袋的口子，一点一点往下移，每隔几分钟就搓一搓腿舒缓一下肌肉的剧痛，直到在冰里钻出了一条通道，勉强能把身子塞进去。

最终她会入睡，由于疲劳而不是由于舒适。这是一种质量很差的不成形的睡眠，睡得不是浅而是支离破碎，持续时间不超过六个小时。一整个晚上，因为打哆嗦，还有似乎是沿着双腿、胃、双肩一点一点攫住她的痉挛，她会醒上无数遍。然后到了她决定称作早上的时间，又一天开始了。她爬出睡袋，用替换的衣服塞住口子，免得睡袋口又冻在一起了。

从冰架的边缘到企鹅栖居地花了四天的时间，比她预想的要多三天。冰崖的底部布满了凹陷和裂缝、谷仓大小的成堆成堆的岩石，还有从平坦的冰层上陡然耸起的无法登越的斜坡。每次她以为自己正接近那座山丘，就会走到冰堆间而无路可走，只得再回头。

很多时候，她一路走一路睡着了。直到被自己的双腿绊了或是撞到了悬崖的一边，或是一脚踩进了一条岩缝或冰隙才会醒过来。她没有让自己丢了性命，简直是个奇迹！

偶尔，风歇下去时，她能听到企鹅的叫声，一种响亮而尖利的刺耳的声音，像是一千扇门在一千只生锈的门闩上打开来。有时候鸟儿似乎就在几英尺之外，但冰块就会直耸在她面前，或是风声又开始呜咽起来，鸟叫声听不见了。

终于，在套着束具拉雪橇行进的第四天，跋涉了几小时后，当她拉着雪橇在一条峡谷里越走越深，感觉到峡谷渐渐闭合起来时（又是条死路，她想），她发现冰崖中有一处裂口。裂口被雪盖住了，但宽度和高度恰好让她拖着雪橇通过。

别有洞天！

她弯腰低头穿过了裂口，到了另一边。忽然间，她竟在企鹅栖居地了。太难以置信了。

她还没注意到企鹅，而企鹅已经注意到她了。企鹅开始咕咕地叫唤，用鳍肢拍打着身体的两侧。声音在崖壁间回响。看来有五六十只，也可能多达一百只。它们相互叫唤着，左摇右摆，像是肥圆的黑色节拍器。它们没有前来靠近她，也没有走开去。它们肯定已经习惯了人类的存在，她想。毕竟，许多组的科学家已经研究这些企鹅一个多世纪了。她正看着它们，其中一只忽溜地下了海——那是一条直抵小海湾的细长的弧线。它又跳了回来，嘴里咂巴着捉到的一小块食物，摇摇摆摆地回到了同伴中间，微风吹起了企鹅粪便浓重刺鼻的恶臭，寒冷也没怎么让臭味减轻一点儿。

人类最后一次看到自由自在游泳的鲸鱼是三十多年前的事了，大概在劳拉出生那年前后。与之前的大象、大猩猩和其他大型哺乳动物一样，鲸的灭绝已成了自然科学界的共识。有可能在海洋中零散的区域内仍有一些单独的种类存活着，还没被当作食物养殖，只是其可能性极小。劳拉当然还没在南极洲见到过，寻找鲸鱼是她的工作。南极洲仍有成群的海豹和庞大的贼鸥群居住着，不过它们显然不在这个小海湾。而企鹅群却越来越兴旺，以不再有鲸鱼来吃的磷虾为食。它们和劳拉以前一直听说的一样的大，有些企鹅重达一百多磅，她也不会觉得奇怪。

月亮的一角躲在一块裸露出来的黑色崖石后，但月光够亮，能看得出地形。她精疲力竭，行动迟缓，突然间成了个老妇，冻结在一具僵硬衰老的躯体内。她什么都不想，只想要躺下来闭上眼睛。不过，她知道如果真这么做，她会睡着的，而她不能允许自己这么做。还不到时候。

她手里拿着备用的天线出发了。海丘内的积雪少得异乎寻常，可能都被压成冰了，也可能是风向变了，把积雪都吹到海里去了。不管是哪种情况，她没花多少时间就找到了一座临时小屋的残片——一堆破裂的塑料和木头的碎片、扭曲的金属条，藏在岩石浅浅的凹陷处。

屋子像是被冰塔或是雪崩压坍了，山侧的一大块冰雪崩解下来，将它砸成了碎片。如果真是那样，撞击一定极其猛烈。她能看到锯齿状的冰在屋子的四周散开来，形成一个范围很大的冲击圈——一圈三十英尺的碎冰。碎冰着地时，定是发出了犹如炸弹爆炸的声响。她只能想象这会在企鹅群中引起怎样的骚动，眼前浮现出上百只企鹅慌乱跳入海里的景象。

忽然间，她感到无比疲累。眼睛合上了，她逼着它们睁开来。她在找什么？哦，对了，无线电接收机。

她小心翼翼地穿过屋子的残骸堆，在木块、塑料、金属的碎片中找着路走。找不到任何接收机的踪迹，只有一块砸扁了的铝板，可能是房子的一部分，也可能不是。无疑，屋子倒塌时，那玩意也被砸成了数千块碎片。这意味着她穿过冰架的旅行——冰裂，冻伤，一天又一天，一星期又一星期的拉着雪橇的跋涉——毫无意义。

毫无意义。没有用处。空空洞洞。

睡谷。

睡，睡，睡，睡。

她把备用天线扔到了碎片堆上，想了想又取了回来。她可以用它做什么？测量深度？刨挖积冰？她不知道，但她不愿把它扔掉。事实上，她不愿把任何东西扔掉。这辈子她一直在搜集身边无用的东西：小玩意、旧杂志、从垂死的树上折下来的树枝。偶尔，她会看看这些东西，拿起来，握在手里玩一玩，不过还是想不起来它们是怎么来的。这些东西就像幼年时期留存下来的一些恒定而简约的画面，有时候思绪游移时，这些画面会闪现在脑子里，却可能与产生这些画面的背景毫无关联。她走进一间灯光明亮的房间，头发拂弄着前额；父亲从柜子里抬出一只很重的坛子；一只鼻子上粘着红色蝴蝶结的小狗。这些小片断，这些记忆——她是在哪儿把它们搜集起来的？她在家乡的公寓几乎就是一座堆满无用物品的弃城：橡果、塑料钥匙，还有其他数万种毫无用处的东西。不过她不得不承认自己喜欢这些东西在那儿。到了一定时候，在你成人或了解自己之前，大概十四五岁时，你得决定自己要成为哪类人：是不管多么无关紧要，都紧紧抓住途经生命的每一样东西的那类人，还是让每一样东西都随波流逝的那类人？对那些愿意松开握紧的拳头的人，生命要容易一点，但她决定要成为另一类人，那类不愿放弃的人，她也一直尽力照这个决定去做。

没有迹象表明帕克特和乔伊斯一路来到了企鹅栖居地——没有抛弃的装备，没有雪橇的踪迹。她怀疑自己能否再见到他们。不过很久以前她就猜到这一点了。

她在一方坚硬的冰层上搭起了帐篷，卸下睡袋、便携式汽化煤油炉，还有其他煮食用的必需品。双手冻得太麻木了，没法将桩子打进地里。她在冰崖脚下找了四块大岩石，从帐篷里面压住了四个角。

她情不自禁地想到了十岁那年夏天玩过的秘密城堡的游戏。她是这么称呼它的——“秘密城堡”，其实只不过是河边上的一座独立的公共厕所，而且那一片土地被围了起来，卖给了房地产开发商。不过，有好几个月，直到厕所被拆除，以便腾出地方建一座办公综合楼，她和最要好的朋友敏妮·林斯几乎每个下午都去那儿谈论男孩，躲开父母，一起计划她们的人生。有时候她们假装是成年妇女——有工作和家庭的母亲，有时候又假装成间谍、篮球运动员或是海洋生物学家。劳拉还记得那一天她们钻过铁丝网破散的角落，发现城堡的墙砖、地砖和瓷器都被压成了小得令人惊奇的一堆。散乱的瓷片和碎砖堆在那儿看起来如此的脆弱可怜，像是从来都没能遮蔽过什么，连一排马桶、金属洗手池和干手器都没能，更不消说她们俩想象中的无比复杂的世界。那堆碎瓷残砖看起来就像现在这堆临时小屋的残骸。一定是这个原因让她想起了那堆碎片。

不过在城堡被拆毁前，她和敏妮六月、七月整整两个月几乎每天都去，只除了劳拉在夏令营的那个礼拜。通常她们会在敏妮家里会面，在杂货店后穿过树林，然后走过通往河边的一条灰色的长路，再小心翼翼地踮着脚走在沿水的岩石上。城堡隐藏在一排茂密的混交林后，从河边的行人通道上看不见，只要她们够小心，事先没有被看到，她们可以从铁丝网下钻进去，溜到建筑工地上而不被发现。她们不过是在河边玩耍的两个女孩。没有谁会阻拦她们。城堡的门没有锁上，斜顶上的天窗也一样，她们进入城堡从未碰到过任何麻烦。

“你更喜欢哪个：夏天还是冬天？”有一次她们两人单独在一起时，敏妮这么问她。这是她最喜欢的一类问题。“假设是个晴朗天。没在下雨也没在下雪，太阳出来了。”

“我不知道。冬天，我想。要是你冬天问我，我会说夏天。要是你夏天问我，我会说冬天。”

“我也选冬天，”敏妮说，“再一个问题。你更喜欢谁：你妈妈还是你爸爸？”

“这问题好难。我想这就像冬天和夏天。我喜欢当时不在场的那个，”劳拉纵身坐上了洗手池的边沿上，“有一点我可以告诉你，我喜欢你妈妈超过你爸爸。”

“我也是，”敏妮说，“我爸爸是个神经病。你知道他昨天做了什么？他故意倒翻了烟灰缸，就倒在地毯上，然后让我收拾干净。烟灰缸不是我弄翻的，所以我这么对他说：‘不是我干的。’但他说：‘我没有问是不是你干的。我对你说的是把它收拾干净了，小姐。’他总是做这档子事。有一次——”敏妮仰起了头，“嗨，你听到了吗？”

“听到什么？”

“听。”

劳拉集中了注意力听。她听到了——一阵空气被快速击打而发出的轻轻的嗡嗡声。她从洗手池上跳了下来。声音来自厕所中央的天窗上。她站在底下，仰头往上看，敏妮站在她旁边。窗内有只黄蜂，撞击着阻隔的玻璃。黄蜂的翅膀几乎是一团模糊的棕色，螫针浮在身体的下方，高贵庄严又纹丝不动的姿态像是船下的潜水钟。

“你永远无法从那儿出去。”劳拉说。她想自己是在对黄蜂说，虽然她不至于会认为黄蜂在听。她对敏妮这么说：“我们应当帮它。”

“决不。我可不碰那只黄蜂。”

“你不用碰它。你也不用靠近它。只需把门拉开，我来做其他的。”

敏妮看了一眼天窗，说：“如果你想要被螫的话，我不会阻拦你的。我搞不明白他们为什么要在这儿装那个玩意。又不是真有光线能透进来。”接着她走到门边，把门拉开，并躲在门后将门继续朝着墙角往后拉。她的声音从闭合的三角空间里传出来：“行。我准备好了。”

“胆小鬼！”劳拉说。

“随你怎么叫，”敏妮说，“至少我不会被黄蜂叮了。”

“我也不会，”劳拉说，“我是要帮助它。”她知道自己在做傻事，但她情不自禁。她只是替黄蜂觉得难过：它所想要的不过是一条出去的路，一条飞回阳光的路，但它只知道不断地碰撞玻璃。她只能诱导它离开天窗。这是第一步。问题是天窗太高，她够不着。她想用T恤衫朝上挥，又怕自己脱下衣服后，胸部腹部上的雪白肌肤会让黄蜂挡不住诱惑，成了它的目标。她从洗手池下的卷筒里取出一张纸巾，团成一个球，尽量轻柔地投向黄蜂。它的翅膀抖动着发出嗡嗡声，螫针愤怒地弯到了腰下。她对准了天窗玻璃的中心，又扔了一次，再扔了一次。

又试了几次后，她成功地把黄蜂赶出了天窗。它飞过半个厕所，停在了天花板上。飞下来几英寸，又停回了同一个地方。她试着和它讲理："听着，我在帮你。相信我，我会让你出去的。"

敏妮在门后说："它又听不懂你说的，你知道的。"

"是，呃，大多数人说猫也听不懂你，但你还是和你的猫说话。"

"猫很聪明。黄蜂是傻子。"

"不是所有的猫都聪明。也许不是所有的黄蜂都是傻子。"

不过这只黄蜂看起来是个傻子。劳拉不断地试着引导它飞向敞开的门。偶尔，它会俯冲着朝她飞来，她只得双手捂着脸躲开去。"别叮我，别叮我，别叮我！"黄蜂快要碰到她时，总是绕个圈又飞回到天花板上。

空气里带着股淡淡的氨水气味，臭气在地面中央的排水口上变得浓烈得多。这一定是那种对黄蜂来说像是毒气的味道，至少对这只黄蜂来说是的。它小心翼翼地避开排水口。于是黄蜂一向她冲过来，劳拉就退到排水口上，它也会转向。

终于，在扔了不少纸巾后，黄蜂像是碰巧发现了厕所的门口。一转眼，它不见了。

黄蜂消失在树枝间，嗡嗡声也随之被微风带走了。

劳拉蹲坐在墙边，脸上全是汗水。"现在你可以出来了。"她说。

那扇门让敏妮的嗓音听起来异常的轻："你是对它还是对我说话？"

“对你说呀。”

敏妮关上门。她走到劳拉身边，靠在她身上，把手臂搭在她的肩上。“简直像要永远持续下去。”她说。

所有这些年过去后，劳拉仍旧记得她的回答：“不是永远，但是够久。”

这句话作为墓志铭很妙，她现在想。

她离城堡有十万八千里，她离每个人每一处待过的地方有十万八千里。帐篷冷得无以形容。她一边哆嗦着，一边有极小的冰滴眼泪似的落在她的胸部和腹部上。在冰滴接触到她的体温而融化前，她得把它们掸掉。她一动，就能听到什么东西发出咔啦啦嘎吱吱的响声——可能是睡袋，也可能是自己的身体。她太累了，分辨不清了。

她知道自己睡着过了，至少是断断续续地睡着过了，因为她记得做过梦。一个人睡着了才会做梦，对吧？但是她太累了太冷了，那层分隔醒时和入梦的薄膜变得千疮百孔，两边开始相互渗入。她发现越来越难以区别是醒还是梦了。

比如说，她梦见了自己在可口可乐公司综合楼的办公室里，看着一缕阳光斜斜地照在地面上。这意味着一定是春天某个日子的下午三四点钟。那为什么这么冷？她不明白。她又在睡袋里做什么？她不应该在上班时睡着，这种事会让她被解雇的。可能是病了，她想。她可能被送到高中的医务室去了。在那儿，身下的床垫嘎吱嘎吱地响，慢慢地灌满了冰。这么多的冰，床单冻结成层层叠叠的皱褶。她想着自己感冒躺在床上，妈妈在喂她吃葡萄干，一颗一颗扔进一根长吸管。吸管扭曲倾斜着像一条蛇似的爬进她的嘴。“打开通道，”妈妈说，“火车来啦。咔嚓、咔嚓、咔嚓、咔嚓，呜——呜呜——！”可是葡萄干像是活的，根本不是真的葡萄干。劳拉不确定它们是什么。不过显然它们不想掉下来。它们伸出许多黑色钳子似的腿，减缓下落的速度。谢天谢地，有束具和拉绳，她想。冰隙的壁是多么的滑，多么的陡。谁知道裂隙有多深？帐篷像是一只热气球，几乎不能拴在地上。她知道自己要想再好起来，就得吃东西。她得锻炼身体，好好照料身体。那是妈妈告诉她的话。燕麦麸。绿色蔬菜。自行车。她梦见在健身馆的跑步机上锻炼，然后感觉到鞋底上有圆鼓鼓硬邦邦的东西钻来钻去。她脱下鞋子，倒过来，脚趾像卵石一般纷纷落下。她醒了过来，并不奇怪。

已经很长时间她的四肢丧失感觉了，连牙齿的神经也被严寒杀死了。要不是牙床上能感觉到尖细的刺痛——那种因四周紧压而产生的针扎似的疼痛，她都不会知道自己把牙关咬得紧紧的。她从临时小屋的废墟走回来不久，终于下定决心检查一下冻伤。她发现左脚的脚趾不过是一些丑陋的黑灰色的硬块，毫无恢复的希望。右脚的第四、第五个脚趾也是如此。手指的指尖已经不像样了。真是可怕的模样！还有右脸和整个左耳也不像样了。不过她能用一种血液动力药膏和绑带处理一下这些冻伤。过些时候会好起来的，她心存渺小的希望。

但是，她该怎么徒步返回考察站？没法想象。没有帮助，她怎么也不可能穿越冰架。但哪儿来的帮助？无线电接收机坏了，雪橇坏了，整个世界都被清空了。

而且，她也没有留意准备好回程的路线。

这一路她能一直到达小海湾，首先差不多是个奇迹了。她没把握自己还能穿过企鹅栖居地四周的迷宫似的裂隙和冰压脊，找到回冰架的路。回到罗斯岛的另一端，那更没把握了。真要命，在夜间她几乎都不能找到走出帐篷的路。有时候发着高烧，她会爬出睡袋，摸索着找出口，像是一辈子从来没用过手。

她是谁？她琢磨着。她无足轻重。她死后，没有人会记着她。很简单的事实是：她的力气——或者说是肌肉、运气和毅力的任一组合，曾经驱使她从临时营房来到考察站，从考察站进入冰天雪地，而后穿过海湾——都没了。耗尽了，粉碎了。

粉碎。芬兰。丹麦。瑞典。瑞典肉丸。

她“哼”地小小笑了一下，但结果令胃部抽痛。

她听得到帝企鹅正在挡风壁下呜呜地鸣叫着。她最后一次出去把帐篷松开的一角压紧时，它们正背对着风挤在一起。大多数的企鹅脚蹼上捧着蛋，抵在腹部下侧一圈柔软无毛的部位底下，给蛋保暖免遭寒冷。没有蛋的企鹅在那个部位捧着蛋大小的冰块。它们把这些没有生命的小世界，当真似的热切地保护着。她以前读到过对这种行为的解释，企鹅太急于孵化小企鹅了，会抓住任何和蛋哪怕有一点点相似的东西，石块、冰块、雪块，都没关系。有时，一只在孵化真蛋的企鹅为了潜水捕食，会松开蛋，其他的企鹅会扔掉石头、冰块，争抢这只蛋，直到其中一个成功地把蛋纳入了自己的腹部底下。企鹅总是喜欢真蛋超过假蛋，这说明它们只是拿假蛋当作安慰物，就像死了孩子的妈妈会抓着孩子睡过的枕头和随时陪伴着孩子的公仔玩具，贴在脸上、胸上，为了唤起他们在世时的感觉。

不过，有一次一位行为科学家把一个磨光的塑料水壶放在企鹅旁边，一个灌满了速溶咖啡的橙色荧光的球体。企鹅都放弃了自己的蛋——所有企鹅都立即放弃了——转而争抢那个球体。它们一定是认为那是它们见过最美丽的蛋，科学家在日志里这么推测。企鹅认为那是它们一直在等待的蛋。未来之蛋。

企鹅沙哑的悲鸣声突然止住，又响到极点，然后慢慢地停了下来。劳拉躺在帐篷里哆嗦着，一边听着企鹅拍打着翅膀。她很饿，或至少她知道自己应该是饿了，但没法打起精神钻出睡袋。冰在开口处结成了厚厚的一圈，奋力挤出去会是一场痛苦的挣扎。

如果自己不冻死，几乎可以肯定会饿死，她很明白。

劳拉·伯德，墓碑上这么刻着，下面是出生日期和死亡日期。劳拉·伯德。不是永远，但是够久。

丝丝缕缕的霜雪被漏进来的风吹成了直线，横穿帐篷的地面。大多数的霜雪是她打开帐篷时吹入的，但有一些只是她的呼吸积聚起来的。呼出的气一碰到空气就冻成白色的粉末，如一支长长的羽毛飘落在地上。

白色粉末。劳拉来南极之前的一个月左右，可口可乐公司发起了一场他们称作“白色粉末”的活动。这场活动紧随着最近一次的病毒大恐慌。在那场大恐慌中，全国几千个人——大多数住在灰蒙蒙的高速公路沿线散落的小房子里——在家门口发现了包裹，里面装着灰白几近无色的天花、炭疽和猩红热病毒的粉末。仅仅一个星期后，包裹的投递就停了，和开始一样的突然，没有人被收监也没有人被拘押。不过很快，几百万的人开始收到邮递来的硬邦邦的纸板信封。一打开来，信封里的白色粒状粉末就洒在了手上。警署、医院、应急预警中心收到了无数的电话。数千个城市和郡县的政府启动了恐怖袭击警示信号。很快粉末被查明是一种毫无毒害的洗衣粉，内里嵌着一张打折券，上面写着："可乐豪送，助你清理。两升瓶装，买一送一。"

公司为这次轻率鲁莽的大规模派送活动受到了参众两院和几百家报纸评论版的严厉批评。他们发表了申明，为这次活动导致的混乱表示道歉;他们又向公众表示完全没有预料到会有这样的后果。但是，在这次事件之后的几个星期里，两升瓶装的可乐的销量翻了三番，其他可口可乐的产品翻了倍。

他们把这叫做，迂回宣传。

劳拉肯定又睡着了，因为当她睁开眼睛时，她意识到自己根本没在听有关白色粉末活动的讨论。她不是在紧邻着办公室的会议室，也不是在可口可乐综合楼里的任何地方。她仍旧躺在帐篷里。她睡着时，眼睛四周薄薄的冰衣已经化掉了，光线要比几个月里任何时候都亮堂。她能极其清晰地看到一切。便携式汽化煤油炉上的银色灶头上面结了一层淡淡的棕色糖浆。帐篷壁上是扇状的霜。横跨在帐篷顶上的双排黑色缝针线像是一列蚂蚁的队伍。角落里有一块吃了一半的干肉饼，上面留着她的牙印，旁边是一袋还未打开的麦片。睡袋的拉链上形成了一块爆米花似的冰。

她惊奇极了，不仅仅是她能看到多少，还有她能听到多少。她从不曾发现光线能够增进视力并改善听力。不过，不可否认，的确是这样。比如说，她能听见一只企鹅正轻轻咬着羽毛的声音，帐篷布在风中一鼓一鼓的声音，一大群的磷虾正从冰层底下游过的声音。

连她的心跳声都清晰分明，强健而有节奏，像是在深水下屏住了气。她听得越仔细，心跳似乎也变得越响，直到她感觉全身上下都是心跳的节律。

心跳无处不在——在脚趾上，在肚腹里，甚至在耳垂上。奇妙极了。

她闭上眼睛聆听着。一件不同寻常的事正在她的身上发生。她的心脏周围被拉伸开来，紧致坚实，犹如鼓面，犹如一张封闭完好的隔膜，正跳动着，跳动着，跳动着。温热的血液像一波一波的浪涛在体内奔涌着，她已无法承载，但不知怎么竟又能容纳下来。她没法理解自己怎么会变得如此庞大，和一片森林一般的大，和一座城市一般的大。她的心如一片湖泊一般宽广，她正在其中游弋。其他她什么都听不见。声音淹没了她，直到她抖动了一下，然后声音灌满了帐篷，弥漫于天地宇宙。

一三
心跳

敏妮又一次失眠了。有多少个夜晚她躺在卢卡的身边，手臂一侧微微碰到他的后背，等候着黑暗把她卷挟而去？不是每个夜晚，但时常如此。她试过各种各样别人建议的法子——褪黑素、红酒、健身、甘菊茶——但是看来哪一种都不管用。这些治失眠的方子令她的身体而不是头脑昏昏欲睡。而脑子，说白了，是问题所在。她的头脑是只轮盘赌的大转轮，飞速地转着圈，不停不歇。而她就站在一边，看着自己的意识像只晶亮的银球，蹦到这一边又蹦到那一边。

毕竟，失眠就是那样的——过多的意识，过多的生命。自打敏妮记事以来，她一直把生命当作是凭意志行事的东西，持的是“下定决心，万事皆成”的理念，但她没法凭*意志*入睡。入睡的唯一办法是不在意是不是入睡了：你得*放弃*意志。大多数人似乎认为先睡着，然后开始做梦，但敏妮的感受是，整个过程恰恰相反——开始做梦，而后做梦让人入睡。不过，她不能开始做梦，因为她止不住地想她还没入睡这一事实。而且，任何让她想到这一事实的事，让她更可能不断地想它，然后神经紧张得仿佛有无数小小的雪花莲在她体内绽放，这样她就不会开始做梦，也就不能入睡。

乱得很。

她静听着卢卡在他的睡梦中以缓慢的节律呼吸着。这声音她听到过不知多少遍了，她可以在警察为了指认而安排的一队人中，辨认出卢卡睡梦中的呼吸来。*仔细地听，夫人。慢慢来。这是不是你找的那个人的声音？*“是的，就是他，长官。他说他爱我，不过我不知道为什么。”

这就是上次她逼着问个缘由时，卢卡自己说的：“我爱你，不过我不知道为什么。就是爱你。难道这样不够吗？”

应该是够了，但是这个问题仍没完没了地刺着她。

一、二、三——睡着，敏妮告诉自己，不过当然这样不顶用。

她躺在床上时，烦躁不安，脑子不断地翻腾——这有点像这座城市，不是吗？城里所有的人正受着过多的意识、过多的生命的折磨。这是她的诊断。在生与死之间的那条地带，在灯光熄灭睡梦降临前的那段浮游时光，他们度着日子。

一城等候着做梦的人们。

一城失眠的人们。

敏妮的双脚慢慢地重叠着转着圈，这是她自父母离婚时养成的动作，表明内心紧张。那时她十五岁，刚刚开始上高中。摩擦让她的脚暖和起来，她的脚总是有点冷冷的。她觉得重复的摆动让她觉得放松舒适。妈妈以前路过她的卧室，看到她在毛毯底下摇来摇去，会关上门批评她："如果你不能尊重住在这屋里的其他人，至少该对自己的身体尊重一点，亲爱的。"这番话总是让敏妮大笑。她深爱母亲，仍旧一礼拜看望她一两次。很多次，她甚至也看到父亲在某家餐厅吃饭或是走在人群的另一端，或是在一家酒吧的后间，看到他正玩着一沓扑克牌，搁在玻璃杯的杯沿上不让它们掉下来。父亲看到她总是同样的脸色，惊奇中混合着恐惧，敏妮还来不及和他说上些什么，父亲已经逃走了。离婚后不久，他举起一把枪对准了胸口，自杀了。他一定是想着他从熟知的一切人事中逃离了。自然他不会想到会再看到女儿。

敏妮不怪他逃走。

她明白，和城里的其他人相比，自己的境况要好得多。拿卢卡举个例吧。他去世以来，或者至少是在她遇见他之后，还从来没见过他的父母——唯有他认识的两三个邻居，还有在那个他和劳拉共度的短短的夏天里教过的几个学生。

敏妮听到他在梦中咕哝了些什么，她翻过身转到另一边。耳朵搁在手掌上，手掌夹在头和枕头间。有阵子她以为听到有人在敲门。然后她意识到不过是自己心脏跳动的声音。接着她又意识到这不可能是她的心脏跳动的声音。

她从来不属于在城里来来往往，耳朵里响着一颗无形心脏的跳动声的那帮人。她向来认为这些人正经受着某种集体幻觉。他们将心思集中于某种期许或是记得的事(换作卢卡，他会一语双关地说：铭记在心的事)。然后，芝麻开门，他们以为这事真就在那儿了。

但是她听到的跳动声是确定无疑的。怦咚。怦咚。怦咚。

她躺在床上，必定有好几个小时一直听着这声音。当她终于再一次睁开眼睛时，窗外已经一片光亮，这必定是早晨了。

心跳声没有消失。好几天过去了，敏妮还是忍不住地倾听这声音。

原来她不是唯一一个。城里没有谁没有注意到这声音。它像是一阵轻柔的灰烬雨，漫天都是——如此的绵密，连风最细微的动静都显了出来，然而又是如此的轻盈，落在皮肤上都感觉不到。每到一处，敏妮都看到人们条件反射似的将手搁在胸口上，不管是独自等在影院的大厅还是在拥挤的餐馆里和别人说话。她知道他们是在感受那久远的熟悉的律动。

有一天卢卡在《西姆斯小报》上报导了这一现象。他给文章加了一个标题：心脏跳动，竖耳倾听。这是一篇街头随机采访的报导。他向六七个人就这个现象问了两个问题：心跳意味着什么？还有，心跳来自何处？一如往常，没有一致的意见。有个自称叫马丁·坎贝尔的人说那种心跳的节律他觉得耳熟，但是想不起来在哪儿听到过。他只是确认这声音令他昏昏欲睡。一个叫琳达·特雷尔的女人说："你难道不知道？地铁线底下埋葬着一颗巨大无比的心脏。脱掉鞋子，可以感觉到它在你的脚趾中跳动。"有个男人声称这心跳就是他自己的心跳，不过他不愿解释他是怎么知道的。

"不管答案是什么，"文章总结道，"本报记者无法相信这声音的忽而高扬或是反复出现是无关紧要的——不过，这重要性何在，留待读者你来判断。"

有一件事是很肯定的，那就是城里的每个人都对此话题很有兴趣。那天早上，自从敏妮遇到卢卡以来还是头一次，他们派送完了每一份报纸，而且在他们离开时，发现很少几份报纸被团起来扔进了垃圾桶。

后来，他们回家前决定在布里斯托餐馆共进迟来的早餐。餐馆挤得满满的，敏妮让卢卡站在大厅，自己去上洗手间。等她回来时，他正和一个女人在谈论路况。

“要我说，自从落冰下雪以来，我每天至少看到一次交通事故，”那女人告诉他，“天哪，就在到这儿来的路上，我看着有人撞进了邮筒的一侧。那撞击塌陷的声音！你有没有遭遇过车祸？”

他当然遇到过。他们相遇的那天晚上——那时他们深信他们是城里仅剩的几个人，他们俩和那个盲人——他告诉敏妮自己死于高速公路交通事故的经过。他说方向盘失去了控制，他感觉到自己从身体里震脱了出来。她一直记得在他描述这种感觉时，一阵刺痛感传遍了她的肌肤。但是，他这么回答那女人：“从来没有。我想我比较幸运吧。”

“你瞧，我是一次事故连着一次事故，”那女人说，“有一次，油门坏了，我只能反着方向行车。我没法告诉你我收到过几张交通事故的传单，真是这样。还有一次我开车追尾了，只是因为想看看让一只蚱蜢从挡风玻璃上吹落下来，车子要开得多快。你晓得有时候脑子里会有这类问题？唔，交警挺同情我的，不过他说还是得给我一张罚单。”

“这些事，真让人同情呢。”卢卡说。

有一张桌子空了出来，他们离开了等在门边的那个女人。餐馆老板布里斯托让他们坐下后，在水杯里倒上水。点好菜后，敏妮问卢卡：“你为什么不告诉她那次事故？”

他搅了搅杯里的冰块。“她完全是个陌生人，而且我猜很可能是个疯子。我死了，你记得？那次交通事故是发生在我身上的最重要的三件事之一——可能仅次于我的出生，居第二位。我可不会和谁都说这件事。”

“但是我们碰到的那一天你就告诉了我。那时我也完全是个陌生人。”

“你完全是个陌生人，”他同意，“而且你也很可能是个疯子。不过你从来不是路人甲乙。”

这类话是他常常说的，几个句子缠成一只紧而小的结，就像高尔夫球中央的一卷橡胶圈。一旦她想把它拆分开来，就会迸裂、歧义横生、相互矛盾。他是什么意思呢？他心里是不是想着严肃的事了？或者他只是为了隐晦而隐晦，为了要聪明而要聪明吧？这些问题敏妮是从来都辨别不清的。他自己似乎把这类谈话当作是一种表达爱意的游戏。有时敏妮会试着也一起玩，但是她玩得不好，他们俩都明白。她觉得自己笨嘴拙舌，头脑迟钝。通常，她不会跟他玩这一游戏，而是想出另外一个话题，把谈话引向缓慢一点、稳定一点的调子，她肯定自己跟得上的调子。一次漫步而非一场快舞，她是这么想的。她没完没了地问卢卡为什么爱她，这也是许许多多原因中的其中一个。

“或者这么说吧，”他修正了说法，“那时你是个陌生人，但你从未完全是个陌生人。”他大笑起来。

“我有没有和你提起过昨天我看到了那个盲人？”

她想要的效果出现了：卢卡的笑容消退了，眼睛里显出单纯的好奇。“没有，你没提起过。他在哪儿？”

“他正在和一个卖票的争吵。我停下来，问他怎么了。他说他厌倦了记着他想忘记的，忘了他想记着的。这是他的原话：‘记着他想忘记的，忘了他想记着的。’我想我大概在‘忘了他想记着的’那一端上。当我告诉他我是谁时，他说他很高兴遇见我。”

“啊，上次他也没记得我。这样的话——多少？——我六次，你八次？”

“我九次，谢谢。”

“是九次。”

他们一路找着来到碑区后没多久，那个盲人就消失了，恢复了独居生活。从那时起，他们只是在路上偶然见到过他。他们俩打了个赌，谁先看到盲人满十次，就能让另一个做一桩事，不拘形式，不定时间。不过那个盲人有点像隐士，或者说至少是他走的街路和他们平常在走的不同。这次看到他到下次再看到他，中间有时隔了好几个星期。盲人不记得她，敏妮不觉得奇怪。她想到和卢卡在一起的头几天，在他们听到枪声之前，她很乐意想象那盲人根本不曾出现。卢卡与她，就是亚当和夏娃，星期五和鲁滨逊·克鲁索，大师和玛格丽特，没有哪个故事还能容得下别的人。

敏妮看到在餐馆的另一边，劳拉的父母伯德先生和太太正在吃早餐，看起来像是炒鸡蛋和烤面包。伯德太太用的是左手，伯德先生用的是右手。他们各自的另一只手躲在桌子里侧的盐和胡椒瓶后，可以十指交缠着而不被人注视。他们看起来像是初次约会的一对羞答答的小情人。但同时，又像是一对老夫妻，他们双手相握的时间太久了，握和不握已经难以分清了。多么的甜蜜呀。

敏妮到了城里后，不时地看到他们俩。她偶尔甚至向他们招招手，但是他们一次都没认出过她。这可以理解。毕竟，在她和劳拉成为好朋友的那段时期之后的好多年里，她的变化自然要比他们大得多。

敏妮仔细地想了想，意识到自己在整个成人阶段，想到劳拉的次数不会超过十五次或是二十次。她向来不是沉溺于回忆往日的那类人。至少，在病毒爆发、听到了所有的新闻播报又亲眼目睹了尸体暴露在起伏的绿草丛中这些事发生之前，自己不是沉溺于回忆往日的那类人。不过随后她死了，她知道了劳拉和卢卡的短暂情史，忽然，她无时无刻不想着劳拉。她能想起的不多，只不过是一些零散的场景，她们俩在玩过家家，假装在走钢丝，还有那件关于一只蝴蝶和一座城堡的事。

她爱恋着的男人和她从哪个时候起最好的朋友？——三年级？

一切都太奇怪了。

他们吃完后，付过账单，把桌子让给了一个穿着远足靴的西装男人。雪又下了起来。敏妮把手插进口袋，他们出了门，走入寒冷之中。

他们过街时，卢卡伸出手臂圈在她的腰上，把她揽过来紧靠着自己，手搁在她外套的下摆底下。“你没事吧？”他问。

“嗯。”

“在那儿时，有一阵子你显得有点安静。”

“我知道。我只是在想事。”

“有关什么？”

“关于你。关于劳拉。”

卢卡把指尖搭在她的裙子的后臀上。他以这种方式说，你不应该太过虑。不过，他真正说出口的是“男人爱女人，女人爱折腾”。

“我不喜欢折腾。”敏妮不以为然地说。

“那这样吧，‘男人爱女人，女人爱折磨。’”

“我也不喜欢折磨。”

“男人爱女人，女人爱咖啡。”

她顽皮地拿肩顶了顶他。“我猜，这点我无可辩驳。”

有些地方的积雪已经堆得非常高了，快要超过了停在路边的汽车的车顶，一连串一模一样的形状怪异的块状物沿着街路的一侧延伸下去，就像谁背上的椎节。人行道上有冰，很滑。可能只不过是每条主干道沿路堆积起来的雪，但有时候敏妮觉得就像是穿行在一座隧道纵横的城市，不过是又一座鼹鼠人①居住的城市。那种感觉在像今天这样的日子里尤为强烈。天色灰暗阴沉，太阳没有从云层后探出头来。

自从她和卢卡决定把他的印报设备从老办公室搬到新办公

① 指城市里住在地铁、隧道等处的无家可归的人。

室，并住在一起之后，没多久他们有了小小一圈固定路线的商店、楼房和饭店。已经有很长时间了，他们俩谁也没去过离公寓十来个街区之外的地方，但也和别人一样听到同一种说法：雪已经把碑区从城市的其他地区隔离开来。卢卡甚至在《西姆斯小报》的特别双刊中报导过此事。碑区的一面是河，其他三面是公园的一段和两条六车道马路。在那些边界之外，积雪已经高得几乎堵塞了通路。你能看到的只是几个广告牌的边角，几幢高楼最顶上的几层。整个城市像是慢慢地吞噬着自己。

总是扛着印有宗教语录牌的那个男人经过敏妮和卢卡的身边，标牌上印着的是：因为心里所充满的，口里就说出来。他停下来，问他们有没有听到那声音。

敏妮以为他在说心跳声。“我听到了那声音。”她说。

“是的，”那人说，“我们都听到了那声音，因为这是天主圣心的跳动声。”

“是吗？”

“他即将到来。他将为我手持我的《圣经》。”

“我为你高兴。”敏妮说。

她伸出手去拍拍他的手臂，他躲闪了一下，于是她把手又放回了口袋。“你好好注意保暖。”她对他说，然后她和卢卡在那人身边溜开，穿过岔路口，终于走进了他们家公寓楼的门。

下午余下的时间，卢卡赶着做第二天的报纸，敏妮在客厅里就着台灯看小说。长夜漫漫，而白天却过得快极了。她还没回过神来，小说看完了，卢卡也已经从街上的韩国饭馆买了晚饭回来，他们俩站在厨房的台面边从纸盒里吃着面条和泡菜。卢卡是个报人，有报人的饮食习惯。而她，清洗习惯，有；阅读习惯，肯定有；饮食习惯，无。当他们搬到一起住时，因为她从来没有形成过自己固定的饮食习惯，便高高兴兴地随了卢卡的习惯。

“你更喜欢哪个：有关过去的念头还是有关未来的念头？”过了几分钟她说，他正一边把剩菜收起来放进冰箱。

“别又来这个游戏了。”

“有关过去的念头还是有关未来的念头？”她紧追不放。

“你听起来像是个测试镜片的验光师。这一个——还是那一个。这一个——还是那一个。”

“你不会回答我的，是不是？”

“唔，我的看法是，这个比较不太合理。但我想我会说是未来。我真正的答案是现在。”

“我也是。未来。你更喜欢哪个：这个世界还是那个世界？”

“一个不折不扣的生死取舍，啊？”他开玩笑说。

“这个世界还是那个世界？”

“这个世界，”他说，“一向都是这个世界。”

他关上冰箱门，朝她眨了眨眼睛，退开了两大步。

很快就夜深了，她躺在床上，这一次立即睡着了，尽管第二天晚上她连着几小时醒着躺在床上，想着他们俩要是能有个孩子会是怎么样的（还有这个问题：要是她能给他们的孩子五种德行——健康、仁慈、聪慧、魅力和美貌——每一种一定的量，她会怎么分配的，比例是多少？）再接下去的一个夜晚，她想着自己死去的那个旅馆，停车场边上的隔离区，还有旅馆大厅里的自动售货机发出的暖光。

她不确定心脏什么时候停止跳动的。

可能是几个夜晚之后，敏妮凌晨两点起来，在公寓半暗的蓝色灯光中走动着，听到了滴答滴答的声音，原来是窗外的冰柱融化了。可能是在第二天一早，连着几个星期第一次出了太阳，照得明晃晃的，鸟儿也从不知哪儿躲避风雪的地方出来了。可能是接下来的一天，或是又过了一天，甚至也可能是前一天。她唯一确定的是，有一瞬间，敏妮意识到自己再也听不到这么长时间以来在清醒时刻一直伴随着她的心跳声，她觉得像是什么东西死去了。

这事是这样发生的：她和卢卡在派送报纸时，交通有短暂的停顿，突然周遭安静得能让她注意到空气中的停滞。她马上意识到有什么不对劲了，有什么不见了。她的腹部似乎有一只拳头在捏紧。“听。”她对卢卡说。

卢卡静默了一会，然后低声问：“要我听什么啊？”

“它不在那儿了。”

“什么不在那儿了？”

敏妮给他一个提示：“怦咚，怦咚。怦咚，怦咚。怦咚，怦咚。”

卢卡的脸部表情明显地变了三变——最初是困惑，然后是若有所悟，最后，各种头绪都理顺归位了，恍然大悟。“啊，你说的对，”他说，“不见了。”

“我知道它不见了。我一直都知道。”

“你‘一直都知道’？那是什么意思？”

要她说从他们谈话开始她就知道，那真是再容易不过了——这是她所要表达的全部意思——但事实是她有更深一层的想法，敏妮还不能完全明确，也不想为此撒谎。“我不知道。真的。我都没想到我会这么说。”

“可以理解，”他说，“事实是，我听懂了。”

她先是笑了一下，然后突然发现自己正强忍着泪水。为了不让卢卡看到，她扭过头去。她的泪是因为她的感悟，没有什么是永恒的，没有什么是不变的。心脏停止了跳动。人们把枪抵上了自己的胸膛。没有什么人什么事她能了解得足够深，足以让这些人这些事驻留。这是她生命最后几年中老在脑中转悠的念头之一：她剩下来的时间不够让她真正地去了解一个人。大多数人会说，这太荒谬了。她理解这一点。她毕竟才不过三十来岁。她明白这一点。但是，无论什么时候她新认识一个人，那人的故事她还不曾熟稔于心，迟早这人会谈起昔日时光，她就会有那种悲哀而反胃的感觉，他已经经历过太多了，她要赶上去已经远远来不及了。一个人到目前为止的所有生命历程早已成了回忆，她怎么还能够指望去了解那人呢？同样道理，谁又能指望了解她？她的看法是，她企盼着能够了解或是被了解的只有那些从小时候开始就是她的生活的一部分的人，而她几乎都不再和他们说话了。只有她妈妈和一两个高中时候的朋友，就这些了。她遇见的其他人，唉——身后有太多的阴影，而前方的光亮又太少。这就是问题之所在。世上也没有什么力量能够修补这一情形。人们提到爱情，就是光，照亮了与人们如影相随的黑暗。不错，敏妮能够爱，但那又怎样？在她看来，她的爱情从来没能为她或别人改善些什么，那么爱情还有什么好处可言呢？她从来不能依靠爱情。爱情的重量不及一个五分硬币。直到她死后，遇见了卢卡，对过去的回忆、对未来的展望似乎又向她敞开，她开始想，或许她可以像了解自己一样地了解别人——她的爱可能终究能带来一些不同的结果吧。

不过有时候，她又会开始感觉到万事万物中的死，旧日的疑虑又一次涌上来淹没了她。她的内心充满了熟悉的不曾改变的恐惧。她在别人的眼里永远不会是完整的。别人在她眼里也永远不会是完整的。她一直都知道得很清楚。

“你没事吧？”卢卡问她，她点了点头。他说：“有一分钟时间，你像是神游在别处。”

“我没事的。”她说。

她不会问他那个问题。她不会让自己问。

来回的车辆又多了起来，空气中不再静得能让他们听得清心跳声。他们派送完了最后几份报纸，然后走过湿漉漉的人行道、被压扁的草丛和一堆堆正在融化的雪，回了家。

对敏妮来说，又是一个看看书、看看窗外的日子，和世界完全隔绝。平时，卢卡在城里搜索可以用于报纸的新闻故事时，会要她一起去。不过，敏妮开始能觉察他什么时候想要独自一人，今天就是那样一个日子。走在人行道上，陪伴你的只有自己的思绪，那可能也是件愉快的事。她理解这一点。

卢卡离开后，她打开了窗户给房间透透气。这么多冰雪融化时滴答流淌的声音像是从四面八方同时飘进了公寓。要是她闭上眼睛，她可能会想象自己站在某个热带洞穴的中央，雨林的湿气透过不知多少层的岩石渗下来，滴滴答答地落进上百个的小水坑。但她的眼睛睁开着。底下有几个人走过，外套搭在肩上。成团成团的雪从树上、车顶上掉下来，雪团在阳光中白得惊人。两只小鸟停在了窗沿上，又飞走了。她看得到它们在雪地上留下的象形文字似的爪印。

那之后敏妮一定是回到沙发上睡着了，因为很快卢卡就站在面前，一手搭在她的前额上。偶尔，大白天，所有的压力都散去了，她会坐下来休息几分钟，等睁开眼睛时发现睡了半个下午。这是失眠症连带的后果之一。

她继续闭着眼睛。她想都不用想就知道卢卡会说什么，因为他已经说过许多遍了："醒过来，睡美人。"

"什么时候了？"她问。

"挺早的，"他说，"今天新闻不多——只是心跳和天气。说到这个，我想我们可以出门去，享受一会儿阳光。"

敏妮感觉到一阵微风拂过肌肤，然后她用肘支起身子去找微风从哪儿吹过来。"我把窗子打开了，"她说，然后她转向卢卡，"我能不能问你些事啊？"

"啊哈。"

"不，不，不是那样。你出生了，然后你出车祸了，是吧？那么发生在你身上的第三件最重要的事是什么呢？你可从来没告诉过我呀。"

短短的停顿，卢卡坐了下来，握着她的双肩把她往上提了提，然后把她的头搁在腿上。像是她又问了他那个问题——你为什么爱我？——然后他决定一如往常地应对她，就是根本不回答。

卢卡用手背摩挲了一会她的头发，然后从发根倒捋过来，头发盖在她的脸上像是厚实的帘子。

“这下你看起来像是个山顶洞人了。”卢卡说。

太荒唐了，她不得不大笑了起来。他总是说这种话——在最出乎意料的时间，在最出乎意料的地点。从来不曾有谁能像他那样让她开怀大笑。从来不曾有谁像他那样地努力过。从来不曾有谁像他那样地足够了解她。

从来没有。

一四
小雪球

春天来了，太阳跃出了地平线，风吹起了冰上的雪，海湾像是一座老房子的屋架发出碎裂折断的声响。成群成群的鱼在水面上游弋，成群成群的贼鸥紧紧地跟在它们后面。大块的冰川融化了，连带着蓝绿色的千年老冰，掉落在海洋里。每天连着几个小时，在照射时间变长了的阳光中熠熠发光，犹如红宝石。有几分钟，随着光线变强，闪亮得犹如千面钻石。世上没有哪一个春天可以与这里的春天相比。

有点像晨曦，但又不是真的晨曦。空气温暖得令人惊奇，这一回劳拉不用为了钻出来，在睡袋里乱窜乱跳，因为睡袋已经在她周身化成极薄的一层网。她用双肘支起身子。上万条松脱的线滑过手臂肩膀，堆在地上。它们滑落得如此轻柔，她几乎都感觉不到它们从肌肤上滑过。她的手捋过碎线，它们涌起来，又分开去，水一般地在手指过处弯曲。一条鱼从她下方游过。她感觉自己可以潜水穿过帐篷表面，用身体分离碎线，然后调转头看它们又闭合起来，她感觉自己可以穿过织物下沉，直到完全忘记自己是在下沉，犹如一只锚越沉越深。然而，她做的是揭开了帐篷的帘门，迈步出去，进入干冷清新的茫茫白雪中。

哪儿都看不到企鹅，甚至哪儿都听不到它们的声音了。不过，她仔细想了想，意识到如果能听到企鹅相互叽叽喳喳地忙着说话，那么它们必定是在能让人听到的什么地方；如果能看到它们在崖壁的底下聚在一起，那么它们必定是在能让人看到的什么地方。它们正在孵化小企鹅，并用肚腹下的肥厚的部分温暖着它们。

太阳在天边画出了一弯细细的弧线，对面的天边是一圈稍微大点的弧线。风轻柔地吹过她的肌肤。她没有穿外套、靴子、袜子、裤子和内衣，也没有戴手套，她的理解是自己什么衣物都没穿。然而，她从来也没觉得如此温暖如此舒服过。她不明白以前怎么会那么冷，她又为什么认定是冷的。真是个奇怪的选择，她心想。世界，这个世界，都是关于选择。

能舒展肌肉的感觉可真好。她弯了弯手指，用手指梳理了一下头发。左手的食指上仍旧有冻伤的疤痕，乌梅色的小小一圈，和创可贴一样规则的形状。她揪住了上面伸出来的一截红色的头，撕了下来，扔在脚边。它马上陷进了雪中，消失了。她把手指举起来，就着微弱的光线看，好多了。

帐篷四周一片被风打磨过的冰层上散落着一团团精致的小雪球，和几个月前拉着雪橇穿过冰层时看到的一样。为什么以前没有注意到呢？她可说不清楚。这些小雪球大小如弹珠，最大的也不会大于一枚二十五分的硬币。有些甚至有和弹珠一样的漩涡状花纹，在玻璃内展开来，一瓣连着一瓣。她用大脚趾踢了踢其中一个，小雪球碎裂开来，散落到近旁的一颗上，那颗雪球也碎开了。这些雪球看来是如此的不堪一碰，她不明白它们是怎么形成的。

一阵清风蜿蜒着穿过小海湾，雪球懒洋洋地滚来滚去，最终滚回了雪地中。好像影响这些雪球的地心吸引力较弱，只需一阵风就可以把它们都带走似的，她想。而且单单有了这想法就起了风。没过多久她就听到一阵风从崖壁上一路呼啸着朝企鹅栖居地而来，速度越来越快。她看着最前面的几缕风的触须擦到了雪球，它们颤抖着，随后脱离了冰层飘浮起来，开始朝前翻滚。几秒钟工夫，它们已经一路前进了。这些雪球同鸟群一样，它们自发的行为带着令人不可思议的明确目的，时而这一边时而那一边，时而聚在一起时而散成扇形，然而雪球总是一心往前。它们如此从容执着是去哪儿？她琢磨着。它们会在哪儿停歇下来呢？她想知道，于是就跟随着它们。

雪球带领着她，步履轻快地往前走。很快，她已经远离企鹅栖居地了。企鹅刺耳的嘎嘎声越来越轻，她终于再也听不到它们了，唯有感觉的最远端还响着些极微弱的粗粝的声响。

雪球过了海湾，朝太阳滚去。太阳比她记忆中的要高，而且是在天空的另一角。雪球不断地变换着位置，前面的雪球滑到了一边，后面的雪球往前快滑，取代了前面的位置。她给最喜欢的雪球取了名字，随后放弃了名字；又用尺寸区分它们，随后又放弃，转而按颜色区分。当她绕过雪地中的一个小丘时，一颗红的赶上了一颗绿的。一颗蓝的总是落在后面。她意识到自己没有物资装备，甚至没有帐篷，就离开了营地，但她把这个念头丢到了一边。

她不需要物资装备。她没法想象自己还会再需要这些物资装备。

海湾裂成了大块大块的浮冰，在深不可测的海水中随意地晃动着，在每一个轴点上来回摇摆着，像支在木棍上旋转的碟子。浮冰载负着各自的重量，在水面上浮游着，相互之间出现了巨大的间距和裂口。小小的浪头轻轻地拍打着浮冰的边缘。雪球跳过了裂口，像是它们根本不存在。劳拉漫不经心地跟随着它们，看着裂口随着她靠近而闭合。浮冰合拢时沉重而精确，像船儿滑入泊位发出空洞的砰的一声。浮冰合拢的时间刚够她跟上步子，随即它们又浮离开去。连着几个小时，她就这样往前走着。

终于，雪球撞上了某处坑洼或漩涡，在原处打着转，她停下来喘了一口气。往身后一看，她在雪上留下了一串最轻浅的脚印，浅得只显出沿着足弓的一弯内空的弧线，形状上有点像杠铃，而脚底厚实的部分和五个小糖豆似的脚趾之间是长长的一段空当，像是她一直在覆着一层薄沙的极坚硬的岩床上走。沙子显然是撒哈拉沙漠的黄色，发散出持续的暖和的压力，有力地直抵着她的裸足。不过她的脚底已经不够敏感，觉察不出千万颗细沙的针扎般的刺痛。经年在沙漠行走，脚底变得坚硬了。她简直就是个浪迹天涯的游子。一阵干燥的风从平原上吹了过来，四周的空气像是在烁动。她追赶着雪球朝沙丘走去，一路上，听得到太阳底下翅膀扇动的声音。

细沙上有波纹，就像铁皮屋顶上的波纹。有一次，穿过她家公寓楼后面的树林时，在网球场旁的小路上，她发现路面中央横搭着一张瓦楞形的铁皮。凹槽里填满了泥土和落叶，杂草这儿一丛那儿一丛长出来，都是圆头细长的针形，像一簇簇的大头针。一年过后，铁皮完全被泥污覆盖了，她连最细微的纹路和棱角都分辨不出来了。铁皮还在那儿的唯一迹象是，脚步落在某段小路上，路面就会发出闷闷的金属声。一瞬间，她又在那儿了，在她家公寓楼后面的那片林子里。正是夜间，一辆驶入停车场的汽车的前灯扫过树枝，从一根枝桠到另一根枝桠。灯光先是照亮了她头顶的一根橡树的树枝，随即又划过树的边缘，向空中上跃了三十英尺，又在一棵杉树的树皮上汇聚。此地彼地毫无差别，即便有，车灯也没有识别出来。

随后她看到雪球正滚过树叶，她眨了眨眼，又回到了沙丘间。远处有一块白色岩石的形成物，虬结佝偻着朝向一边。这是一根高大的沙漠岩柱，阳光已将其所有的色泽漂洗殆尽。雪球朝岩柱滚去，她大步紧跟着雪球。

汗水在脸上淌了下来，流到了肩膀上、脊背上，从她的指尖、乳头滴落。她一边行走着，汗水一边在脚边汇聚起来，成了一汪广阔而清澈的湖水，折射出上百束金线似的太阳光。最后湖水溢过了它自身的边界，汗水涓涓滴滴地慢慢渗入了黄沙。她看着汗水消失了。

风在她背后，她感觉好极了，精力充沛。她觉得像是能连着几天追随雪球，肌肉连一丝都不会疲倦。沙漠在夜间凉爽得多了，蝎子和蜥蜴几个小时躺在平坦的褐色岩石上，那姿态像是塑像，岩石缓缓地把热量释放还给了天空。太阳升起时，蜥蜴爬回到阴处，不过蝎子几乎一动不动。她走向的岩石形成物——那根白色岩柱——其实是个拱门。只是从侧边看，她把拱门当作是一根柱子了。雪球从倒 U 字形的拱门下穿过去，绕着一侧的柱子转过来，又穿过去，一遍，又一遍，像是卷在了逆流中的树叶。在阳光下，它们显出一种明亮的闪烁不定的银色，像是裹卷了上千条蚕虫，连黑色的、绿色的和灰色的雪球也都一样。

雪球在倒 U 形的拱门下转了第五圈，她才跟着它们穿过拱门，穿过购物中心的旋转玻璃门，进入了停车库。停车库是一片冰冻的海湾，一大块碎裂的浮冰不停地敲击着车子的保险杠，相互摩擦之间，发出金属碾磨般的声响。

她跃过了一处裂缝，继续往前。细沙又变成了雪。汽车喇叭不知所措的鸣声在她身后消逝了。她不能确定已经走离原先的营地有多远了，不过肯定少说也有一百英里了。她随着雪球，绕过一块往上的冰棱。雪在她的脚下咯吱咯吱作响。

她的视线所及，海湾里全是浮动的流冰，只是偶尔有段小冰川。海湾被缝隙间弯弯曲曲的海水割得四分五裂。红艳艳的阳光下，海水闪闪发亮。

她已经非常靠近活水区域了，成群结队的豹形海豹懒洋洋地躺在冰地上，发出呻吟声、尖啸声、欢闹声、呼噜声。它们是互相叫唤还是对着宇宙叫唤？她不确定。它们的声音是如此生动，她几乎相信自己能听得懂它们叫唤的意思。

让鱼儿游过去吧，其中一只说。

*月亮去了哪儿？星星呢？*另一只问。

所有的世界都是同一个世界，第三只说。

随后劳拉就忘了刚听到的对话，海豹的声音又变得与先前一样了，只是一堆嘈嘈杂杂的吠叫。这不是那类会被错当成狗吠的叫声，却是她脑子里冒出来的念头。这叫声特别让她想到小时候附近养着的那些狗。她记得，当其中随便哪一只狗，对着一辆送货车或是一扇砰然关上的门开始吠叫，其他所有的狗会响应召唤，狂吠低叫着一圈圈地扩散开来，像是世上别无他物，只剩下狗了：追逐飞碟、扒拉泥巴的狗；你骑车经过时从后面追上来的狗；站在嫩绿草坪上的洒水器前，舔饮着呈扇状喷洒的水，使其在半空中形成一汪小水坑的狗。狗们看上去和通常一般大小，但她正真真切切地穿行在它们的长毛间。她大踏步地越过浮冰，将一丛丛的毛推到了一边。

这意味着她和雪球一定是变得越来越小了。为什么她总是变得小起来？她不明白。她一脚踩在一块冰上，那块冰也是狗的脊背上高耸的一处，她几乎扭了脚踝。以后脚踩在哪儿，可得更小心一点。

狗脊背上的毛，和它凹凸前伸的硕大头颅挡住了大部分的风景。阳光跃动闪烁着透过来，呈现出浓密毛发间空隙的形状，像是V字形的窗，豁然打开几秒钟又倏而闭合。每次她从眼角瞥到阳光明晃晃的，就不得不把头转向一边。她像是个提线木偶，无法自主。

她想到以前总是站在可口可乐大厦中庭的盲人。他没有狗，甚至也没有一根拐杖，听着水从水墙上倾注下来。盲人一听到什么新的动静——从大理石的地面上走过来的脚步声，电梯在一层停下来时“叮”的一声，树木被空调机的风吹得飒飒作响——也是以同样的方式本能地将头一扭。他带着个旧的皮背包，常常搁在脚边。背包盖张开着，像是一朵垂死的百合。每当有人把硬币扔到里面，他会两手一挥，让他们走开，说：“我可没求着要那个。我不是乞丐。”然后把背包在许愿池里倒空了。他属于那类人——她差不多每天都看到，随即忘了，等看到时又会想起来。

不过，她驾乘的狗可不瞎。它正向着冰上看到的什么东西飞奔着。她只得双手紧紧抓住它的毛，免得摔下去。从狗的毛根间勉强可以看到雪球在狗凝脂似的白色肌肤旁高高低低地跳跃着。

然后，狗停了下来，拱起身子，把脑袋猛地转到一边，像是爪间擒获了一只兔子。她从狗背上滑下来，一屁股跌到冰上。

她站起来，把身上的雪掸掉，把水晶珠子捡起来收在手掌上，又将珠子倒入池子里，撒在数千枚的银币上面，在中庭的灯光照耀下，闪闪发亮。平静的水面反射出极光编织成的围巾和帘幕。她注视着极光在银币上方急速变幻闪亮着，然后开步走向连接中庭和公关部大楼的长廊。雪球仍旧摆着队形往前滚动着，长廊里的空气即使在她经过之处也是死一般的沉寂。她已不能确认是什么驱使雪球向前行进了，显然不是风。

长廊两侧有门，她听得到日常工作的声响，那些熟悉得久已失去意义的声音。一个女人正把一份报告对着电脑语音识别系统的喇叭念。一个男人边打电话边在办公室里来回踱步。一台复印机正在处理一大叠的纸，电枢在玻璃板底下来回滑动着，发出上拉链似的滞涩的声音。长廊上所有的门都关着。劳拉想去把门推开，发现都上锁了。

她沿着长廊继续走，走过一排电梯，穿过空无一人的接待处，长椅旁边的饮水机冒着一串歪歪斜斜的氧气泡。她简直难以相信，生命中的那么多时间是在这幢楼或是其他类似的楼里度过的，在离地面三十、四十甚至是五十英尺的房间里四处走动。这些房间的墙、地板和天花板所圈起来的空间，若干年前还从未有人类涉足。

领头的雪球——她忘了它的名字——转入了一条走廊，走廊通往一部开放的楼梯，其他的雪球前后左右地跟着。它们毫不犹疑地爬上了通往房顶的楼梯，一级一级地蹦跳着，像是一队蚂蚁相互踩着背过河。她开始跟着雪球爬了上去。爬了足有二十来段的楼梯，她和雪球到了大楼的顶层，不过她爬得很轻松。她不好说雪球感觉怎样，但是觉得自己强健有力，甚至可说像是名体育健将。她体内有着无穷的力量，自少年以来她从来没觉得比此刻更有力量，像是在南极的那些日子从未出现。她推开装在楼梯最上层的防火门，走出去上了房顶。

她身下的大楼成了一片汪洋。所有的办公室里是水，所有的走廊上是水，而她正驾乘在一块巨大的浮冰上。防火门在她身后慢慢地关闭，往后关上时发出一声长长的嘶嘶声。她听到门锁合上。雪球都聚集在浮冰的前缘。它们看起来像是在一艘船上凭栏张望的乘客。风不时地从海洋里挥起一支劲鞭甩向它们，有两三枚雪球腾飞起来又坠落在队伍的后面。

劳拉调整了一下浮冰船的帆，抓紧了舵轮。当她往右打舵轮时，浮冰就向星星和活水海域驶去，于是她又往左打舵轮，浮冰顺畅而缓慢地滑回了大陆边缘的积冰处。花了好几个小时，她才终于把船在两块稍稍有点相连的浮冰间的空隙处停泊好。这时，她松开舵轮，没有把锚抛下就走下了浮冰船的船尾。新踏上的浮冰承载了她的重量微微有点摇晃，不过还是继续浮游着，走了几步后，她发现自己脚下更加坚实了。这下是雪球跟随着她，在她错落的脚印之上和之间的雪面上自在滑动翻滚着。偶尔它们会碰上她的脚后跟——一次迅速而冰冷的撞击。不时有一两颗雪球会从侧面以鱼钩似的弧线滑到她的前方，不过它们从来没有滑得太超前。

太阳和月亮已经在天空的两端停留了那么久，她无法再判断是什么时辰，不过她决定自己会管这个时辰叫做“下午”，那这就是下午。下午晚些时候，她猜想。她曾听说过下午晚些时候——三点半、四点钟光景——是人的体温最低的时候。当然，她拿手掌在额上摸了摸，发现自己是冰冷冰冷的。她的皮肤散发出来的干冷，像是金属托盘在冬夜的室外留了一宿。她冷得可以感觉到体内骨架的曲线。然而她完全自如自在，甚至安详宁和，手足伸缩轻松惬意，血液在体内完全静止。她感觉像是在家中自己的床上安睡。

当她横渡的冰盖沉入水中，沿左侧碎得四分五裂，她跃过边缘跳上了旁边浮动着的冰，像是一名舞蹈演员。她一直想要当舞蹈演员。浮冰间的海洋是一个乐池，她能看到小提琴手在水下来回拉着琴杆，打击乐手敲击着大低音鼓，长号的滑管滑出来，又缩回去，再滑出来。她踮起脚尖跳过一大块碎冰。音乐从水下如鲜花一般地绽放，传遍了冻结的海湾。有一瞬间，她觉得自己要在音乐中迷失了，迷失在管弦的舞动和回响中——她一向都知道一首曲子能让自己迷失——然而一记钹声突然响起，成了一声枪响，一群鸟儿呼啦啦地飞离冰层，她看着它们飞起来，翅膀如洒开的喷泉，侧斜着飞向海洋。

她朝太阳走了有多久了？她在企鹅栖居地旁发现了临时小屋的废墟，之后在自己的帐篷里睡着了，醒来时四周是红色的碎线，然后她脱去了衣服，迈开步子追随雪球。从那时起，似乎有几个星期了。

不过可能只是几分钟而已。

毫无疑问的是有什么事发生了。她的时间感裂成相同的两半，从她身上像一枚核桃的壳似的剥落。

她发现自己预测着太阳在冰上呈现的色彩。一种像豚草花粉的金色。一种像复活节彩蛋绿色染料的淡绿。起初，像是在她能给色彩命名前的一两秒钟，色彩灿然绽开，不过她小小试验了一下，让她确信过程恰恰是相反的：她的想法在色彩出现之前。算是个游戏吧。她想着自家卫生间乳黄色的墙壁，半秒钟之后，冰上就现出了乳黄色。七种深浅不一的蓝色注入脑海，片刻后，她正穿行在七种蓝色的中央。她可以随意变换色彩。这就像词语联想游戏。一个词，一种色彩，一个必定引向下一个，这个过程大致在她的掌控中，虽然并非是全部过程。这是一个充满奇想、巧合和即兴发挥的过程。一切都取决于她的脑子的变动，而她的脑子并不完全是她自己的。

那些是规则。她开始理解这些规则。

她从冰上的色彩抬起头来，看到了远处站立着什么。就在太阳的左侧：一座金光闪闪的城市，街道上高高耸立着用玻璃、石块和钢材建造的楼房。她看到一条清晰的河流流经城中心，木质的码头伸入河中，草树长在两岸。一座吊桥横跨河流，从这个距离看过去像是断裂的银色蛛网。她离得太远，看不清街道上有多少车辆，或许根本就没有任何车辆，但是火车站辐射状的铁轨清清楚楚地在蓝天下熠熠发光。楼房之前点缀着公园和拱廊。一大群鸟儿在空中盘旋。

她走到一座小山脚下，城市看不见了。当她爬上山顶，能够再次看到地平线时，城市消失了。她转了三百六十度，可仍然哪儿也找不到。

这肯定是海市蜃楼。她刚才没记起来有海市蜃楼。

太阳要比她开始行走时还要大，一个可怕的白色球体，占据了半个天空。如此的明亮，她想象能听到太阳正嗞嗞作响，发出蛋在煎锅里爆响的声音，是一只边沿处刚开始焦脆的蛋。她太饿了，因此把蛋倒在一只盘子上，用刀叉吃了下去，但是她没有吃太阳，也没有停止行走。

雪球出现在她前方二三十码处，一百颗摇摇晃晃的小圆球，在太阳封闭的弧线中显得如此的微小。它们的影子像是将它们自身烧成了空气。它们正在消失的边缘。

她跋涉得有多远才让太阳看起来如此巨大？

她一路行来一定已经离地平线很近了。

大多的冰已经融化了，不一会儿，她从一块冰跳到另一块上，停留的时间都不足以感受到冰块在脚下浮动。然后冰块全然消失不见了，她正直接在水面上行走。长着油绿色长叶子的植物在脚下慢慢地摇摆舞动着。粼粼的波光中，小鱼儿倏尔远逝。

她终于踩准了步调。她想象自己能够永永远远地走下去。

一五
穿渡

盲人很快就明白过来，知道这座城市正在变化。鸟儿以前所未有的数量回来了，在空中飞翔。有时候，他周围的垂直的空间像是以某种方式在变形或是挪移，因此他觉得听到的鸟儿都是在同一个地方叫唤，大量的声音聚集在同一棵树上或是同一条阳台栏杆上。尽管这一现象持续的时间从来没有超过几秒钟，但却非常明显。鸟鸣声调子尖锐，从不同的角度传来。这些突然响起来的鸟鸣声，如荆棘般相互纠缠。

他以前听到过这样的叫声。那是世上最悲哀的声音：自以为是自由的，却不断撞在樊笼的四壁上发出的声音。

鸟儿可能是城市变样的第一个征象（肯定是他所注意到的第一个征象），当然还有其他的征象。最后的一点雪化成了水，雨也停了。有一天，风速加快了，随后变了风向，最终完全停歇了。一次，盲人无意间把一块小石子踢进了下水道的网格栅栏，没有听到它落到底的声音。

那时候，他明白了这座城市的地形正在变化，但不知道是怎样在变，也不知道为什么在变。直到头几个人从碑区的边缘回来，话开始传了开来。城市在公园和河流之外的部分，已经不复存在了。和雪一起融化了。

盲人是在购物中心的中庭，被众人围着的那人处听到这个故事的。“我想着我出去兜一圈。呃，完全地放开来，看看我能骑到什么速度。”声音传自一个蹲着的人。他正在转动自行车的踏板，然后猛然往前拉，使车链合在了链轮齿上。“我一路骑到了帕克街那一头的六车道上，然后我不得不掉头。路已经不见了。不见了人行道。不见了楼房。我说的不是一堆废墟或是一片空地。我说的是干净彻底什么都没有。”

“你为什么不继续往前呢？”有人问他，“看看另一边是什么？”

“这正是我想告诉你们的——没有另外一边。我不断地踩着踏板，但就像是在一个球体里往上爬。我能感觉到自己在动，只是一点都没往前进。”

围着的人群突然像烟花绽放似的七嘴八舌地开始说起话来。然后更多的人来到中庭，人群更密集了，那个摆弄着自行车的人又开始讲他的故事了。不过，盲人已经听够了，他离开了人群。

那天晚些时候，一个想穿过吊桥离开碑区的人说了类似的故事。又过了几个小时后，一个和骑车人走了同样路线的女人也有差不多的说法。那女人说，高速公路也不见了，城市到曾经是应急车道的灰色水泥路为止。“我找到的就是这些。”她说。她让一些东西从她的手指中滑落下来——从声音来听，是几枚香烟蒂和几片窗玻璃的碎片。到了那天晚上，肯定有六个人已经去过碑区的边界了。大家往那儿去看个究竟的来回旅行就这么开始了。

盲人自己第二天一早就去了边界。他从坦噶尼喀街走，人行道已经干了，硬底鞋下又发出了啪嗒啪嗒的响声，他没有必要再仔细辨认别人的说话声和车流的声响。他能听到自己的脚步从地面抬起来的声音，还有这声音在墙壁篱笆间发出的回声。他只需这些声音指引道路。

一到了城市的边缘，他立刻就知道了。在他的身后，一些孩子正在听音乐，一边跟着音乐一起哼唱着，发出兴奋的大呼小叫声。空气中弥漫着从卖椒盐卷饼的小贩的推车里传出来的香味，还有被许多双鞋子踩踏后又舒展开来的草尖的清香。不过，在他面前声音和香气却完全中断了。仿佛在他面前竖起了一堵墙，但这堵墙没有一般墙面常有的物理特征。当他试图触碰它时，竟没有遇到任何阻力。他还没明白过来，手臂就被挡回了横在胸前，手已向左偏过了一尺之远。

他再试了一次，同样的情形发生了；他又试了一次，还是同样。

墙碰不到，摸不着，但又不可穿越。

他回想起来，难怪鸟儿拥向天空。鸟儿无处可去了。

回去时，他走的是原路，虽说走得更快，但现在他知道障碍都在哪儿了，落在地面上的脚步反而更有信心。很快，他回到了自己所住的街区。他穿过废弃的图书馆外柳树悬荡着的无数根触手，又经过了竖立着的邮箱，过街后，再走过电影院外面的广告牌，高高悬挂的长方形广告牌嗡嗡作响。电影院只放老式的无声电影——经典电影——也因为这个缘故卖票的人总是不肯给他一张票，尽管盲人已经解释了很多遍，他喜欢的不是电影本身，而是凉爽的空气、静静烁动的银幕，还有肩上顶着一大片空间的美妙感觉。他猜想，这空间几乎足够形成一片天空，有云朵、阵风和它自身的气候系统。可能是他解释了千遍也没解释清楚，或者只是自己在脑子里解释，或者根本是向别的人解释的。这是年老的一大坏处，许多希望自己能够记得的事，都记不清了。

不过又有不少不想记却记住了的事。

有个小女孩在街对面的院子里跳绳，唱着一首不同版本拼起来的童谣。这首童谣在他小时候就很流行："汉堡包呀炸鱼条，还要一包炸薯条。冰镇可乐，草莓奶昔，礼拜天呀，再来一个苹果派。"

绳子甩到地上时，他赶紧躲了开去，身不由己地往后缩。他想了一会儿明白了个中原因。起先他以为是因为穿越沙漠时，沙子曾刮打在身上，像蛇一般地嘶嘶作响。飞沙也是一种绳子，一条活动的绳子，尼龙似的穿过他的指间，落到草地上时只发出极轻微的沙沙声。一条绳子就像是一根鞭子，人听到呼呼的鞭声避之唯恐不及是自然不过的事，即使对一个从未遭受过鞭打的人也一样。他曾经被打过一次，虽然受的不是鞭打。但是，那事过去那么多年了，他现在年纪也大多了，他很难相信挨打的事和他现在的反应有什么关联。

那又是什么？他忽然明白过来——是那个女孩。小时候，她住在他那个街区的另一头。

她叫玛丽·伊丽莎白。他记得听着她和朋友们一起在巷子的尽头跳绳。那一带是附近的孩子聚在一起玩耍的地方。"你为什么会瞎眼啊？”别的孩子会问他。“嘿，你为什么会瞎眼啊？”他们把重音放在“瞎眼”这个词上，很明显是在嘲弄他。他早就明白不管他怎么回答，他们都是会继续嘲弄他的，最好还是不吭声。

不过，玛丽·伊丽莎白从来没问过他这个问题，一次都没问过。

当时，他不过八九岁大，但是他爱上了她。爱上她不仅仅是因为玛丽对他友好，而且是爱上了她的嗓音；爱上了她走路的声音——一只凉鞋在脚下啪嗒啪嗒地响，而另一只却是静静的；爱上了她跳绳跳得开始冒汗时，肌肤上冒出来的可可油的气息。

不知道出于什么原因，有一天他鼓起了勇气想告诉玛丽自己的爱恋之情。他一直在喝温吞吞的可乐，可乐装在妈妈给的保暖杯里，尝得出锈金属的味儿。他一手还握着杯盖。当她和她的朋友们走过时，他叫了声她的名字：“玛丽·伊丽莎白。”

可是，他还没来得及按计划说完“我爱你”，她就打断了他。“给你。”她说。

他感觉到硬币落在保暖杯盖子里时的重量，随后听到了声响。

其他的孩子开始大笑起来，但是玛丽·伊丽莎白要他们闭嘴：“这没什么好笑的，你们这帮人。别去惹这个可怜的人儿！”

可怜的人儿——她是这么叫他的。

他可能对玛丽·伊丽莎白生气极了，也可能是伤心得哭了起来。他是那一类的孩子。他也可能因为玛丽护卫自己就更加爱她了。他也是那一类的孩子。可是他却只是尴尬地站在那儿，内心的勇气消逝了。女孩们甩起了跳绳，开始唱："巨无霸大又大，麦香鱼香又香，汉堡包炸薯条，冰可乐厚奶昔，不要忘了冰淇淋，再来一份苹果派。"

他的整个生命就是以这些时刻构成的，想到这一点简直不可思议。他想，他把这些时刻像珠子一般地串了起来，单单只选了那些最令他痛心的，那些在他的指间留下砂纸般糙砾的时刻。

他全神贯注地回忆着那件事，全然没意识到自己已经走到了街角，街沿底下是个凹坑。他从街沿迈下去时，一只脚趔趄了一下，几乎扑到了地上，所幸的是，他迅速跟上一步才稳住了。他马上判断出膝盖部位的一条肌肉扭伤了。这不算太糟，但得有一两个小时避免往膝盖部位用力才行。不过，还是要继续往前走，这样就不会有谁停下来问他需不需要帮助了。

又走了三个街区他才意识到早就过了自家的楼房。差不多有四分之一英里了，距离他刚刚路过默片影院和门前小路上有柳树的图书馆。有时候，他也和别人一样，担心自己正在失去理智。

隔板山路有一小段紧贴河岸，然后拐了个弯，伸进了城区。这一段是第二个已经消失的街区。紧随其后的是高尔夫球场地势最低的一个角落，包括第九、十一、十二和十四号洞。之后是碑区对面一个床垫弹簧的旧仓库，然后是 M 街的后半段。几天之后，河也消失了。盲人开始把墙想作是一只慢慢缩小的气泡，从四面八方削减着城市。他没有直接的证据证明这一想法，但他不由自主地想象：一只巨大的气泡，慢慢地沿四周收紧，底部往上升，上端往下沉。他不知道最后缩小成一点时会发生什么样的情况。

有时候，当好奇心战胜了他，他会去公园听听别人怎么讨论这一现象的。从来没有谁看到过什么，也就是说他们能看到的正是“什么都没有”。有些人说他们常去看看碑区边界，每天或是隔几天就去一次。有些人说他们尽可能地待在离市中心——或是说城市剩余部分的中心——近一点的地方。有几个人坦承他们吓坏了，但多数人看来是认命了，等着看接下来会发生什么。

盲人碰见一个人，那人说他每天早上上班之前，都绕着气泡（不过他管它叫做“圆圈”）的边缘走一圈。他说，每一天都有一小块的城市不见了，每一天他的路程都变短了不少。那人是位牙医。盲人张开嘴打哈欠时，牙医说：“你的臼齿看起来实在太糟糕了。你应当什么时候来我的诊所，让我好好看一看。”他离开时，递给盲人一张精美的布纹面的名片。盲人的指尖辨别不出名片上印着什么，就把名片扔了。

过了一阵子，似乎总是有人将城市边界的消失和穿渡相比较，提出城市正在经历着自身的穿渡，它正梦想着自身的消失，或是正从一个存在的天体迁移到另一个天体。尽管比喻并不明了，却显然为大家接受，这让他觉得其中可能有真相。

穿渡这一话题提到后没多久，盲人又开始老是说起沙漠。他情不自禁。那段经历几乎将他断成了两半，这是他确定永远不会忘记的极少几件事之一。

有一天，在公园里待了一个早晨之后，他路经一家饭馆敞开的大门，听到两个男人争论着这座城市里的人应当被认为是肉身还是魂魄，哪个更准确。“我们当然是肉身，”其中一个说道，

“是肉身而且只能是肉身。你听到过哪个魂魄午餐吃汉堡和辣味热狗，哪个魂魄半夜腿会抽筋？”

另一个人回答：“你怎能如此肯定魂魄做什么不做什么呢？难道你以前做过魂魄？”

“我知道是因为有全世界关于魂魄说法的整部历史在。人类写魂魄都已经写了几千年了，帕克特。你想想看那些文章讲的是什么？讲的是魂魄的构建，就是将杂乱无章的内容上升成一种概念。我敢说我对魂魄的了解，不比后来人少。让我告诉你，”——他砰砰地发出两记空洞的捶打声，是他在拍自己的胸脯——“这不是魂魄。”

“不过可以肯定一点，”第二个人说，“如果每个写过有关魂魄的人有一点共识，那就是你死去的时候，你的魂魄从你的躯体中释放出来。这必定是整个概念中最根本的，对吧？”

“但谁又能说我们没有被再赋予肉体呢？”

“我会这么说。我。是我说的。”

盲人认识到他们这场讨论有个根本性的错误。他们错把魂魄当作灵魂了。很多人习惯随意地使用词语，互换着用，像是词语之间没什么区别，但是魂魄和灵魂不是一回事。肉身是人的物质构成。灵魂是非物质构成。魂魄不过是其中的连接线。

这是小时候他父亲告诉他的，他父亲是基督上帝教会的牧师。尽管盲人已经很长时间不信奉上帝了，至少是不信奉基督上帝教会的教义了，魂魄和灵魂的区别对他来说还是很有意义。当你死去的时候，魂魄这一连接线断了，你所留下的不过一边是肉身——一堆尘泥和矿物——另一边是灵魂。魂魄仅仅是两者相互作用时的一项功效而已，就像风吹过水面时的涟漪。要是你带走了风，然后又带走了水，涟漪就会消失。要是涟漪不消失呢？唔，要是它们不消失——这只是盲人自己的猜想——就成了人们所称的鬼魂。魂魄逗留的时间太长，成了鬼魂。那是没有风也没有水的涟漪，从肉身和灵魂隔离开来的连接线。但是盲人不是个鬼魂。这一点他很明白。

他想走到正讨论这个话题的那两个男人的桌前去，打断他们："先生，我可能是个肉身，我也可能是个灵魂，但我肯定不是魂魄。"可惜他们的谈话早已换了话题，他们现在正为其他的事在争论。

他听到一把椅子刮擦着拖过地板，有人用胡椒碾磨器在磨胡椒粉，一个女人一边大笑着，一边用一只巴掌拍打着桌面。

不知哪儿的钟正在敲响。

油脂在烤架上嗞嗞作响。

盲人将注意力重又转回到了街上，继续往前走着。那天晚上，他坐在厨房台面边的高凳上就睡着了。第二天早上醒来时，感觉到额头底下凉凉的一层台面板，还有肩膀四周静止的空气，过了一会儿他才想起来自己在什么地方。他伸出手，本能地去抓自己的皮背包，活在世上的那些年头，里面一直装了他的钥匙、备用的鞋子和身份证件。当然，背包不在那儿。这是他在沙漠中丢失的许多件物品之一，此外还有他的眼镜和大部分的聪明才智。大多时候，他几乎都不去想那些东西。

风没在刮，但是一定有什么东西撼动了窗外的树，因为他听得见狗木的枝桠带着嫩芽的那一端轻轻地一下一下拍打着玻璃。

那声音柔和而清晰，又抑扬顿挫，近似一根行人的拐杖敲击地面的声音。他想到了上一次自己使用过那样一根拐杖，是整整一辈子前的事了。那是在玛丽·伊丽莎白把硬币丢在他的保温杯杯盖后不久，他大概八九岁。校车刚刚把他在街角放下，他听到街区几个大一点的男孩穿过别人家修剪整齐的草地朝他走来。“你为什么瞎眼啊？”他们问他。“嘿，说你呢，你为什么瞎眼啊？”

他从来不知道该怎么回答这个问题。显然这些男孩又在寻他开心了，但总是有可能他们是真的好奇，只此一次他们是真想知道，他不愿想到自己伤害他们的感情。要是他们真不在乎，为什么还会不断地问他呢？他自忖。他们不会问他，不是吗？有什么意思呢？

他决定试试回答他们：“我妈妈说这事发生在我出生后不久。我是个保温箱婴儿，他们给了我过多的氧气。”

不知为什么这话使这帮男孩大笑起来，因而他猜想他们说到底并不是出于好奇。他们又说了一遍“保温箱”这个词：“保温箱。他说自己是个保温箱。才不过是个婴儿，这家伙就孵蛋了[1]。好家伙，这太变态了。”

然后他们都不出声了，其中一个男孩问他：“那你多久孵一次啊？一天一次？洗澡时怎么办？你洗澡时也孵吗？”

他被搞糊涂了。“就那一次。”他说。这么一说惹发了又一轮的笑声，男孩们相互推来推去。很快，他们也在推他了。他不肯定，不过他想着他们可能哄着他也加入，一起乐一乐——不管

① 原文 incubator 既指早产婴儿用的保温箱，又指孵化器。

笑话是什么，也跟着一起笑一笑。他试着咯咯笑了一下，但觉得不对劲。那笑声又粗又闷，比他正常的笑声低沉得多。

突然他想要咽一下口水。他等着男孩们的声音歇下去了，才告诉他们："好吧，我要回家了。"

其中一个男孩一步跨到他面前。"嗨，你这根拐杖真不赖呢。我能看一看吗？"

"不行。"

"喔，好家伙，"一只鞋头戳了戳沥青路面，"这小子让我不爽。对朋友可不好这样的呀。"

另一个男孩说："是啊。来，小子。让他看看拐杖。他会还给你的。"

"是呀。我不过想看一看罢了。"

最后一个男孩说："你不想让我们觉得你不喜欢我们吧？"

他起初不相信他们。他怎么会相信他们呢？但是他良心中的什么东西让他信从了他们可能在讲真话这一可能性。一向都是如此，不管他们骗了他多少回，他也知道自己会把拐杖给他们的。他的内心住着一个小人儿。那小人儿握着他的心，一遍又一遍地说，相信每个人。永远不要伤害谁。相信每个人。永远不要伤害谁。尽管有时候他想要捂上耳朵不去理那个小人儿，最终他总是不由自主地听从了他。"你们答应马上还给我吗？"他问那些男孩。

"我发誓，不还天打雷劈。"

"那好吧。"

他才刚把拐杖伸了出去，其中一个就猛地把拐杖从他手里拽了出去。“我喜欢这根拐杖。”他说，另一个嘘地吹了一声口哨：“啊呀，那根拐杖让你瞧着像坏蛋。”第三个人说：“拐杖配拉皮条的。”第一个人接着话头说：“就是啊。我想这根拐杖我就留着自己用了。”他听着他们没完没了地赞美着拐杖又把拐杖传来传去，手里空落落的开始觉得缺了什么。

“好了。还给我吧，”他说，“我要回家了。”

“别急嘛。”

“这么着急干什么？”

“就是，谁说这就是你的拐杖？”

“你们这些人——”他嘟哝着。但他们拿拐杖在他头上敲了一下，又在屁股上敲了一下，他倒在了地上，他们跑了开去。他听到其中一个说：“克啷——！”模仿拐杖敲击他的脑袋时发出的震颤声。接着隔了几幢房子远的一扇门砰的一声关上了，他们都不见了。

那是他最后一次看到自己的拐杖。此后他再也没有拐杖了。

过了些天，他听到同一帮男孩在巷子尽头说话，他们坚称从来没有遇见过他，而他似乎也没法使他们承认。“拐杖？”他们说，“我一点都不知道什么拐杖的事。你说的可能是‘怪痣’。有谁拿走了你的怪痣？那孵育是会让一个男人长出怪痣的。你知道我怎么想？我认为你只是捏造个故事想哄哄小妞们。”

没多久，他就打消了要回拐杖的念头。接下来的几个星期，他学会了听自己的脚步声，靠一只前伸的手还有一点点的本能走路。他将所住的街区的地形存储在脑子里，靠近边界时就像慢慢展开一幅地图。他尽可能地躲避那些大男孩，后来他们终于长大成人了，找到了工作又结了婚，忘记了他们小时候曾是怎样的顽劣。

坐在厨房里听着狗木的树枝轻轻敲打着窗子，他想起了这些事。

可是为什么他只记得生命中那些伤害他的事？为什么他不记得那些让他开心，给他欢笑的事：那些他听到过的笑话，那些让他举起手臂在空中舞动的歌曲，那些爱他的、曾被他用手指触摸过脸颊的人？

以前，也不算太久的以前，他为自己记忆之精密而自豪。他把一生的历史视作一段未曾磨损的完好的绳子，在他身后拉展成一条直线。他所需做的只是把它绕在手上，使点劲拉上几下，他就可以重新检视这段绳子上的任何一点。但是现在绳子缠结起来，他担心它再也不会变直了。

那天下午晚些时候，他听到有人说高尔夫球场剩下的那部分都消失了，连同消防站、植物园，还有埃伦迪拉街上一座办公大楼的后半部分。第二天早上消失的是自然科学博物馆和购物中心的一大部分。这之后又过了两天，有个妇人说这一现象已经把庞大却又看不见的屏障延伸到了地下，这是头一次有人这么说。那妇人说她走过克里斯托弗街下面的地铁通道时，在站台边停下来绑鞋带。她注意到铁轨和道床不在了。她退后一步，又探过边沿去看。什么都没有。她在站台上看到一片压扁的红银两色的可乐罐，想把它扔进空处。不过她一定估算失误了，她说，因为罐子落在了她的脚边，跳了几下，然后滚到了她的身后。“好像是站台这边和另一边之间流淌着一条河流。只是河里空无一物。没有泥土，没有水——因此实质上是没有河，”她闷声笑了一下，“我可真不知道该怎么描述这事。”

“你不用描述，”有人说，“我们都亲眼见过。”

可是盲人没有见过。“你说的是底下正发生些什么事，”他说，“那是一回事。可是上面又正在发生什么呢？”

他听到几只衣领窸窸窣窣的声音，站在他周围的人都伸长了脖子往天上看。“很难看清，”有人答道，“不过上面肯定正在发生些什么。”

云层顶端剪成了不同寻常的形状，但没有人能说得清这到底是气泡的作用，或者只是从大气层高处吹来的怪风。盲人聆听着他们讨论这件事。其中一幢摩天大楼顶上的一角不见了吗？天空是不是一向都是这样带点粉白的蓝呢？最后，一个粗哑的嗓音替他总结了一下：“天看起来可能是漂洗得有点发白了，但一切都还在上边，至少在我看来是这样的。”

此后，人群开始散开。盲人正要离开的时候，有根手指敲了敲他的肩膀。他闻到了一股淡淡的薰衣草的香味。“你好吗？”是个女人的声音。

“我见到过更糟的日子。”盲人说。

“你不记得我了，是吗？”

“我不记得了。对不起。”

“我是敏妮·林斯。我在大撤离之后碰到你的。我们一起煮咖啡做松饼。”

“是吗？”

“嗯。你，我，还有卢卡·西姆斯。这下是六比十了。”

卢卡·西姆斯？盲人想了一会这个名字。他记起来了。“是那个报人。”

“没错。”

对于那个报人盲人记住的是他的呼吸，又急促又紧张，让他想起曾经抱在腿上的一只兔子的心跳。还有报人衣服上散发出来的刺鼻的油墨味，以及总是在过街时搀扶他手臂的恼人的习惯。别的什么都想不起来了。

不过，他明白自己挺喜欢那个报人的，但也说不清是为什么。“向你们两位问好。”他对那女人说。

他站在那儿，在记忆的碎片中挖掘了有多久了？好像只不过是几秒钟，不过他不确定。他等着那女人回应他。她什么都没说，他认定对话结束了。他走过帕克街和M街回了家。

回到自己的公寓，打开窗，竖起耳朵听一群栖息在近旁一棵树上的鸟儿的鸣叫声。鸟儿相互叽叽喳喳地啭鸣着，用一两个声调的小曲传情达意。一辆坏了散热器的汽车从底下驶过，鸟儿齐声发出一阵不安的吱吱声。两三个孩子飞快地跑过，手掌大力拍了一下树干，鸟儿猛然迸发出一阵扑棱棱地拍翅声，飞向了天空。他想，这一定是多么的美妙啊——用来跑步的身体能跑步，用来看的眼睛能看得见，用来飞翔的翅膀能飞翔。有时候他想，世上最令人愉悦的声音是所有人都离开了之后鸟儿统领城市的声音。

第二天过了一半，盲人住的楼房消失了。他正立在柱廊旁，有人停下来告诉他周围的人一些近况，那人刚花了几个小时在城市边缘转了一圈。又有几个街区不见了，他说，当他一一报出街区的名称时，盲人听到了他住的那个街区的名称。

那天早上，他走出前门时，那幢楼房还在。他确定无疑。隔了多久楼房就消失了呢？他想。

一队玩轮滑的人滑了过去。有人掉下了一只皮球。

家中没有什么是他真正需要的。他总是能找到别的地方过夜。然而，知道自己至少暂时无处安身，这让他觉得惶恐不安。

“你的拐杖在哪儿，小鬼？”街邻的孩子把拐杖拿去的那天，妈妈这么问过。他回答妈妈：“我再也不需要拐杖了。”

很长一段时间，他觉得街上公园里的人空前的多，直到现在他才明白原因。城市变得越来越小，他们都朝城中心聚拢过来。他们就像是陷在一个巨大的漩涡里的树皮和泡沫。

终于，他明白了正在发生的事。

当墙壁收拢，气泡终于迸裂，这里就是他们的最后归宿：就在这儿，在长椅和沙沙作响的树林间。过不了几天或几个星期就会发生，他们没办法躲避。他们会聚在纪念碑周围的空地里，成千上万，摩肩接踵。他们会听着相互的声音，呼吸着相互的气息。他们会等候那股力量像链子一样将自己拽入下一程，拽入那个遥远的世界。那儿，破碎的灵魂被剥离了他们的历史。

致谢

感谢我的编辑爱德华·卡斯滕迈耶和安亚·塞罗塔，我的代理人詹妮弗·卡尔森以及《纽约客》的卡林·贝瑟，她专业地审阅了本书的第一章；感谢阿肯萨斯艺术委员会慷慨的经济支持；感谢克里斯·哥伦布、迈克·巴纳森和安吉拉·成·卡普兰对我讲的故事感兴趣。在为本书偶数章节中描述南极洲的内容做研究时，我首先翻阅了克林特·威利斯选编的《冰冻：北极探险幸存者故事集》，这本书又引导我翻开了埃普斯勒·薛瑞-格拉德关于南极探险的独一无二的回忆录《世界最险恶之旅》，劳拉的旅程扼要重述了书中的部分内容。